COLLECTION FOLIO

Jaroslav Hašek

Nouvelles aventures du brave soldat Chvéïk

NOUVELLE ÉDITION

Traduit du tchèque
par Claudia Ancelot

Gallimard

Chaque fois que l'oppression les menace ou les accable, les Tchèques se souviennent du brave soldat Chvéïk. Inventé par Jaroslav Hašek, ce pilier de cabaret qui menait la vraie vie de Bohême et en mourut prématurément, le soldat Chvéïk est un personnage burlesque qui incarne l'esprit de résistance.

Sujet de sa Majesté l'Empereur d'Autriche, dont on n'a pas oublié la formidable administration policière et bureaucratique, Chvéïk est un simple marchand de chiens (volés pour la plupart). Considéré comme débile mental et réformé, il n'en est pas moins mobilisé pour participer aux tueries de 1914-18. Partout, que ce soit en face des indicateurs de police, des médecins, des officiers, des fonctionnaires, il triomphe, grâce à sa naïveté et à son optimisme invincible. Il ne fait pas la mauvaise tête, son secret c'est l'excès de zèle.

Sans jamais oublier de prononcer la célèbre formule de l'armée austro-hongroise : « Je vous déclare avec obéissance, mon lieutenant... », le soldat Chvéïk conduit de catastrophe en catastrophe le galant officier dont il est l'ordonnance.

L'épopée de Chvéïk a pour premier mérite de déclencher le rire. Ce rire cache une revanche de liberté si évidente et si forte qu'elle est valable non seulement pour les compatriotes du brave soldat mais pour les hommes de tous les pays et de tous les temps.

L'auteur, Jaroslav Hasek est né le 30 avril 1883 à Prague. Il se destinait au métier de droguiste, mais obliqua vite vers le journalisme. Il écrivit d'innombrables contes et articles humoristiques, sans jamais se fixer à un journal et, sans doute pour préserver son indépendance, il acheta un chenil.

Propagandiste du « Parti du Progrès modéré », il fit preuve d'un talent oratoire exceptionnel. Il écrivait aussi, pour servir sa cause, des pièces en un acte qu'il jouait lui-même. Aucune de ses pièces, aucun de ses discours ou de ses articles ou de ses contes n'a été conservé.

Mobilisé dans l'armée autrichienne pendant la guerre, il passa chez les Russes et s'enrôla en 1918 dans l'Armée Rouge. Il rentra dans sa patrie en 1920 pour y terminer, suivant les conseils de ses amis, *Les aventures du Brave Soldat Chvéïk.* Il mourut le 3 janvier 1923, alors qu'il travaillait au quatrième volume des aventures du personnage qui allait lui valoir une gloire universelle.

I

Les mésaventures de Chvéïk dans le train

Ils étaient trois dans un compartiment de seconde classe du rapide Prague-České Budejovice : le lieutenant Lucas, un monsieur d'un certain âge, tout à fait chauve, assis en face de lui et Chvéïk qui se tenait modestement près de la porte du couloir et s'apprêtait à subir une nouvelle avalanche de reproches du lieutenant Lucas qui, insoucieux de la présence du civil chauve, n'avait cessé d'accabler Chvéïk tout le long du trajet, le traitant d'âne bâté et lui débitant d'autres amabilités du même genre.

Il ne s'agissait que d'une broutille — du nombre de bagages dont Chvéïk avait été chargé.

Le lieutenant s'en prenait à Chvéïk :

— Ils nous ont volé une valise, c'est facile à dire, espèce de vaurien !

— A vos ordres, mon lieutenant, dit tout doucement Chvéïk, il traîne toujours des tas de filous dans les gares et j'ai dans l'idée que votre valise a *incontestablement* plu à l'un d'eux et que cet homme a *incontestablement* profité du moment où je me suis éloigné des bagages pour vous faire rapport comme quoi tout était en règle pour les bagages. Pour sûr qu'il a profité du moment propice pour voler votre valise. I' guettent des moments comme ça. Y a deux ans, à la gare du Nord-Ouest, ils ont volé un landau avec une petite fille dans ses langes et ils ont eu la grandeur d'âme de rapporter la petite fille au commissariat de notre rue, en prétendant qu'ils l'avaient trouvée abandonnée sous un porche. Après quoi les journaux ont traité la pauv' dame de mère indigne.

Et Chvéïk de proclamer avec emphase :

— De tout temps on a volé dans les gares et on continuera à voler. C'est comme ça.

— Je suis convaincu, Chvéïk, reprit le lieutenant, qu'un jour vous finirez on ne peut plus mal. Je me suis toujours demandé si vous faites semblant d'être con ou si vous êtes né con. Qu'est-ce qu'il y avait dans cette valise ?

— Pratiquement rien, mon lieutenant, répondit Chvéïk sans détacher les yeux du crâne du civil chauve assis face au lieutenant, lisant la *Neue Freie Presse* et qui ne semblait pas manifester le moindre intérêt pour toute cette affaire.

« Dans cette valise il n'y avait en tout et pour tout que le miroir de la chambre et le portemanteau de fer de l'entrée, ce qui revient à dire que nous n'avons pas vraiment subi de perte puisque le miroir et le portemanteau appartenaient au propriétaire. »

Voyant le lieutenant esquisser un geste menaçant, Chvéïk poursuivit d'un ton aimable :

— Mon lieutenant, à vos ordres, je n'en savais rien d'avance que cette valise serait volée et pour ce qui est du miroir et du portemanteau, j'ai informé le propriétaire et je lui ai dit que nous allions les lui rendre quand nous reviendrions de guerre. Dans les pays ennemis, il y a des tas de miroirs et de portemanteaux, donc, même dans les circonstances actuelles, nous ne saurions subir de perte, nous-mêmes ni M. le propriétaire. Dès que nous aurons conquis une ville...

— Votre gueule, Chvéïk ! coupa le lieutenant d'une voix terrible, un de ces jours je vous ferai passer en cour martiale. Regardez-vous bien ! N'êtes-vous pas le plus parfait imbécile que la terre ait porté ? Il y a des gens qui en mille ans ne feraient pas autant de sottises que vous en quelques semaines. J'espère que vous aussi vous vous en êtes aperçu.

— A vos ordres, mon lieutenant, je m'en suis aperçu. J'ai, comme qui dirait, un talent d'observation très développé quand il est déjà trop tard et qu'il arrive quelque chose de fâcheux. Je suis aussi peu chanceux qu'un certain Nechleba du quartier de Nekazanka qui fréquentait là-bas l'auberge *Au bois des Chiennes*. Il voulait toujours rentrer dans le droit chemin et commencer à zéro à partir de samedi et toujours, le lendemain, il nous disait : « Comme ça, les copains, le matin je me suis aperçu que j'étais en cabane. » Et ça lui arrivait toujours quand il était bien décidé à rentrer chez lui comme il faut et, après coup, on apprenait qu'il avait fait tomber une clôture quelque part, ou qu'il avait dételé le cheval d'un fiacre ou qu'il avait voulu nettoyer sa pipe avec le plumet d'un agent en patrouille. Il en était désespéré et ce qui le chagrinait surtout c'est que cette malchance durait depuis des générations. Un jour que son grand-père était parti pour faire le tour...

— La paix, Chvéïk, avec vos discours !

— A vos ordres, mon lieutenant, je vous assure que

tout ce que je vous dis est parole d'évangile. Un jour, son grand-père était parti faire le tour...

— Chvéïk, dit le lieutenant en colère, encore une fois je vous ordonne de ne rien me raconter. Je ne veux rien entendre. Quand nous serons arrivés à České Budejovice, je vais vous régler votre compte. Vous savez, Chvéïk, je vais vous faire enfermer.

— A vos ordres, mon lieutenant, je ne le sais pas, dit Chvéïk avec douceur. Vous ne m'en aviez pas encore parlé.

Le lieutenant frissonna, poussa un soupir et tira de son manteau un numéro de *Bohemia*. Il se mit à lire les nouvelles des grandes victoires, des opérations du sous-marin allemand *E* en Méditerranée ; arrivé à une nouvelle invention allemande pour faire sauter des villes avec des bombes spéciales lancées par des avions et qui explosaient trois fois de suite, il fut interrompu par la voix de Chvéïk qui s'adressait au monsieur chauve :

— Excusez-moi, Votre Seigneurie ne serait-elle pas M. Purkrabek, le représentant de la banque Slavia ?

Comme le monsieur chauve ne répondait pas, Chvéïk dit au lieutenant :

— A vos ordres, mon lieutenant, j'ai lu un jour dans le journal qu'un homme normal doit avoir sur la tête une moyenne de soixante à soixante-dix mille cheveux et que les cheveux noirs sont moins épais que les autres, comme on le constate souventes fois.

Et il poursuivit impitoyablement :

— En plus, un étudiant en médecine au café *Aux Lutins* m'a dit que la chute des cheveux est causée par un choc émotif juste après la naissance.

Alors, il se passa quelque chose de terrible. Le

monsieur chauve bondit de son siège, hurla : « *Marsch heraus, Sie Schweinkerl*[1] », expédia Chvéïk dans le couloir d'un coup de pied et, revenant dans le compartiment, fit une petite surprise au lieutenant en se présentant à lui.

Il y avait eu une légère erreur. L'individu chauve n'était pas M. Purkrabek, représentant de la banque Slavia, mais tout bonnement le Generalmajor von Schwarzburg. Le Generalmajor en civil faisait justement une tournée d'inspection des garnisons et s'apprêtait à aller surprendre celle de Budejovice.

C'était le plus terrible des généraux d'inspection que la terre eût portés et s'il trouvait quelque chose qui n'allait pas, il tenait invariablement les mêmes propos au commandant de garnison : « Vous avez un revolver ? — Oui. — Très bien. A votre place, je saurais ce que je dois en faire car ce que je vois ici, ce n'est pas une garnison mais une porcherie. »

Et en effet, de-ci de-là, après ses voyages d'inspection, quelqu'un se tirait une balle dans la tête et le Generalmajor von Schwarzburg constatait alors avec satisfaction : « C'est ce qu'il faut. Voilà un soldat ! »

On aurait cru qu'il n'aimait pas que quelqu'un survive à son inspection. Il avait la manie de toujours faire muter les officiers aux postes les plus désagréables. Il suffisait d'un rien et voilà que l'officier devait faire ses adieux à sa garnison et prendre le chemin des frontières du Monténégro ou de quelque garnison ivre et désespérée dans un sale trou de Galicie.

— Lieutenant, dit-il, où avez-vous fréquenté l'Ecole des cadets ?

1. Dehors, fumier !

— A Prague.

— Donc, vous êtes allé à l'Ecole des cadets et vous ne savez même pas qu'un officier est responsable de son subordonné. C'est du propre. *Secundo,* vous discutez avec votre ordonnance comme avec un ami intime. Vous lui permettez de vous parler sans lui avoir adressé la parole. C'est encore mieux. *Tertio,* vous lui permettez d'insulter vos supérieurs. Et ça, c'est le bouquet. Vous me répondrez de tout ça. Comment vous appelez-vous, lieutenant ?

— Lucas.

— Votre régiment ?

— J'étais...

— Merci, il ne s'agit pas de savoir où vous étiez, je veux que vous me disiez où vous êtes maintenant.

— Le 91ᵉ régiment d'infanterie, mon Generalmajor. On m'a muté...

— On vous a muté. On a très bien fait. Ça ne vous fera pas de mal de faire *très* bientôt un tour au champ de bataille avec le 91ᵉ régiment d'infanterie.

— C'est déjà décidé, mon Generalmajor.

Maintenant, le Generalmajor faisait une conférence : ces dernières années, il avait constaté que les officiers parlaient d'un ton familier à leurs subordonnés et il voyait là le danger de la diffusion de certains principes démocratiques. Le soldat doit vivre dans la terreur, trembler devant son supérieur, avoir peur de lui. Que les officiers tiennent les hommes à bonne distance et ne leur permettent pas de penser par eux-mêmes et même de penser tout court, car c'est bien cela la tragique erreur de ces dernières années. Autrefois, les hommes craignaient les officiers comme le feu, mais de nos jours...

Le général eut un geste de découragement profond.

— Aujourd'hui, la plupart des officiers font des mamours aux soldats. Voilà ce que je voulais dire.

Le Generalmajor reprit son journal et se plongea dans la lecture. Le lieutenant Lucas, très pâle, sortit dans le couloir régler son compte à Chvéïk.

Il le trouva debout près d'une fenêtre avec une expression de béatitude et de satisfaction comme seul peut l'avoir un petit bébé d'un mois qui s'est endormi après avoir bien bu, bien tété.

Le lieutenant s'arrêta, fit signe à Chvéïk et lui montra un compartiment vide. Il y entra avec Chvéïk et ferma la porte.

— Chvéïk, dit-il solennellement, le moment est enfin venu de vous administrer la plus formidable paire de claques que le monde ait jamais vue. Pourquoi avez-vous insulté ce monsieur chauve ? Savez-vous que c'est le Generalmajor von Schwarzburg ?

— A vos ordres, mon lieutenant, répliqua Chvéïk avec des airs de martyr, jamais de la vie je n'ai eu la moindre intention d'insulter qui que ce soit et je n'arrive pas à me mettre dans la tête, mais alors pas du tout, que c'est un Generalmajor. Vrai de vrai, c'est M. Purkrabek, le représentant de la banque Slavia tout craché. Il venait dans notre bistrot et un jour qu'il s'est endormi sur la table, une bonne âme a écrit sur sa calvitie avec un crayon à encre : « Selon le barême III *c* ci-joint, nous avons l'honneur de vous proposer un plan d'épargne pour la dot et le trousseau de vos chers enfants grâce à l'assurance-vie. » Bien sûr, i' sont tous partis et moi je suis resté seul avec lui parce que j'ai toujours la guigne et alors quand il s'est réveillé et qu'il s'est vu dans la glace, il s'est mis en colère parce qu'il pensait que c'était moi qui lui avait fait ça et lui aussi il voulait me donner une paire de claques.

Ce petit mot « aussi » sortit de la bouche de Chvéïk sur un ton si attendrissant de douceur et de reproche que la main du lieutenant retomba. Mais Chvéïk poursuivit :

— Y avait pas besoin de se fâcher pour une si petite erreur ; le monsieur, c'est vrai qu'il devrait avoir de soixante à soixante-dix mille cheveux sur la tête comme le disait cet article qui expliquait tout ce que doit avoir un homme normal. Jamais de la vie je n'aurais pensé qu'il existait un Generalmajor chauve. C'est comme qui dirait une erreur tragique qui peut arriver à tout un chacun quand on fait une remarque et que l'autre vous saute tout de suite dessus. C'est ainsi qu'un jour, il y a des années, Hyvl, le tailleur, nous a raconté comme il avait pris le train pour quitter la ville de Styrie où il exerçait son métier de tailleur pour aller à Prague *via* Leoben, en emportant avec lui un jambon acheté à Maribor. Alors, comme il était installé dans le train, il pensait qu'il était le seul Tchèque parmi les passagers et quand, près de Saint-Moritz, il a commencé à découper des tranches dans son jambon entier, le monsieur qui était en face de lui s'est mis à faire des yeux doux à ce jambon et à saliver. Quand le tailleur Hyvl a vu ça, il s'est dit tout haut, à lui-même : « T'en boufferais bien, saleté, va ! » Et le monsieur lui a répondu en tchèque : « C'est sûr que j'en boufferais si tu m'en donnais. » Alors, ils ont bouffé le jambon ensemble avant d'arriver à Budejovice. Le monsieur, c'était un nommé Vojtech Rous.

Le lieutenant Lucas regarda Chvéïk et quitta le compartiment. Quand il eut repris sa place, il vit aubout d'un moment apparaître dans la porte l'honnête visage de Chvéïk.

— A vos ordres, mon lieutenant, dans cinq minutes nous arrivons à Tabor. Le train s'arrête cinq minutes. Ne voulez-vous pas commander un petit quelque chose à manger ? Dans le temps, on vendait ici du bon...

Le lieutenant, fou de rage, bondit de sa place et dans le couloir il dit à Chvéïk :

— Je vous signale encore une fois que moins je vous vois, plus je suis heureux. L'idéal serait de ne pas vous voir du tout et soyez certain que je m'en chargerai. Disparaissez ! Hors de ma vue, andouille, imbécile !

— A vos ordres, mon lieutenant.

Chvéïk salua, exécuta un demi-tour au pas cadencé et marcha jusqu'au bout du couloir où il s'assit dans un coin, sur le siège du contrôleur, et entra en conversation avec un employé des chemins de fer.

— Vous permettez que je vous demande quelque chose ?

L'employé des chemins de fer, n'éprouvant sans doute aucun désir de faire la conversation, fit un signe de tête faible et apathique.

— Autrefois, se lança Chvéïk, je recevais de temps à autre la visite d'un certain Hoffmann, un brave homme, et il prétendait toujours que ces signaux d'alarme ne fonctionnent jamais, bref, pour tout dire, que ça ne marche pas quand on tire sur cette poignée. Moi, pour vous dire la vérité, je ne me suis jamais intéressé à ces choses, mais puisque je suis ici j'ai remarqué cet appareil d'alarme et alors j'aimerais autant savoir où j'en suis si par hasard j'en avais besoin un beau jour.

Chvéïk se leva et, avec l'employé des chemins de fer,

s'avança vers le signal d'alarme marqué « En cas de danger ».

L'employé des chemins de fer comprit qu'il était de son devoir d'expliquer à Chvéïk en quoi consistait le mécanisme du signal d'alarme.

— Il a eu raison de vous dire qu'il faut tirer sur cette poignée, mais il a menti quand il a dit que ça ne marchait pas. Le train s'arrête toujours parce que tout ça, c'est rattaché à la locomotive en passant par tous les wagons. Le signal d'alarme doit marcher.

Ils avaient alors tous deux la main sur la poignée et nul ne sait comment il se fit qu'ils tirèrent dessus et que le train s'arrêta.

De plus, jamais ils ne purent se mettre d'accord pour savoir qui avait fait la chose et tiré sur le signal d'alarme.

Chvéïk affirmait que ce ne pouvait être lui, qu'il n'avait pas fait ça, qu'il n'était pas un gamin.

— J'en suis le premier étonné, dit-il gentiment au contrôleur, comment ce train il a pu s'arrêter si brusquement. Il roule et puis tout à coup il s'arrête. J'en suis plus ennuyé que vous.

Un monsieur sérieux prit la défense de l'employé des chemins de fer et affirma qu'il avait entendu le soldat mettre la conversation sur les signaux d'alarme.

Mais Chvéïk ne cessait de protester de son honnêteté, de proclamer qu'il n'avait pas le moindre intérêt à retarder le train puisqu'il allait à la guerre.

— Le chef de gare va vous expliquer tout ça, décida le contrôleur. Ça vous coûtera vingt couronnes.

Entre-temps, on voyait les voyageurs descendre des wagons ; le contrôleur en chef siffla, une dame affolée traversa la voie, sa valise à la main, courant vers les champs.

— Cela vaut en effet vingt couronnes, dit posément Chvéïk qui conservait un calme parfait, et c'est encore donné. Un jour quand Sa Majesté l'empereur était en visite à Žižkov, un certain Franta Šnor a arrêté son carrosse en se mettant à genoux sur la chaussée, devant Sa Majesté l'empereur. Et après, le monsieur qui était commissaire de police du quartier a dit en pleurant à M. Šnor qu'il n'aurait pas dû faire ça dans son quartier, qu'il aurait dû le faire une rue plus bas, que là, c'était déjà le territoire de l'inspecteur de police Kraus, que c'était là qu'il aurait dû rendre hommage à l'empereur. Ensuite, ils ont mis ce M. Šnor en prison.

Chvéïk regarda autour de lui juste au moment où le contrôleur en chef était venu se joindre au cercle de ses auditeurs.

— Eh bien, il serait temps de repartir, dit Chvéïk, ça fait mauvais effet quand un train est en retard. Si c'était en temps de paix, alors à Dieu vat, mais quand c'est la guerre chacun doit savoir qu'il y a des militaires qui voyagent dans tous les trains, des Generalmajor, des lieutenants et des ordonnances. C'est toujours délicat, un tel retard. A Waterloo, Napoléon a eu cinq minutes de retard et il s'est retrouvé dans la merde et toute sa gloire avec...

A cet instant, le lieutenant Lucas se fraya un chemin parmi le groupe d'auditeurs. Il était d'une pâleur effrayante et il ne put sortir qu'un seul mot :

— Chvéïk !

Chvéïk salua et déclara :

— A vos ordres, mon lieutenant, on m'accuse d'avoir arrêté le train. L'intendance des chemins de fer a des plombs vraiment curieux sur les signaux d'alarme. Faudrait s'abstenir de s'en approcher, sans quoi on peut avoir des malheurs et se faire réclamer vingt couronnes comme on me les réclame à moi.

Le contrôleur en chef était déjà descendu. Il donna le signal et le train repartit.

Les auditeurs reprirent leurs places dans leurs compartiments et le lieutenant Lucas, sans prononcer un seul mot, alla aussi se rasseoir.

Seul le contrôleur resta avec Chvéïk et l'employé des chemins de fer. Le contrôleur sortit un calepin et se mit à rédiger un rapport sur l'incident. L'employé des chemins de fer regardait Chvéïk avec hostilité et celui-ci lui demanda tranquillement :

— Ça fait longtemps que vous êtes dans les chemins de fer ?

Comme l'employé des chemins de fer ne répondait pas, Chvéïk déclara qu'il avait connu un certain Mliček, František, d'Uhrineves près de Prague, qui lui aussi avait un jour tiré sur le signal d'alarme et en avait eu une telle frayeur qu'il avait perdu l'usage de la parole pendant quinze jours et qu'il l'avait retrouvé en rendant visite à Vanek, le jardinier à Hostivar, qu'il s'était battu là-bas et qu'on lui avait cassé un nerf de bœuf dessus.

— C'est arrivé, ajouta Chvéïk, en l'an 1912, en mai.

L'employé des chemins de fer ouvrit la porte des w.-c. et s'y enferma.

Le contrôleur resta avec Chvéïk, il voulait lui soutirer les vingt couronnes d'amende, soulignant qu'à défaut de paiement il devrait le déférer au chef de gare à Tabor.

— Fort bien, dit Chvéïk, j'aime parler avec des gens

qui ont de l'instruction et ce sera un plaisir pour moi de voir ce chef de gare à Tabor.

Chvéïk tira sa pipe de sa capote, l'alluma et, soufflant la fumée âcre du tabac militaire, poursuivit :

— Dans le temps, à Svitava, il y avait un chef de gare qui s'appelait M. Wagner. C'était une vraie peau de vache avec ses subordonnés, il les empoisonnait autant qu'il pouvait et il en avait surtout après un certain aiguilleur du nom de Jungwirt au point que ce malheureux, il est allé se noyer dans la rivière de désespoir. Mais avant de le faire, il a écrit une lettre au chef de gare, comme quoi il viendrait le hanter la nuit. Et je ne vous mens pas. Il l'a fait. La nuit, notre bon chef de gare est assis devant son télégraphe, ça sonne et le chef de gare reçoit un télégramme qui dit : Comment vas-tu, coquin ? Jungwirt. Ça a duré toute une semaine comme ça et le chef de gare s'est mis à expédier sur toutes les lignes des télégrammes de service comme réponse à ce fantôme : Pardonne-moi, Jungwirt. Sur quoi, la nuit d'après, le télégraphe lui tape cette réponse : Va te pendre au feu de signalisation, près du pont. Jungwirt. Et M. le chef de gare a obéi. Ensuite, à cause de ça, on a mis en prison le télégraphiste de la gare qui est avant Svitava. Vous voyez, il y a entre ciel et terre des choses qui dépassent notre entendement.

Le train entra en gare de Tabor et Chvéïk, avant de quitter le train en compagnie du contrôleur, alla, comme il se doit, se présenter au lieutenant Lucas :

— A vos ordres, mon lieutenant, on m'emmène chez M. le chef de gare.

Le lieutenant Lucas ne répondit pas. Il se sentait envahi par une apathie totale. Soudain, il se dit que le mieux était de se ficher de tout. De Chvéïk comme du Generalmajor chauve assis en face de lui. Rester tranquillement assis, descendre du train à Budejovice, se présenter à la caserne et partir au front avec la première compagnie de marche venue. Au front, se faire éventuellement tuer et quitter ce monde abominable hanté par des monstrueux Chvéïk.

Quand le train se remit en marche, Lucas regarda par la fenêtre et vit Chvéïk sur le quai, plongé dans une conversation sérieuse avec le chef de gare. Chvéïk était entouré d'une foule dans laquelle on apercevait quelques uniformes d'employés des chemins de fer.

Le lieutenant Lucas poussa un soupir. Ce n'était pas un soupir de regret. Il se sentait soulagé d'avoir vu Chvéïk sur le quai. Le Generalmajor chauve lui-même ne lui semblait plus aussi cauchemardesque que tout à l'heure.

Depuis longtemps le train filait à toute vapeur vers České Budejovice, mais la foule massée autour de Chvéïk était toujours aussi dense.

Chvéïk protestait de son innocence et réussit si bien à convaincre la foule qu'une dame déclara :

— Et les voilà encore en train de chercher des histoires à un petit soldat.

La foule se reconnut dans cette opinion et un monsieur s'adressa au chef de gare, lui annonçant qu'il paierait les vingt couronnes d'amende pour Chvéïk. Il se dit convaincu que le soldat n'avait rien fait.

— Regardez-le donc, dit-il devant l'expression infiniment innocente du visage de Chvéïk qui, se tournant vers la foule, déclarait :

— Mes bonnes gens, je suis innocent.

Puis on vit apparaître le chef de la gendarmerie qui, extrayant un citoyen de la foule, lui signifia son arrestation et l'entraîna en disant :

— Il va falloir s'expliquer. Vous allez voir ce que c'est que de monter la tête aux gens en leur disant que si c'est comme ça qu'on traite les soldats personne ne peut leur demander de faire gagner la guerre à l'Autriche.

Le malheureux citoyen fut tout juste capable d'affirmer avec conviction qu'on le connaissait bien, qu'il était maître boucher à la Porte Vieille et qu'il n'avait rien voulu dire de mal.

Entre-temps, le brave particulier, convaincu de l'innocence de Chvéïk, payait son amende au bureau, puis entraîna Chvéïk au buffet de troisième classe où il lui offrit une bière et, apprenant que tous ses documents ainsi que le billet de chemin de fer militaire étaient entre les mains du lieutenant Lucas lui donna généreusement cinq couronnes pour un billet et autres frais.

En partant il dit à Chvéïk sur un ton confidentiel :

— Alors, mon petit soldat, je vais vous dire une chose. Si vous êtes fait prisonnier en Russie, vous saluerez de ma part Zeman, le brasseur de Zdolbunov. Vous avez mon nom, je vous l'ai écrit. Et débrouillez-vous pour ne pas rester longtemps au front.

— Faut pas vous inquiéter, dit Chvéïk, c'est toujours intéressant de visiter gratis un pays étranger.

Chvéïk resta tout seul à sa table et alors qu'il buvait en silence les cinq couronnes de son noble bienfaiteur, les gens sur le quai qui n'avaient pas assisté à la conversation entre Chvéïk et le chef de gare se racontaient qu'on avait mis la main sur un espion qui photographiait la gare, chose qui fut démentie par une dame qui affirmait qu'il ne s'agissait pas le moins du monde d'un espion mais que par contre elle avait entendu dire comme quoi un dragon avait mis en pièces un officier, près des w.-c. pour dames, parce que ledit officier essayait de s'y glisser pour rejoindre l'amie du dragon qui avait accompagné ce dernier à la gare.

Ces conjectures hasardeuses, caractéristiques de la nervosité qui règne en temps de guerre, furent interrompues par la gendarmerie qui fit évacuer le quai. Et Chvéïk continuait à boire en silence, songeant tendrement à son lieutenant. Qu'allait-il bien pouvoir faire quand il arriverait à České Budejovice et ne trouverait son ordonnance nulle part dans le train ?

Avant l'arrivée d'un omnibus, le buffet de troisième classe se remplit de soldats et de civils. C'étaient en majorité des soldats de différents régiments et formations, de toutes les nationalités possibles et imaginables, que l'ouragan de la guerre avait jetés dans les hôpitaux de Tabor et qui repartaient maintenant au front, en quête de nouvelles occasions de se faire blesser, estropier, de souffrir, qui s'en allaient mériter au-dessus de leur tombe une simple croix de bois sur laquelle on verrait après de longues années, sur les tristes plaines de Galicie orientale, flotter dans le vent et dans la pluie une casquette aux couleurs délavées, à l'effigie rouillée du « petit père François » ; là viendrait à l'occasion s'asseoir un triste et antique corbeau, en souvenir des royales agapes du passé où il avait ici une table éternellement mise de savoureux cadavres humains et où, précisément sous une casquette pareille à celle-ci, il trouvait le plus délectable des morceaux, des yeux d'homme.

Un de ces candidats à la souffrance, sorti de l'hôpital militaire après une opération, dans un uniforme sale, portant des traces de boue et de sang, vint s'asseoir à la table de Chvéïk. C'était un homme tout rabougri, maigre et triste. Il posa un petit paquet sur la table, sortit un porte-monnaie déchiré et se mit à compter son argent.

Puis il regarda Chvéïk et demanda :

— *Magyaroul ?*

— Moi, camarade, je suis Tchèque, dit Chvéïk. Tu veux boire un coup ?

— *Nem tudom baratom*[1].

— Ça ne fait rien, camarade, l'encouragea Chvéïk, poussant son verre plein devant le soldat triste, bois un bon coup.

Il comprit, but, remercia : « *Kösnöm sviesen*[2] », et continua à examiner le contenu de son porte-monnaie pour terminer sur un soupir. Chvéïk comprit que le Hongrois s'offrirait volontiers une bière mais qu'il n'avait pas d'argent, alors il lui en commanda une, sur quoi le Hongrois le remercia à nouveau et se mit à raconter quelque chose à l'aide de gestes, montrant l'endroit où il avait reçu une balle dans le bras, tout en utilisant une langue internationale : Pif, paf, pouf.

Chvéïk hocha la tête avec sympathie et le convalescent rabougri lui fit encore savoir, mettant sa main gauche à cinquante centimètres du sol et levant trois doigts, qu'il avait trois petits enfants.

1. Je ne comprends pas, camarade.
2. Merci beaucoup.

« *Nincs ham, nincs ham* », continua-t-il, voulant dire qu'ils n'avaient rien à manger à la maison, et il essuya ses yeux où des larmes avaient jailli avec la manche sale de sa capote où l'on voyait le trou laissé par la balle qui avait frappé son corps pour le roi de Hongrie.

Rien d'étonnant qu'au cours de telles réjouissances les cinq couronnes de Chvéïk disparussent petit à petit et que, lentement mais sûrement, il s'écartât de České Budejovice, perdant avec chaque bière qu'il s'offrait à lui-même et au convalescent hongrois les moyens d'acquérir un billet militaire.

Un nouveau train pour České Budejovice passa par la gare et Chvéïk était toujours attablé avec le Hongrois qui répétait son « *pif, paf, pouf* », « *Harom gyermek, nincs hams, elijen*[1] *!* »

Sur ce dernier mot, il trinquait avec Chvéïk.

— Bois donc, le Hongrois, picole, va ! Vous autres, vous ne nous rendriez pas la pareille…

A la table à côté, un soldat racontait que quand ils étaient arrivés à Szeged avec le 28e régiment, les Hongrois leur montraient des mains levées.

C'était la pure vérité, mais apparemment ce soldat y voyait une insulte ; plus tard, ce fut une chose commune que de voir les soldats tchèques se rendre en levant les bras et enfin les Hongrois s'y mirent aussi quand ils ne trouvèrent plus de plaisir à se battre dans l'intérêt du roi de Hongrie.

Puis ce soldat vint à son tour se mettre à leur table pour raconter comment à Szeged ils avaient fait leur affaire aux Hongrois, comment ils les avaient battus et chassés de plusieurs bistrots. En même temps, il louait

1. Trois enfants, rien à manger, hourra !

les Hongrois en connaisseur : eux aussi savaient se battre, il avait reçu un coup de couteau dans le dos et on avait dû l'envoyer à l'arrière pour se faire soigner.

Mais maintenant, disait-il, à son retour, le capitaine de son bataillon le ferait sans doute mettre sous clé parce qu'il n'avait pas eu le temps de rendre le coup à ce Hongrois comme le voulaient les usages, pour que lui aussi en profite un peu et que soit sauvé l'honneur du régiment.

— *Ihre Dokumente ? Fos tocuments ?*

C'est ainsi que Chvéïk fut joliment interpellé par le chef de la police militaire, un sergent, accompagné de quatre soldats armés de baïonnettes.

— Moi voir vous assis, *nicht fahren*[1], poire, poir dou le temps, ordonnance.

— Je ne les ai pas, mon petit chou, répondit Chvéïk, M. le lieutenant Lucas, du 91e régiment, les a emportés et moi, je suis resté ici, à la gare.

— *Was ist das Wort, petichou*[2] *?* demanda le sergent à un de ses soldats, un vieux de la Landwehr qui apparemment n'en ratait pas une car il lui répondit tout tranquillement :

— *Petitchou, das ist wie Herr Feldwebel*[3].

Le sergent continua sa conversation avec Chvéïk :

— *Tocuments, jaque soldat sans tocument enfermer au Bahnhofsmilitärkommando, den lausigen Bursch, wie einen tollen Hund*[4].

On conduisit Chvéïk au commandement de la gare ;

1. Ne pas partir.
2. Qu'est-ce que c'est ce mot, petichou ?
3. Petit chou, c'est comme M. le sergent.
4. Enfermer au commandement militaire de la gare, saleté d'ordonnance, comme un chien enragé.

le poste de garde était plein d'hommes de même allure que le vieux de la Landwehr qui avait si joliment traduit « petit chou » en allemand, à l'usage de son ennemi naturel, le sergent.

Le poste de gare était orné de lithographies que le ministère des Armées envoyait à l'époque à tous les bureaux où passaient des soldats.

Le brave soldat Chvéïk fut accueilli par une image représentant — comme l'expliquait la légende — comment le chef de section Frantisek Hammel et les caporaux Paulhart et Bachmayer du 21e régiment d'artillerie impérial et royal exhortaient leurs hommes à tenir bon. De l'autre côté, on avait accroché une image avec l'inscription : « Le chef de section Jan Danko, du 5e régiment de hussards honved, reconnaît l'emplacement d'une batterie ennemie. »

A droite, on voyait une affiche : *Rares exemples d'héroïsme.*

C'était sur ses affiches, dont le texte et les rares exemples d'héroïsme imaginaires étaient rédigés par divers journalistes allemands mobilisés dans les bureaux du ministère, que cette vieille imbécile d'Autriche comptait pour susciter l'enthousiasme des soldats qui ne les lisaient jamais ; quand on leur envoyait au front ces rares exemples de courage, en volumes brochés, ils s'en servaient pour rouler des cigarettes avec du tabac de pipe ou leur réservaient un usage encore plus approprié.

Pendant que le sergent était parti à la recherche d'un officier, Chvéïk lut sur l'affiche :

« JOSEF BONG, SOLDAT DU
TRAIN DES ÉQUIPAGES

« Les soldats du corps sanitaire transportaient les blessés graves vers les voitures qui se tenaient prêtes dans un ravin couvert. Dès qu'une voiture était pleine, elle partait au poste de secours. Les Russes, ayant repéré les voitures, commencèrent à les bombarder de grenades. Le cheval du soldat Josef Bong, du 3e escadron impérial et royal du train des équipages, fut tué par un éclat de grenade. Bong se lamenta : " Mon pauvre cheval blanc, c'en est fait de toi. " Sur ce, il fut lui-même touché par un éclat. Et malgré cela, il dételа son cheval et tira la voiture, faite pour être traînée par trois chevaux, à l'abri. Puis il revint pour chercher le harnais de son cheval défunt. Les Russes continuaient à tirer. " Mais tirez donc, maudits enragés, je ne vais pas laisser ce harnais ici ", et il continuait à retirer le harnais du cheval, tout en grommelant ces mots. Enfin, quand ce fut terminé, il se traîna de nouveau vers la voiture, en portant le harnais. Là, en raison de sa longue absence, il dut essuyer un orage de reproches des soldats du corps sanitaire : " Je ne voulais pas laisser le harnais là-bas, il est pratiquement neuf. Je me suis dit que ce serait dommage. Nous n'en avons pas trop, du matériel comme ça ", s'excusa le vaillant soldat en partant pour se rendre au poste de secours et ce n'est que là qu'il se présenta comme blessé. Plus tard son capitaine orna sa poitrine de la médaille d'argent du courage. »

Quand Chvéïk eut fini de lire et comme le sergent ne revenait toujours pas, il dit aux soldats de la Landwehr qui se trouvaient au poste de gare :

— Voilà un très bel exemple d'héroïsme. Comme ça, on aura dans l'armée rien que des harnais neufs pour les chevaux. Mais quand j'étais à Prague, j'ai lu dans le journal officiel une histoire encore plus jolie, celle d'un volontaire[1], un certain docteur Josef Vojin. Lui, il était en Galicie, au 7ᵉ bataillon des chasseurs de campagne, et quand on a chargé à l'arme blanche, il a reçu une balle dans la tête et quand ils l'ont porté au poste de secours, alors il s'est mis à crier qu'il allait pas se faire panser pour une pareille égratignure. Et il a voulu tout de suite charger avec son peloton, mais une grenade lui a coupé la cheville. On a voulu l'emporter de nouveau, mais il s'est mis à courir au feu, clopin-clopant, et il se défendait contre l'ennemi avec une canne et voilà qu'arrive une nouvelle grenade qui lui arrache la main dans laquelle il tenait sa canne. Alors, il l'a mise dans l'autre main et il a hurlé comme quoi ça il ne leur pardonnerait pas et Dieu sait ce qu'il aurait encore fait si au bout d'un moment un schrapnel ne l'avait pas trucidé pour de bon. Se peut bien qu'en fin de compte, s'ils n'avaient pas eu sa peau, il aurait aussi reçu une médaille d'argent du courage. Quand ça lui a arraché la tête, comme elle roulait, elle a encore crié : Va toujours fidèlement au devoir — même si la mort en face tu dois voir !

— Ils en racontent des trucs dans les journaux, dit un des hommes, mais sur place, il serait sonné en moins d'une heure, un de leurs rédacteurs.

Le soldat de la Landwehr cracha :

— Chez nous, à Časlav, il y avait un rédacteur de Vienne, un Allemand. Il servait comme aspirant. Avec

1. A l'époque, le volontariat qui permettait à des personnes ayant fait certaines études de ne faire qu'un an de service militaire existait encore en Autriche-Hongrie. On appelait d'ailleurs ces soldats les « volontaires d'un an ».

nous, pas moyen de lui faire sortir un mot de tchèque mais quand on l'a versé dans un bataillon où il n'y avait que des Tchèques, alors, là, tout à coup il a su parler tchèque.

Le sergent apparut à la porte, il avait l'air furieux et lança :

— *Wenn man être drei Minuten weg, da hört man nichts anderes als : tchèque, des Tchèques*[1].

En sortant, sans doute pour aller au buffet, il dit au caporal de la Landwehr en lui montrant Chvéïk de conduire ce vaurien chez le lieutenant dès que celui-ci arriverait.

— Il est encore en train de causer à la télégraphiste de la gare, dit le caporal après son départ. Ça fait plus de quinze jours qu'il lui court après et il est toujours dans une drôle de rage quand il vient du télégraphe et il dit : *Das ist aber eine Hure, sie will nicht mit mir schlafen*[2].

En effet, cette fois aussi, il était d'une humeur exécrable et au bout d'un moment, on l'entendit taper sur la table avec des livres.

— Rien à faire, mon vieux, faut y aller, dit le caporal à Chvéïk avec compassion, il en est déjà passé des gens par ses mains, des soldats, des jeunes, des vieux.

Et déjà, il entraînait Chvéïk dans le bureau où un jeune lieutenant, l'air incroyablement furieux, était assis derrière une table couverte de papiers en désordre.

1. Quand on s'en va pour trois minutes, on n'entend rien d'autre que : tchèque, des Tchèques.

2. Ça alors, c'est une putain, elle ne veut pas coucher avec moi.

Voyant Chvéïk avec le caporal, il fit un « Ah » qui en disait long. Suivit le rapport du caporal :

— A vos ordres, mon lieutenant, cet homme a été trouvé à la gare, sans documents.

Le lieutenant hocha la tête comme pour dire que depuis des années il avait toujours su qu'à ce jour et à cette heure on trouverait Chvéïk à la gare, sans documents ; en effet, à voir Chvéïk à ce moment-là, personne n'aurait pu croire qu'un homme avec ce visage et cette allure eût des documents sur lui. Chvéïk semblait être tombé de quelque autre planète et regardait maintenant avec un naïf étonnement ce nouveau monde où on lui demandait quelque chose dont il ignorait le premier mot, quelque chose d'aussi stupide que des documents.

Le lieutenant regardait Chvéïk, en se demandant ce qu'il devait dire et comment il fallait l'interroger.

Enfin, il le questionna :

— Que faisiez-vous à la gare ?

— A vos ordres, mon lieutenant, j'attendais le train pour České Budejovice, pour rejoindre mon régiment, le 91e, où je suis ordonnance chez M. le lieutenant Lucas lequel j'ai été contraint d'abandonner, étant déféré devant le chef de gare en raison d'une amende, parce que j'étais soupçonné d'avoir arrêté l'express dans lequel nous voyagions à l'aide du signal d'alarme.

— Qu'est-ce que c'est que ce charabia ! s'exclama le lieutenant. Expliquez-vous de façon cohérente, soyez bref et ne débitez pas de sornettes.

— A vos ordres, mon lieutenant, il faut que je vous dise que dès le moment où M. le lieutenant Lucas et moi nous sommes montés dans cet express qui devait nous amener et nous conduire au plus vite à notre régiment, le 91e d'infanterie, nous avons joué de malheur. D'abord, nous avons perdu une valise, ensuite, par-dessus le marché, un Herr Generalmajor tout à fait chauve...

— Bonté divine, soupira le lieutenant.

— A vos ordres, mon lieutenant, faut que je vous sorte ça par petits morceaux pour que vous vous fassiez une vision d'ensemble de l'affaire, comme disait toujours feu le cordonnier Petrlik quand il ordonnait à son fils de baisser la culotte avant de le fouetter avec sa ceinture.

Le lieutenant haletait, mais Chvéïk poursuivit :

— Comme ça, on a déplu à ce Herr Generalmajor chauve et je fus envoyé dans le couloir par M. le lieutenant Lucas dont je suis l'ordonnance. Ensuite, dans le couloir, je fus accusé d'avoir fait ce que je vous ai dit. Le temps que ça s'arrange et je me retrouve seul sur le quai. Le train était parti, M. le lieutenant avec les valises, avec tous les documents, les siens et les miens partis aussi et moi, je suis planté là, comme un orphelin, sans documents.

Chvéïk regarda le lieutenant avec une si touchante tendresse que celui-ci fut pleinement convaincu que cet individu qui avait l'air d'un crétin congénital lui disait la pure vérité.

Maintenant, le lieutenant énumérait à Chvéïk tous les trains partis pour Budejovice après l'express et lui demanda pourquoi il avait manqué ces trains-là.

— A vos ordres, mon lieutenant, répondit Chvéïk avec un bon sourire. Alors que j'attendais le prochain train, il m'est arrivé la mésaventure de boire une bière après l'autre, assis à une table.

« Je n'ai jamais vu pareille andouille, se dit le

lieutenant. Il avoue tout. Combien il en est déjà passé ici et tous ils niaient et celui-là se paie le luxe de dire : J'ai manqué tous les trains parce que je buvais une bière après l'autre. »

Il résumé ces réflexions dans une phrase qu'il lança à Chvéïk :

— Vous, mon garçon, vous êtes un dégénéré. Savez-vous ce que ça signifie quand on dit de quelqu'un qu'il est un dégénéré ?

— Chez nous, au coin de la rue du champ-de-bataille et de la rue Catherine, comme j'ai l'honneur de vous le dire, mon lieutenant, il y avait aussi un dégénéré. Son père était un comte polonais et sa mère sage-femme. Il balayait les rues et quand il avait bu un coup, fallait toujours lui dire : monsieur le comte.

Le lieutenant jugea utile de couper court et il dit énergiquement :

— Alors, espèce d'imbécile et de ballot, je vous dis d'aller à la caisse et d'acheter un billet et de partir à Budejovice. Si je vous revois par ici, alors je vous réglerai votre compte comme déserteur.

Comme Chvéïk ne bougeait pas et gardait sa main à sa visière, le lieutenant hurla :

— *Marsch hinaus*, vous n'avez pas entendu, *abtreten*[1] ! Sergent, emmenez-moi ce crétin à la caisse et achetez-lui un billet pour České Budejovice !

Au bout d'un moment, le sergent Palanek revint dans le bureau. Derrière Palanek, par la porte entrebâillée, on voyait le bon visage de Chvéïk.

— Qu'est-ce qu'il y a encore ?

— A vos ordres, mon lieutenant, chuchota Palanek

1. Dehors, rompez !

sur un ton confidentiel. Il n'a pas l'argent pour le train et moi non plus. I' veulent pas le transporter gratis parce que, comme qui dirait, il a pas les documents qui disent qu'il va rejoindre son régiment.

Il ne fallut pas longtemps au lieutenant pour trancher cette épineuse question avec une sagesse de Salomon.

— Qu'il aille à pied, décida-t-il, qu'il se fasse enfermer au régiment pour retard. On n'est pas ici pour s'occuper de lui.

— Rien à faire, camarade, dit le sergent Palanek à Chvéïk, en sortant du bureau. Va falloir que tu ailles à Budejovice à pied, mon petit vieux. On a un pain au poste de garde, on va te le donner pour la route.

Et une demi-heure plus tard, Chvéïk, à qui on avait encore fait boire du café noir et donné, en plus du pain, un paquet de tabac militaire pour rejoindre son régiment, sortit de Tabor faisant résonner la nuit noire de son chant.

Il chantait une vieille chanson de soldat :

Sur la route de Jaromer,
Croyez-nous si vous voulez...

Et Dieu sait comment la chose arriva : au lieu de prendre au sud, en direction de České Budejovice, Chvéïk partit droit devant lui, vers l'ouest.

Il marchait sur la route couverte de neige, dans le froid, emmitouflé dans sa capote comme le dernier soldat de la garde napoléonienne au retour de la campagne de Russie, à cette différence près qu'il chantait joyeusement :

Au bois vert
Suis allé me promener...

Et dans le silence de la nuit, dans les forêts enneigées, l'écho résonnait si fort que, dans les villages, les chiens se mettaient à aboyer.

Quand il en eut assez de chanter, Chvéïk s'assit sur un tas de gravier et, après s'être reposé, reprit sa route vers les nouvelles aventures de l'anabase qui devait le conduire à České Budejovice.

II

Direction Budejovice : l'anabase de Chvéïk

Xénophon, guerrier de l'Antiquité, traversa toute l'Asie Mineure, allant sans carte Dieu sait où. Les anciens Goths, eux aussi, partaient en expédition sans connaissances topographiques. Marcher droit devant soi tout le temps, c'est ce qui s'appelle une anabase. Se frayer un chemin en pays inconnu, être entouré d'ennemis qui guettent la première occasion de vous tordre le cou. Quand on a ce qu'il faut dans la tête comme Xénophon ou toutes ces tribus de brigands venues en Europe d'on ne sait trop où du côté de la mer Caspienne ou de la mer d'Azov, alors on fait de véritables prouesses rien qu'en marchant.

Là-bas, quelque part dans le Nord, près de la mer des Galles, là où les légions romaines de César étaient parvenues sans carte, elles décidèrent un jour de s'en retourner en prenant une autre route pour Rome, histoire d'en profiter, et elles y sont quand même arrivées. C'est sans doute depuis lors qu'on dit que tous les chemins mènent à Rome.

Il est tout aussi vrai que tous les chemins mènent à České Budejovice et que le brave soldat Chvéïk y croyait dur comme fer lorsque, au lieu du district de

Budejovice, il découvrit les villages de celui de Milevsko.

Il continua cependant à marcher sans désemparer car après tout un Milevsko de plus ou de moins ne saurait empêcher un brave soldat d'arriver quand même un beau jour à České Budejovice.

Et c'est ainsi que Chvéïk se retrouva à l'ouest de Milevsko, à Kvetova, après avoir épuisé tout le répertoire de chansons militaires connues de lui et qui parlaient de soldats en marche ; devant Kvetova, il dut recommencer la série avec :

Quand la ville avons quitté,
Toutes les filles en ont pleuré...

Sur le chemin qui mène de Kvetova à Vraz, c'est-à-dire toujours en ouest, une vieille grand-mère qui s'en revenait de l'église entra en conversation avec Chvéïk, lui adressant un salut bien chrétien :

— Bonjour, petit soldat, où vas-tu comme ça ?

— Eh bien, la mère, je m'en vas à Budejovice à mon régiment, répondit Chvéïk, rapport à cette guerre.

— Mais ce n'est pas le bon chemin, petit soldat, dit la vieille effrayée, tu n'y arriveras jamais dans ce sens-là, en passant par Vraz. Si tu continues tout droit, tu arriveras à Klatovy.

— Moi je pense, dit Chvéïk avec résignation, qu'on peut arriver à Budejovice, même en passant par Klatovy. Faut dire ce qui est, c'est une bonne trotte quand le militaire est pressé de rejoindre son régiment pour que par-dessus le marché on lui fasse pas encore des ennuis du fait de la bonne volonté qu'il met pour y arriver à temps.

— Chez nous aussi, il y avait un galopin comme vous. Il devait aller à Pilsen, à la Landwehr, Toniček Mašek qu'il s'appelait, soupira la vieille, c'est le petit à des parents à moi et il est parti. Et au bout de la semaine, les gendarmes étaient déjà là pour le chercher, parce qu'il n'était pas arrivé à son régiment. I' s'est passé encore toute une semaine et voilà qu'il se présente chez nous, en civil, comme quoi on l'avait laissé partir à la maison, en permission. Alors le maire, il va chez les gendarmes et ils l'ont sorti de cette permission-là. Il a déjà écrit du front, paraît qu'il est blessé, qu'il a perdu une jambe.

La vieille regarda Chvéïk avec compassion :

— Va là-bas, dans le bois, mon petit soldat, et attends-moi, je vais à la maison, te chercher de la soupe aux pommes de terre, ça va te réchauffer. On la voit d'ici notre chaumière, juste derrière le bois, un peu à droite. Faut pas passer par notre village de Vraz, nos gendarmes, c'est des vrais faucons. Après, derrière le bois, il faut aller du côté de Malcin. Ensuite, mon petit soldat, faut contourner le village de Cizova. Les gendarmes de là-bas, c'est des bourreaux et ils font la chasse aux déserteurs. Faut passer droit par la forêt et prendre sur Sedlec, près de Horazdovice. Là-bas, le gendarme est brave, il laisse tout le monde passer par le village. Tu as des papiers sur toi ?

— J'en ai point, la mère.

— Alors, vaut mieux même pas aller là-bas, faut plutôt aller à Radomysl, mais tâche d'y arriver vers le soir, alors tous les gendarmes sont à l'auberge. Là, dans la rue Basse, derrière la statue de saint Florian, y a une petite maison, le bas est peint en bleu et tu demanderas le vieux Melicharek. C'est mon frère. Tu diras que je lui envoie le bonjour et il te montrera comment y aller, à Budejovice.

Dans le petit bois, Chvéïk attendit la vieille pendant une bonne demi-heure et quand il se fut réchauffé avec la soupe aux pommes de terre que la pauvre femme lui avait apportée dans une casserole enveloppée d'un oreiller pour la garder au chaud, elle sortit de son mouchoir un morceau de pain et un bout de lard, mit tout cela dans les poches de Chvéïk, fit un signe de croix sur lui et lui dit qu'elle avait deux petits enfants là-bas.

Puis elle lui répéta encore avec force détails la liste des villages par lesquels il devait passer et ceux qu'il fallait éviter. Enfin, elle sortit une couronne de la poche de son jupon pour qu'il s'achète de la gnôle à Malcin, car pour aller à Radomysl le chemin était long.

Suivant le conseil de la vieille, Chvéïk prit la direction est derrière Cizova pour aller à Radomysl, se disant qu'il fallait bien arriver à Budejovice par n'importe quelle direction et quoi qu'il advienne.

Il quitta Malcin en compagnie d'un vieil accordéoniste qui avait trouvé Chvéïk à l'auberge où il s'achetait de la gnôle pour la longue étape de Radomysl.

L'accordéoniste prenait Chvéïk pour un déserteur et lui conseillait de venir avec lui à Horazdovice où il avait une fille mariée dont le mari était lui aussi déserteur. De toute évidence, l'accordéoniste avait bu un coup de trop à Malcin.

— Ça fait deux mois qu'elle cache son mari dans l'étable, disait-il à Chvéïk d'un ton persuasif, elle t'y cachera aussi et vous resterez là jusqu'à la fin de la guerre. A deux, ce sera plus gai.

Devant le refus poli que lui opposa Chvéïk, il se

fâcha, prit à gauche à travers champs, menaçant Chvéïk d'aller le dénoncer aux gendarmes de Cizova.

A Radomysl, vers le soir, Chvéïk trouva le vieux Melicharek dans la rue Basse, derrière la statue de saint Florian. Il lui donna le bonjour de sa sœur à Vraz, ce qui ne fit aucun effet sur le bonhomme.

Il voulait tout le temps voir les papiers de Chvéïk. C'était un homme méfiant qui parlait sans cesse de brigands, de voyous et de voleurs qui grouillaient dans toute la région de Pisek.

— Ça se sauve de l'armée, ça veut pas servir et ça traîne partout ici dans les environs et ça vole tant que ça peut, dit-il avec insistance, en regardant Chvéïk dans les yeux, à les voir tous, on leur donnerait le bon Dieu sans confession.

« Eh oui, eh oui, rien de tel que la vérité pour mettre les gens en colère, ajouta-t-il quand Chvéïk se leva de son banc, si un individu comme vous avait la conscience tranquille, il resterait assis et montrerait ses papiers. Mais s'il n'en a pas...

— Eh bien, adieu grand-père.

— Adieu et la prochaine fois trouvez quelqu'un de plus bête que moi.

Quand Chvéïk fut parti dans le noir, le vieux continua un bon moment à marmonner :

— Paraît qu'il va à Budejovice rejoindre son régiment. Et il vient de Tabor. Et le coquin, il s'en va d'abord à Horazdovice et ensuite seulement à Pisek. C'est qu'il fait le tour du monde, ma parole !

De nouveau, Chvéïk marcha presque toute la nuit jusqu'à ce qu'il trouvât une meule dans un champ, du côté de Putim. Il était en train d'écarter la paille, quand il entendit une voix près de lui :

— De quel régiment que t'es ? Où que tu vas ?

— J' suis du 91e, je vais à Budejovice.

— Et pour quoi faire ?

— J'y ai mon lieutenant.

Ce n'était pas un seul homme qui riait là, tout près de lui : ils étaient trois. Quand leurs rires se furent calmés, Chvéïk leur demanda à quel régiment ils appartenaient. Il appris que deux d'entre eux étaient du 35e et que l'autre était artilleur, aussi de Budejovice.

Ceux du 35e s'étaient enfuis il y avait un mois, avant le départ au front, et quant à l'artilleur, il était en route depuis la mobilisation. Il était du pays, de Putim, et la meule, c'était à lui. Il dormait toujours dans la meule, la nuit. Hier, il avait trouvé les autres dans la forêt, alors il les avait invités ici, dans sa meule.

Tous espéraient que la guerre allait finir dans un mois ou deux. Ils croyaient que les Russes étaient déjà à Budapest et en Moravie. C'était du moins ce que racontaient les gens de Putim. Le matin, encore avant le jour, la fermière allait apporter le déjeuner du dragon. Ensuite, ceux du 35e allaient partir du côté de Strakonice car l'un d'eux avait une tante là-bas et la tante, à son tour, connaissait quelqu'un dans la montagne, derrière Sušice, quelqu'un qui possédait une scierie. Là-bas, ils seraient bien cachés.

— Et toi, du 91e, si tu veux, invitèrent-ils Chvéïk, tu peux venir avec nous. Ton lieutenant, t'as qu'à chier dessus.

— C'est pas si facile, répondit Chvéïk, et il s'enfonça dans la paille pour se coucher bien au centre de la meule.

Le matin, quand il se réveilla, ils étaient tous partis

et quelqu'un, le dragon sans doute, avait posé à ses pieds un morceau de pain pour la route.

Chvéïk prit par la forêt et, près de Stekna, il rencontra un vagabond, un vieux bonhomme qui l'accueillit comme un vieil ami, avec une gorgée de gnôle.

— Faut pas te promener frusqué comme ça, recommanda-t-il à Chvéïk, cet uniforme il pourrait un jour te coûter diablement cher. C'est plein de gendarmes partout et pas moyen de mendier vêtu comme tu es. Nous autres, bien sûr, par les temps qui courent, les gendarmes s'en occupent pas comme d'habitude, maintenant c'est seulement vous autres qu'ils cherchent.

« C'est seulement vous autres qu'ils cherchent », répéta-t-il avec tant de conviction que Chvéïk décida que mieux valait ne pas parler de son 91ᵉ. Pourquoi enlever des illusions à ce vieux ?

« Et où va ta route ? demanda le vagabond au bout d'un moment quand ils avaient tous deux allumé leur pipe et contournaient lentement le village.

— A Budejovice.

— Dieu du ciel, dit le vagabond, là-bas tu vas te faire pincer en moins d'une. T'auras même pas le temps de te réchauffer. Faut que tu sois en civil, tout loqueteux, et qu'en marchant tu te fasses passer pour un éclopé.

« Mais t'en fais pas, maintenant on s'en va à Strakonice, Volyn et Dub et ce serait bien le diable qu'on y trouve pas de frusques. Du côté de Strakonice, il y a encore des gens bien bêtes et bien honnêtes qui laissent encore, de-ci de-là, leurs portes ouvertes la nuit, et le jour ils ne ferment pas du tout. Maintenant que c'est l'hiver, je vais aller quelque part chez un paysan faire la causette et tu auras tout de suite des vêtements civils. Qu'est-ce qu'il te faut ? Des chaussures, tu en as. Alors simplement quelque chose à mettre sur toi. Ta capote est vieille.

— Ouais.

— Alors, tu la gardes. Ça se porte dans les campagnes. Il te faut un pantalon et une veste. Quand tu seras en civil, ton pantalon et ta veste, on les vendra à Herrman le Juif à Vodnany. Il achète tout ce qui est militaire, puis il le revend dans les villages.

« Aujourd'hui, on va à Strakonice, continua-t-il. A quatre heures de là, il y a la vieille bergerie des Schwarzenberg. Il y a un berger de ma connaissance là-bas, un vieux, lui aussi. On va y passer la nuit et, le matin, on met le cap sur Strakonice, pour dégotter des vêtements civils quelque part dans le coin. »

Dans la bergerie, Chvéïk rencontra un bon grand-père qui se souvenait encore de ce que son grand-père à lui racontait sur les guerres avec les Français. Il avait une vingtaine d'années de plus que le vieux vagabond et c'est pourquoi il lui disait, tout comme à Chvéïk, « mon petit gars ».

— Alors vous voyez, mes petits gars, dit-il alors qu'ils étaient assis autour de l'âtre où ils faisaient cuire des pommes de terre dans leur peau, à l'époque, mon grand-père lui aussi a déserté, comme ton soldat. Mais ils l'ont attrapé à Vodnany et ils lui ont fouetté le derrière, à le faire voler en lambeaux. Et encore, il pouvait dire qu'il avait eu de la chance. Le fils Jares, de Razice derrière Protivin, le grand-père du vieux Jares, le garde-pêche, on l'a collé au mur à Pisek, pour désertion. Et avant d'être fusillé sur les remparts de

Pisek, il a dû passer par les baguettes et recevoir six cents coups, c'est dire que la mort lui a été un soulagement et une rédemption.

« Et toi, quand est-ce que tu as pris la fuite ? demanda-t-il, les yeux rougis de larmes, à Chvéïk.

— Après la mobilisation, quand on nous emmenait dans les casernes, répondit Chvéïk, comprenant fort bien qu'un homme en uniforme ne pouvait décevoir le vieux berger.

— Tu as fait le mur ? lui demanda avidement le berger, se souvenant sans doute que son grand-père lui avait raconté comment il avait escaladé le mur des casernes.

— Y avait pas d'autre chemin, grand-père.

— Et la garde était nombreuse et elle a tiré ?

— Oui, grand-père.

— Et maintenant, où veux-tu aller ?

— Il est piqué, répondit le vagabond à la place de Chvéïk, il veut à tout prix aller à Budejovice. Tu comprends, c'est un jeune, pas raisonnable, il court à sa propre perte. Faut un peu que je lui fasse la leçon. On va lui dénicher des frusques et après tout ira bien. Jusqu'au printemps, on se débrouillera bien et après on ira travailler quelque part chez des paysans. On va bigrement manquer de bras, ça va être la famine et on dit que cette année on va mobiliser tous les vagabonds pour les faire travailler aux champs. Alors, moi je me dis que mieux vaut se porter volontaire. Y aura peu de monde. Ils seront tous exterminés.

— Comme ça, dit le berger, tu crois que ça ne finira pas cette année ? Eh bien, tu as raison, mon petit gars. Y a déjà eu des guerres longues. Celles de Napolion et puis, comme on nous l'a raconté, les guerres des

Suédois et la guerre de Sept Ans. Et les gens, ils les ont méritées, ces guerres-là. C'est vrai que le bon Dieu, il ne pouvait plus supporter tout cet orgueil. Même le mouton, ça ne leur convenait plus, mes petits gars, ils voulaient plus en bouffer. Autrefois, ils venaient ici en procession, demander qu'on leur vende un mouton, comme ça, mais ces dernières années, il leur fallait plus que du porc, de la volaille et tout ça cuit au beurre ou au saindoux. Alors, le bon Dieu, il s'est mis en colère rapport à cet orgueil et eux, ils retrouveront le bon sens quand ils mangeront de la folette comme ils faisaient pendant les guerres de Napolion. Et puis, faut dire que nos maîtres, y savaient plus quoi inventer pour se distraire. Le vieux prince Schwarzenberg, il se promenait seulement dans une espèce de carrosse, et ce jeune morveux de prince, il pue l'automobile à cent lieues. Le bon Dieu la lui fera bouffer, son essence !

L'eau des pommes de terre qui cuisaient dans le feu se mit à bouillir et, après un court silence, le vieux berger dit d'un ton prophétique :

— Et i' va pas la gagner, cette guerre, Sa Majesté l'empereur. Y a pas d'enthousiasme pour la guerre, rapport à ce qu'il ne s'est pas fait couronner [1], comme le dit M. l'instituteur de Strakonice. Il peut toujours maintenant, comme on dit, se faire tout miel. Si tu as promis de te faire couronner, vieille fripouille, fallait tenir parole.

— Se peut bien que maintenant, il va s'arranger pour le faire, dit le vagabond.

— Maintenant, mon petit gars, tout le monde s'en

1. Au début de son règne, François-Joseph avait promis de se faire couronner roi de Bohême.

fiche, dit le berger avec irritation. Tu devrais être là à Skocice, quand les paysans se retrouvent ensemble. Ils ont tous quelqu'un là-bas et tu devrais entendre ce qu'ils disent. Après cette guerre, qu'ils disent, va y avoir la liberté, plus de seigneurs et de châteaux, plus d'empereur et qu'on va confisquer les propriétés des princes. Les gendarmes ont déjà emmené un certain Korinek à cause de ces discours, comme quoi il fomente la rébellion. Eh oui, aujourd'hui, les gendarmes font la loi.

— Ils l'ont toujours faite, reprit le vagabond, je me souviens qu'il y avait à Kladno un M. Rotter, qui était commandant de gendarmerie. Un beau jour, il s'est mis à élever des chiens policiers, comme on dit, ces bêtes qui ont une nature de loup et qui vous retrouvent tout quand on les a dressées. Et ce commandant, à Kladno, il en avait à revendre de ces chiens en apprentissage. Il avait une maison pour eux, tout exprès, ces chiens ils vivaient là-dedans comme des princes. Un beau jour, il s'est dit qu'avec ces chiens, il allait faire des expériences sur nous autres, pauvres vagabonds. Alors, il a donné ordre aux gendarmes de bien s'appliquer à ramasser tous les vagabonds dans les environs de Kladno et de les lui livrer directement. Et moi, un jour, je suis sur la route derrière Lany et je me faufile plutôt loin du pays, par la forêt mais, manque de chance, je ne suis pas arrivé à la maison forestière où je me rendais. Ils m'ont pris et ils m'ont conduit chez M. le commandant. Et ça, mes braves, vous ne pouvez pas imaginer et vous représenter ce que j'ai enduré chez le commandant de gendarmerie avec ces chiens-là. D'abord, i' me fait renifler par tous les chiens, après, faut que je monte sur une échelle et quand je suis en haut, il lâche un de ces monstres sur moi, cette brute, elle m'enlève de l'échelle, elle me jette par terre, elle se met à genoux sur moi et elle grogne et elle me montre ses dents à la figure. Après, ils ont conduit ce monstre ailleurs, ils m'ont dit de me cacher quelque part, que je pouvais aller où je voulais. Bien, je suis allé du côté de la vallée de Kacak, vers la forêt, je me suis caché dans un ravin et en une demi-heure ces deux chiens-loups étaient là, ils m'ont culbuté et pendant que l'un me tenait par la gorge, l'autre a couru à Kladno et, une heure après, M. le commandant Rotter lui-même est arrivé avec les gendarmes, il a rappelé le chien et il m'a donné cinq couronnes et l'autorisation de mendier dans la région de Kladno pendant deux journées entières. Mais il m'a pas regardé, j'ai pris mes jambes à mon cou et j'ai couru comme si j'avais le feu au derrière du côté de Beroun et je me suis plus jamais montré dans la région de Kladno. Tous les vagabonds évitaient ce coin-là, parce que ce commandant faisait les mêmes expériences avec tout le monde. Vraiment, il avait une adoration pour ces chiens. On racontait dans les postes de police que quand il faisait une tournée d'inspection s'il trouvait un chien-loup, il laissait tomber son inspection et il était si content qu'il passait le reste de la journée à boire avec le brigadier.

Et, pendant que le berger faisait égoutter les pommes de terre et versait du lait de brebis caillé dans une terrine, le vagabond continuait à faire part de ses souvenirs sur les gendarmes qui faisaient la loi.

— A Lipnice, il y avait un commissaire de police en bas, au pied du château. Il logeait dans le poste de police même et moi, bon comme je suis, j'ai toujours pensé qu'un poste de police, ça doit se trouver quelque part dans un endroit bien en vue, sur la place ou quelque chose comme ça, mais pas caché dans une petite rue. C'est comme ça que je prends par les abords de la ville, sans regarder les inscriptions. Je prends maison par maison, et voilà que dans une de ces petites baraques, j'arrive au premier étage, j'ouvre la porte et je m'annonce : « Faites la charité à un pauvre chemineau. » Ben, nom d'un petit bonhomme, mon sang n'a fait qu'un tour. C'était le poste de police. Des fusils au mur, un crucifix sur la table, des paperasses sur l'armoire et Sa Majesté l'empereur au-dessus de la table qui me regarde droit dans les yeux. Je n'ai même pas le temps de bafouiller quelque chose, voilà le commissaire qui me saute dessus et là, dans la porte, il me balance une gifle qui m'envoie rouler au bas de l'escalier. Je ne me suis arrêté qu'en arrivant à Kejzlice. C'est comme ça que les gendarmes font la loi.

Ils se mirent à manger et allèrent se coucher bientôt après sur les bancs de la salle où il faisait bien chaud.

Pendant la nuit, Chvéïk s'habilla sans bruit et sortit. La lune se levait à l'est et dans sa lumière naissante Chvéïk faisait route vers elle, en se répétant :

— C'est quand même pas possible que je n'arrive pas dans ce sacré Budejovice.

Comme à droite, en descendant des forêts, on voyait une ville, Chvéïk vira au nord, puis au sud où de nouveau on apercevait une ville. (C'était Vodnany.) Il l'évita habilement en prenant par les prés et le soleil du matin l'accueillit sur les coteaux enneigés au-dessus de Protivin.

« Toujours de l'avant, se dit le brave soldat Chvéïk, le devoir nous appelle. Il faut que j'arrive à Budejovice. »

Et, par un malheureux hasard, au lieu d'aller vers Budejovice au sud de Protivin, les pas de Chvéïk se dirigèrent vers le nord, sur Pisek.

Vers midi, il vit un village devant lui. Tout en descendant d'un petit coteau, Chvéïk se disait : « Ça ne peut plus durer, je vais demander par où on y va, à ce sacré Budejovice. »

En entrant dans le village, il fut on ne peut plus surpris en voyant, sur un poteau près de la première maison, le nom du village : *Commune de Putim.*

— Dieu du ciel, soupira Chvéïk, me revoilà à Putim où j'ai dormi dans la meule.

Ensuite, il ne fut plus du tout surpris de voir un homme sortir d'une petite maison badigeonnée de blanc, derrière l'étang, maison ornée d'une « poule » (c'est ainsi qu'en certains endroits on appelait l'aigle impérial). C'était le gendarme, tel une araignée surveillant sa toile.

Le gendarme se dirigea droit sur Chvéïk et se contenta de dire :

— Vous allez où ?

— A Budejovice, rejoindre mon régiment.

Le gendarme eut un rire sarcastique :

— Mais vous en venez, de Budejovice. Votre Budejovice, vous lui tournez le dos.

Et il entraîna Chvéïk à la gendarmerie.

Le brigadier de Putim était connu dans toute la région pour son tact et sa finesse. Il n'insultait jamais les personnes arrêtées ou interpellées mais leur faisait subir un interrogatoire si serré que même les innocents finissaient par avouer.

Les deux gendarmes du poste suivaient son exemple

et les interrogatoires étaient toujours accompagnés des sourires de tout l'effectif.

Le brigadier avait coutume de dire à ses subordonnés :

— La criminologie est affaire de ruse et d'amabilité ; engueuler quelqu'un, ça n'a pas de sens. Les délinquants et les suspects, faut les prendre avec délicatesse mais en même temps faire en sorte qu'ils se noient dans une mer de questions.

— Bienvenue chez nous, soldat, dit le brigadier, asseyez-vous gentiment, de toute façon la route a dû vous fatiguer, et racontez-nous où vous allez.

Chvéïk répéta qu'il allait à České Budejovice rejoindre son régiment.

— Alors, dans ce cas, vous vous êtes trompé de chemin, dit le brigadier tout souriant, car vous venez de České Budejovice et je peux vous le prouver. Voici une carte de Bohême au-dessus de votre tête. Regardez-la bien, soldat. Ici, au sud, nous avons Protivin. Au sud de Protivin se trouve Hluboka et au sud de Hluboka, České Budejovice. Vous voyez bien que vous n'allez pas à Budejovice, vous en venez.

Le brigadier regarda aimablement Chvéïk qui dit avec calme et dignité :

— Et pourtant, je vais à Budejovice.

C'était plus beau que le « et pourtant, elle tourne », car Galilée, de toute apparence, l'avait dit avec beaucoup de colère.

— Voyez-vous, soldat, reprit le brigadier toujours suave, je vais vous faire changer d'avis et vous finirez par vous faire la même opinion que moi, c'est que chaque fois qu'on nie, il devient plus difficile d'avouer.

— Vous avez parfaitement raison, dit Chvéïk, chaque fois qu'on nie, il devient plus difficile d'avouer et vice versa.

— Vous voyez bien, soldat, vous y viendrez. Dites-moi de bon cœur d'où vous êtes parti pour aller à votre Budejovice ? Je dis « votre Budejovice » tout exprès, car il faut qu'il y ait encore un autre Budejovice quelque part au nord de Putim, un Budejovice qui ne figure jusqu'à présent sur aucune carte.

— Je suis parti de Tabor.

— Et que faisiez-vous à Tabor ?

— J'attendais le train pour Budejovice.

— Pourquoi n'avez-vous pas pris le train pour Budejovice ?

— Parce que je n'avais pas de billet.

— Et comment se fait-il qu'à vous, un soldat, on ne vous ait pas donné de billet gratuit ?

— Parce que je n'avais pas de documents sur moi.

— Et nous y voilà, dit triomphalement le brigadier à l'un des gendarmes, il n'est pas aussi bête qu'il veut bien le faire croire, il commence joliment à embrouiller toute son histoire.

Le brigadier reprit comme s'il n'avait pas entendu la dernière réponse au sujet des documents.

— Alors, vous êtes parti de Tabor. Où alliez-vous ?

— A České Budejovice.

L'expression du brigadier se fit un peu plus sévère et ses yeux se portèrent sur la carte.

— Pouvez-vous me montrer sur cette carte par quel chemin vous êtes allé à České Budejovice ?

— Je ne me souviens pas de tous ces endroits, mais je me souviens très bien d'être déjà venu une fois à Putim.

Tout le personnel de la gendarmerie échangea des regards perçants et le brigadier poursuivit :

— Donc à Tabor vous étiez à la gare. Vous avez quelque chose sur vous ? Sortez-moi ça.

Quand ils eurent fouillé Chvéïk de pied en cap sans rien trouver d'autre qu'une pipe et des allumettes, le commissaire lui demanda :

— Dites-moi pourquoi vous n'avez rien, mais ce qui s'appelle rien, sur vous ?

— Parce que je n'ai besoin de rien.

— Ah, bon sang, soupira le brigadier, vous me fatiguez. Vous disiez que vous êtes déjà venu à Putim. Que faisiez-vous ici, alors ?

— Je passais à côté de Putim pour aller à České Budejovice.

— Vous voyez bien que vous vous trompez. Vous dites vous-même que vous alliez à Budejovice et maintenant nous vous avons sûrement convaincu que vous en venez, de Budejovice.

— J'ai sans doute dû tourner en rond.

Une fois de plus, le brigadier échangea un regard lourd de sens avec tout son personnel.

— Moi, j'ai l'impression qu'en fait de tourner en rond, vous vagabondez dans les environs. Vous êtes resté longtemps à la gare de Tabor ?

— Jusqu'au départ du dernier train pour Budejovice.

— Et que faisiez-vous là-bas ?

— Je parlais avec des soldats.

Nouveau regard fort significatif du brigadier.

— Et de quoi parliez-vous par exemple et que leur avez-vous demandé ?

— Je leur ai demandé de quel régiment ils étaient et où ils allaient.

— Parfait. Et ne leur avez-vous pas demandé par exemple quels sont les effectifs d'un régiment et de quoi ils se composent ?

— Ça, je ne l'ai pas demandé parce qu'il y a longtemps que je le sais par cœur.

— Vous êtes donc parfaitement informé de l'organisation de notre armée ?

— Certainement, monsieur le brigadier.

Et le brigadier d'abattre son dernier atout, accompagné d'un regard triomphant à l'intention de ses gendarmes :

— Savez-vous le russe ?

— Non.

Le brigadier fit un signe de tête au convoyeur et quand ils furent tous deux dans la pièce voisine, en se frottant les mains le brigadier déclara dans l'enthousiasme de la victoire et de la certitude totale :

— Tu as entendu ? Il ne sait pas le russe. Un gars qui n'est pas né de la dernière pluie. Il a tout avoué, sauf l'essentiel. Demain, nous allons le livrer à Pisek, à M. le commandant du district. La criminologie est affaire de ruse et d'amabilité. Vous avez vu comment je l'ai noyé sous un flot de questions. Qui l'aurait dit, en le voyant ? Il a l'air si stupide, si bête, mais c'est justement avec ces gens-là qu'il faut y aller par la ruse. Maintenant, installez-le quelque part et moi, je m'en vais rédiger le procès-verbal de l'affaire.

Tout l'après-midi, jusqu'au soir, il rédigea, souriant

aux anges, un procès-verbal où revenait à chaque phrase le mot *spionageverdächtig*[1].

Plus le brigadier Flanderka écrivait, dans son curieux allemand administratif, plus la situation lui paraissait claire et quand il termina : « *So melde ich gehorsam wird den feindlichen Offizier heutigen Tages nach Bezirksgendarmeriekommando Pisek überliefert*[2] », il sourit à son œuvre et appela le convoyeur.

— Avez-vous donné quelque chose à manger à cet officier ennemi ?

— Selon vos directives, monsieur le brigadier, nous nous chargeons de la nourriture seulement pour ceux qui sont déférés et interrogés ici avant midi.

— Ça, c'est une grande exception, dit le brigadier avec dignité, c'est un officier supérieur, quelqu'un de l'état-major. Vous pensez bien que les Russes ne vont pas envoyer un première classe quelconque pour faire de l'espionnage ici. Envoyez quelqu'un à l'auberge *Au Matou,* lui chercher à déjeuner. S'il ne leur reste rien, qu'ils préparent quelque chose. Et puis qu'ils fassent du thé au rhum et qu'ils envoient tout ça ici. Il ne faut pas du tout leur dire pour qui c'est. D'ailleurs, il ne faut parler à personne de qui nous avons ici ; c'est un secret militaire. Et que fait-il maintenant ?

— Il a demandé un peu de tabac, il est assis au poste de garde et il a l'air aussi tranquille que s'il était chez lui. Il fait bon ici, qu'il a dit, et votre poêle fume pas. Je suis très bien ici chez vous. Et si le poêle se mettait à

1. Suspect d'espionnage.

2. Ainsi, j'ai l'honneur d'annoncer qu'au jour d'aujourd'hui l'officier ennemi sera livré au commandement de gendarmerie du district de Pisek.

fumer, alors faites ramoner la cheminée. Mais seulement l'après-midi, parce qu'il ne faut jamais faire ça avec le soleil au-dessus de la cheminée.

— Vraiment, il est fort, dit le brigadier enthousiaste, il fait comme si ça ne le regardait pas. Un tel homme mérite notre respect bien que ce soit un ennemi. Un tel homme est voué à une mort certaine. Je ne sais pas si nous, nous en serions capables. Peut-être hésiterions-nous, peut-être nous rendrions-nous. Mais il est là, assis, tout tranquille et il dit : Il fait bon chez vous et votre poêle ne fume pas. Ça, monsieur le convoyeur, c'est du caractère. Un tel homme doit avoir des nerfs d'acier, il doit se dominer, être ferme et enthousiaste. Si, en Autriche, nous avions cet enthousiasme-là... mais mieux vaut ne pas parler de ça. Avez-vous lu dans *Narodni Politika* l'histoire du lieutenant d'artillerie Berger qui avait grimpé sur un grand sapin et avait établi un poste d'observation sur une branche ? Quand les nôtres ont battu en retraite, il n'a pas eu le temps de descendre, sans quoi il aurait été fait prisonnier. Alors, il a attendu que les nôtres chassent l'ennemi et il a fallu qu'il attende quinze jours. Quinze jours entiers, il est resté là-haut et pour ne pas mourir de faim il a rongé tout le sommet, il s'est nourri de branches et d'aiguilles. Et quand les nôtres sont arrivés, il était si faible qu'il ne pouvait plus se tenir sur l'arbre, il est tombé et il s'est tué. Il a été décoré de la médaille d'or du courage à titre posthume.

Et le brigadier ajouta gravement :

— C'est du dévouement, ça, monsieur le convoyeur, c'est de l'héroïsme. Mais voilà encore qu'on bavarde, courez commander ce déjeuner et entre-temps envoyez-moi l'homme.

Le convoyeur amena Chvéïk et le commissaire lui fit amicalement signe de s'asseoir et recommença à lui demander s'il avait de la famille.

— Non.

Le brigadier se dit tout de suite que c'était mieux ainsi, au moins personne n'aurait à pleurer ce malheureux. En faisant cette réflexion, il regardait le bon visage de Chvéïk et soudain, dans un accès de cordialité, il lui tapa sur l'épaule, se pencha vers lui et lui demanda d'un ton paternel :

— Et alors, vous vous plaisez en Bohême ?

— Je me plais partout en Bohême, répondit Chvéïk, j'ai trouvé partout de très braves gens.

Le brigadier hocha la tête :

— Notre peuple est très brave et très gentil. De-ci de-là, un vol ou une rixe, ça ne compte guère. Je suis ici depuis quinze ans déjà et si je fais mon calcul, alors ça donne environ trois quarts d'un assassinat par an.

— Vous voulez dire un assassinat inachevé ? demanda Chvéïk.

— Non, ce n'est pas ce que je veux dire. En quinze ans, nous n'avons enquêté que sur onze assassinats. Il y en avait à peu près cinq avec vol et les six autres, c'étaient des assassinats ordinaires qui ne valent pas cher.

Le brigadier fit une pause, puis revint à sa méthode d'interrogatoire.

— Et que vouliez-vous faire à Budejovice ?

— Prendre mon service au 91ᵉ régiment.

Le brigadier invita Chvéïk à retourner au poste de garde et écrivit vite, pour ne pas oublier, dans son rapport pour le commandement de gendarmerie du district : « Connaissant parfaitement la langue tchèque, il voulait tenter de se joindre au 91e régiment d'infanterie à Ceské Budejovice. »

Le brigadier se frottait joyeusement les mains, se réjouissant de l'abondance des données recueillies et de la précision de sa méthode d'enquête. Il pensa à son prédécesseur, le brigadier Bürger, qui n'adressait jamais la parole aux prévenus, ne leur demandait rien et les envoyait illico au tribunal du district avec un bref rapport : « Selon les dires du convoyeur, arrêté pour vagabondage et mendicité. » Ça, un interrogatoire !

Et le brigadier, examinant les pages de son rapport, sourit avec satisfaction et sortit de son bureau le dossier secret du commandement provincial de la gendarmerie à Prague, marqué comme à l'accoutumée : *Strictement confidentiel,* et relut encore une fois le texte suivant :

« Il est strictement ordonné à tous les commissariats de surveiller avec une vigilance extrême les mouvements de toutes les personnes passant sur leur territoire. Les mouvements de nos troupes en Galicie orientale ont permis à certaines unités russes, ayant franchi les Carpates, d'occuper des positions à l'intérieur de notre Empire, en conséquence de quoi le front a été déplacé plus loin, à l'ouest de l'Empire. Cette situation nouvelle a permis à des espions russes, en raison de la mobilité du front, de pénétrer plus profondément sur le territoire de notre Empire, surtout en Silésie et en Moravie d'où, selon nos informations confidentielles, un grand nombre d'espions russes se dirigent vers la Bohême. Il s'est avéré qu'il se trouve parmi eux de nombreux Tchèques russes, formés dans les écoles d'état-major de Russie qui, possédant parfaitement la langue tchèque, se montrent des espions particulièrement dangereux car ils sont ainsi en mesure de faire — et font, à coup sûr — de la propagande incitant la population tchèque à la haute trahison. C'est pourquoi le commandement provincial ordonne d'arrêter toutes les personnes suspectes et d'augmenter la vigilance dans les endroits proches des garnisons, des concentrations militaires et des gares où passent des convois militaires. Les personnes arrêtées devront être immédiatement fouillées et remises aux instances supérieures. »

De nouveau, le brigadier Flanderka eut un sourire satisfait et rangea le dossier secret *Sekretreservaten* parmi d'autres papiers dans une chemise marquée : *Instructions secrètes.*

Elles étaient nombreuses, ces instructions, élaborées par le ministère de l'Intérieur avec la collaboration du ministère de la Défense provinciale dont relevait la gendarmerie.

Au commandement provincial de la gendarmerie à Prague, ils avaient à peine le temps de les reproduire et de les expédier.

Il y avait là :

— Instruction sur le contrôle de l'état d'esprit de la population locale ;

— Directives sur la manière de déterminer dans les conversations avec la population locale l'influence des nouvelles du front sur son moral ;

— Questionnaire sur l'attitude de la population locale à l'égard des émissions d'emprunts de guerre et des collectes ;

— Questionnaire sur la mentalité des conscrits et des futurs conscrits ;

— Questionnaire sur le moral des membres des administrations locales et de l'intelligentsia ;

— Directive enjoignant une enquête immédiate sur les partis politiques dont se compose la population locale et sur l'importance desdits partis ;

— Instruction pour le contrôle de l'activité des dirigeants des partis politiques locaux et pour une enquête sur le degré de loyalisme de certains partis politiques représentés parmi la population locale ;

— Questionnaire sur les journaux, revues et brochures parvenant sur le territoire du commissariat ;

— Directives concernant une enquête sur les fréquentations des personnes soupçonnées d'un manque de loyalisme ; en quoi se manifeste leur manque de loyalisme ?

— Directives sur le recrutement d'indicateurs et de mouchards payés parmi la population locale ;

— Directives pour les indicateurs payés recrutés parmi la population locale, portés sur les registres de service du commissariat.

Chaque jour apportait de nouvelles instructions, des directives, des questionnaires, des règlements.

Submergé sous cette masse d'inventions du ministère de l'Intérieur autrichien, le brigadier Flanderka avait une montagne de correspondance en retard et répondait aux questionnaires par des stéréotypes, disant que tout allait pour le mieux chez lui et que le loyalisme de la population locale atteignait la cote I *a*.

Le ministère de l'Intérieur autrichien avait trouvé pour le loyalisme et l'indéfectible attachement à l'Empire les cotes suivantes : I *a,* I *b,* I *c* — II *a,* II *b,* II *c* — III *a,* III *b,* III *c* — IV *a,* IV *b,* IV *c.* Ce dernier quatre romain assorti d'un *a* signifiait « haute trahison et potence », d'un *b* « à interner », et d'un *c* « à observer et à mettre sous clé ».

Dans le bureau du brigadier on trouvait une foule d'imprimés et de formulaires. Le gouvernement voulait savoir ce que chacun de ses citoyens pensait de lui.

Bien des fois, le brigadier Flanderka se tordait les mains de désespoir devant ces imprimés qui s'accumulaient impitoyablement avec chaque courrier. A la vue des enveloppes bien connues avec le cachet *Porto-freidienstlich*[1] son cœur se mettait à battre et, la nuit, pensant à tout cela, il arrivait à la certitude qu'il ne verrait pas la fin de la guerre, que le commandement provincial de la police allait le priver de sa dernière parcelle de raison et qu'il ne pourrait pas se réjouir de la victoire des armes autrichiennes car d'ici là il aurait « une case » en plus ou en moins. Et tous les jours, le commandement de la gendarmerie du district le bombardait de questions : Pourquoi n'avons-nous pas de réponse au questionnaire numéro $\frac{7234}{721}$ *a/f d,* comment a été exécutée la directive numéro $\frac{88992}{822\ \mathit{gfeh}}$ *z,* demandons un rapport sur les résultats pratiques de l'instruction numéro $\frac{123456}{1922\ /r}$ V, etc.

Ce qui lui causait le plus de souci, c'étaient les instructions sur le recrutement d'indicateurs et de mouchards payés parmi la population locale. Finalement, ayant compris l'impossibilité de trouver quelqu'un sur place dans ce pays où commencent les marais et où les gens ont la tête dure, il eut l'idée de confier

1. Envoi officiel dispensé d'affranchissement.

cette mission au berger communal qu'on appelait « Jojo, saute en l'air ». C'était un faible d'esprit et quand on l'appelait ainsi il faisait toujours un bond. C'était un de ces êtres malheureux, négligés par la nature et par les hommes, qui, moyennant quelques pièces d'or par an et un peu de nourriture, gardait le bétail de la commune.

Il le fit appeler et lui dit :

— Tu sais qui c'est, Jojo, le vieux Prochazka ?

— Mêêê...

— Ne bêle pas et souviens-toi que c'est ainsi que les gens appellent Sa Majesté l'empereur. Tu sais qui c'est, Sa Majesté l'empereur ?

— C'est Sa Masté l'empeur.

— Très bien, Jojo ! Alors souviens-toi, quand tu vas dans les maisons pour déjeuner, si tu entends quelqu'un dire que Sa Majesté l'empereur est une vache ou quelque chose de ce genre, alors tu viens tout de suite ici pour me le dire. Tu auras une pièce de six *heller* et si tu entends quelqu'un qui dit qu'on ne va pas gagner, alors tu viens encore me trouver, tu vois, tu me racontes qui a dit ça et tu auras encore une pièce de six *heller*. Mais si jamais j'apprends que tu me caches quelque chose, alors ça ira mal. Je te prends par le collet et je t'emmène à Pisek. Et maintenant, saute en l'air !

Quand Jojo eut sauté, il lui donna deux pièces de six *heller* et, tout content, écrivit un rapport annonçant au commandement de la gendarmerie du district qu'il avait déjà recruté un indicateur.

Le lendemain, M. le curé vint le trouver et lui confia dans le plus grand secret que le matin il avait rencontré derrière le village le berger communal Jojo saute en l'air qui lui avait dit : « 'Sieu le curé, hier, 'sieu le brigadier, i' m'a dit que Sa Masté l'empeur c'est une vache et qu'on va gagner. Mêêê... hop ! »

Après d'assez longues explications et une conversation avec M. le curé, le brigadier Flanderka fit arrêter le berger communal qui fut ensuite jugé au Hradtchine et condamné à douze ans pour haute trahison. L'accusation le prouva coupable de menées dangereuses et de haute trahison, d'incitation à la rébellion, d'insultes à Sa Majesté et de plusieurs autres crimes et délits.

Au tribunal, Jojo saute en l'air se comporta comme au pâturage avec les villageois. En réponse à toutes les questions, il bêlait comme une chèvre et, après la lecture du verdict, il cria « mêêmê... hop ! » et sauta en l'air. Cela lui valut une punition disciplinaire : coucher sur un lit dur, au cachot avec trois jours de jeûne.

Depuis lors, le brigadier n'avait plus d'indicateur et devait se contenter d'en avoir inventé un, donnant un nom fictif et augmentant ainsi ses revenus de cinquante couronnes par mois qu'il buvait à l'auberge *Au Matou.* Au dixième verre, il était pris de crises de remords, la bière devenait amère dans sa bouche et les villageois lui disaient toujours la même phrase : « Monsieur le brigadier a l'air triste aujourd'hui, comme s'il n'était pas dans son assiette. » Alors il rentrait chez lui et, après son départ, il se trouvait toujours quelqu'un pour dire : « Faut croire que les nôtres ont encore fait les cons en Serbie pour que le brigadier soit si peu causant. »

Et à la maison, le brigadier remplissait de nouveau au moins un questionnaire : « Etat d'esprit de la population : I *a* ».

M. le brigadier passait souvent de longues nuits sans sommeil. Il attendait sans cesse une inspection, une enquête. La nuit, il rêvait de la corde, on le menait à la potence et sous la potence M. le ministre de la Défense provinciale lui demandait une dernière fois : « *Wachmeister, wo ist die Antwort des Zirkulärs no.* $\frac{1786789}{23792}$ X.Y.Z.[1] ? »

Mais maintenant ! On aurait dit que de tous les coins du commissariat résonnait l'ancien cri des chasseurs : « Bonne chasse ! » Le brigadier de gendarmerie Flanderka était sûr que le commandant du district allait lui taper sur l'épaule et lui dire : « *Ich gratuliere Ihnen, Herr Wachmeister*[2]. »

En esprit, le brigadier se représentait aussi d'autres tableaux délicieux qui germaient dans quelque repli de sa cervelle de fonctionnaire : décorations, avancement rapide au grade le plus élevé, reconnaissance de ses talents criminologiques lui ouvrant une belle carrière.

Il appela le convoyeur et lui demanda :

— Vous avez trouvé à déjeuner ?

— Ils lui ont apporté du petit salé avec de la choucroute et des boulettes, i' restait plus de soupe. Il a bu son thé et il en revoudrait.

— Qu'on lui en donne ! s'exclama le brigadier, généreux, et quand il aura bu ce thé qu'on me l'amène.

— Alors ? c'était bon ? demanda le brigadier quand

1. Brigadier, où est la réponse à la circulaire $\frac{1786789}{23792}$ X.Y.Z. ?

2. Brigadier, je vous félicite.

au bout d'une demi-heure le convoyeur lui amena Chvéïk repu et satisfait, comme toujours.

— C'était pas mauvais, monsieur le brigadier, il aurait fallu un peu plus de choucroute. Mais que faire, je sais bien qu'ils ne s'y attendaient pas. La viande était bien fumée, c'était sûrement de la viande fumée à la maison, d'un cochon de la ferme. Le thé au rhum m'a aussi fait du bien.

Le brigadier regarda Chvéïk et demanda :

— C'est vrai qu'on boit beaucoup de thé en Russie ? Est-ce qu'il y a aussi du rhum là-bas ?

— Il y a du rhum partout dans le monde, monsieur le brigadier.

« N'essaie pas de t'en sortir comme ça, se dit le brigadier. Tu t'es déjà mouillé. »

Et sur un ton confidentiel, en se penchant vers Chvéïk, il demanda :

— Elles sont jolies, les filles en Russie ?

— Il y a des jolies filles partout dans le monde, monsieur le brigadier.

« Sacré galopin, se dit de nouveau le brigadier. Tu aimerais bien te dépêtrer de tout ça, maintenant. » Et le brigadier de faire donner l'artillerie lourde :

— Que vouliez-vous faire au 91e régiment ?

— Je voulais aller au front avec lui.

Le brigadier regarda Chvéïk avec satisfaction et remarqua :

— Ça c'est juste. C'est la meilleure manière pour aller en Russie.

« Ça, vraiment, c'était bien trouvé », se dit le brigadier rayonnant, en observant l'effet de ses paroles sur Chvéïk.

Cependant, dans ses yeux, il ne put lire rien d'autre qu'un calme parfait.

« Cet homme ne bronche même pas, se dit le brigadier, effrayé. C'est leur éducation militaire. Moi, si j'étais à sa place et si quelqu'un me disait ça, je tremblerais comme une feuille. »

— Demain, on va vous conduire à Pisek, dit-il comme en passant. Vous avez déjà été à Pisek ?

— En 1910, aux manœuvres impériales.

A cette réponse, le sourire du brigadier se fit encore plus agréable et plus triomphant. Il sentait qu'il s'était surpassé avec son système d'interrogatoire.

— Vous avez assisté aux manœuvres d'un bout à l'autre ?

— Certainement, monsieur le brigadier, comme soldat d'infanterie.

Et Chvéïk continuait à regarder le brigadier avec le même calme ; celui-ci frétillait de plaisir et ne pouvait retenir l'envie de noter tout cela immédiatement dans son rapport. Il appela le convoyeur et lui dit de reconduire Chvéïk et compléta ainsi son rapport : « Son plan était le suivant : s'étant glissé dans les rangs du 91e régiment d'infanterie, il voulait immédiatement se porter volontaire pour partir au front et à la première occasion passer en Russie car il avait compris qu'en raison de la vigilance des autorités, il n'avait pas d'autre possibilité pour son voyage de retour. Le fait qu'il aurait fort bien pu réussir au 91e régiment d'infanterie est entièrement compréhensible car, de son propre aveu, il a admis, après un long interrogatoire, qu'il avait en 1910 déjà assisté en tant que soldat d'infanterie aux manœuvres impériales dans les environs de Pisek. Il en découle qu'il est très compétent dans sa spécialité. Je souligne encore que ces chefs d'accusation sont le résultat de mon système d'interrogatoire. »

Le convoyeur apparut dans la porte.

— Monsieur le brigadier, il veut aller aux cabinets.

— *Bajonet auf*[1] *!* décida le brigadier. Ou plutôt non, conduisez-le ici.

— Vous voulez aller aux cabinets ? dit aimablement le brigadier. Cela ne cache-t-il rien d'autre ?

Et il fixa ses yeux sur le visage de Chvéïk.

— Vraiment, ce n'est rien d'autre qu'une grosse commission, monsieur le brigadier, répondit Chvéïk.

— Pourvu que cela ne cache rien d'autre, répéta le brigadier d'un ton significatif, tout en attachant son revolver de service à sa ceinture. Je viens avec vous.

— C'est un très bon revolver, ça, dit-il à Chvéïk chemin faisant. A sept coups, et il tire avec précision.

Mais, avant qu'ils ne sortent dans la cour, il appela le convoyeur et lui dit en secret :

— Vous, vous venez la baïonnette au poing et, quand il sera à l'intérieur, vous vous posterez derrière les cabinets pour qu'il ne tente pas de s'évader en passant par la fosse à purin.

Les cabinets étaient une simple cabane de bois qui se tenait tristement au milieu de la cour au-dessus de la fosse à purin coulant d'un tas de fumier tout proche.

C'était un vétéran, cette cabane où des générations entières avaient fait leurs besoins. Maintenant, Chvéïk était assis là, tenant d'une main la ficelle de la porte alors que le convoyeur regardait son derrière par la

1. Baïonnette au poing !

petite fenêtre du fond de peur qu'il n'essaye de passer par la fosse.

Et les yeux de lynx du brigadier étaient fixés sur la porte et le brigadier se demandait sur quelle jambe il devait tirer en cas de tentative d'évasion.

Mais la porte s'ouvrit tranquillement et sortit un Chvéïk satisfait qui dit au brigadier :

— Je ne suis pas resté trop longtemps ? J'ai peur de vous avoir fait attendre.

— Oh, pas le moins du monde, pas le moins du monde, répliqua le brigadier se disant en son for intérieur : « Que ces gens sont délicats et polis. Il sait ce qui l'attend, mais chapeau ! Il est courtois jusqu'au dernier moment. Un des nôtres en serait-il capable à sa place ? »

Le brigadier resta à nouveau au poste de garde à côté de Chvéïk sur le lit vide du gendarme Ramp qui était de service depuis le matin, chargé de faire la tournée des villages et qui, à l'heure qu'il était, était tranquillement assis au *Cheval Noir* à Protivin et jouait au mariage avec les maîtres cordonniers, expliquant entre deux parties que l'Autriche devait gagner la guerre.

Le brigadier alluma sa pipe, offrit à Chvéïk de quoi bourrer la sienne, le convoyeur remit du bois dans le poêle et la gendarmerie devint le lieu le plus agréable de la terre, un coin tranquille, un nid bien chaud à l'approche du crépuscule hivernal où on reste à bavarder un moment dans la pénombre avant d'allumer les lampes.

Cependant, tout le monde se taisait. Le brigadier poursuivait son idée à lui et enfin l'exprima en s'adressant au convoyeur :

— A mon avis, il n'est pas juste de pendre les

espions. Un homme qui se sacrifie à son devoir, à sa patrie, pour ainsi dire, devrait être exécuté honorablement, passé par les armes, qu'en pensez-vous, monsieur le convoyeur ?

— Certainement, faut seulement les fusiller et pas les pendre, convint le convoyeur. Admettons que nous aussi on nous envoie comme ça, en nous disant : « Faut que vous cherchiez à savoir combien les Russes ont de mitraillettes dans leur *Maschinengewehrabteilung*[1]. » Alors, on changerait de vêtements et on irait. Et on se ferait pendre pour ça, comme un vulgaire voleur et assassin ?

Le convoyeur tout ému se leva et cria :

— J'exige d'être fusillé et d'être enterré avec les honneurs de la guerre !

— Y a un os là-dedans, intervint Chvéïk. Si le gars est futé, on n'arrivera jamais à rien prouver.

— Mais si, dit le brigadier avec emphase. A condition qu'eux aussi, ils soient futés et qu'ils aient *leur méthode.* Vous allez voir vous-même.

« Vous verrez, répéta-t-il d'un ton plus mesuré, avec un sourire engageant, chez nous les faux-fuyants, ça ne prend pas, n'est-ce pas, monsieur le convoyeur ? »

Le convoyeur hocha la tête et émit l'opinion qu'il y en a qui sont battus d'avance, que même s'ils simulent le plus grand calme, rien n'y fait, que plus quelqu'un a l'air calme, plus sa culpabilité éclate.

— Je reconnais là mon enseignement, monsieur le convoyeur, dit fièrement le brigadier. Le calme, c'est une bulle de savon, le calme feint est un *corpus delicti.*

1. Section des mitraillettes.

Et, interrompant l'exposé de sa théorie, il s'adressa au convoyeur :

— Qu'est-ce qu'on s'offre à dîner ce soir ?

— Vous n'allez pas à l'auberge ce soir, monsieur le brigadier ?

Cette question posa un nouveau et grave problème au brigadier, problème qu'il fallait résoudre sur-le-champ. Et si, profitant de son absence nocturne, l'autre prenait la fuite ? « Certes, on peut compter sur le convoyeur, c'est un homme prudent mais il a déjà laissé échapper deux vagabonds. » Il faut dire que c'était en hiver, il n'avait pas envie de se trimbaler avec eux dans la neige jusqu'à Pisek, alors il les avait lâchés dans un champ près de Razice et tiré un coup en l'air pour la forme.

— On enverra la vieille chercher à dîner et elle ira prendre de la bière dans la cruche, dit le brigadier, ayant ainsi résolu ce problème ardu. Ça lui fera prendre un peu d'exercice, à la vieille.

Et, en effet, la vieille Pejzler, leur servante, eut l'occasion de prendre de l'exercice.

Après le dîner, ce fut un va-et-vient ininterrompu entre le poste de police et l'auberge *Au Matou*. Les traces extraordinairement nombreuses des lourds souliers de la vieille Pejzler sur ce parcours démontraient que le brigadier compensait amplement son absence *Au Matou*.

Et quand enfin la vieille Pejzler entra dans le débit de boisson pour dire que M. le brigadier envoyait bien le bonsoir et qu'il voulait un litre de kontouchovka [1], l'aubergiste n'y tint plus de curiosité.

1. Eau-de-vie tchèque aux herbes.

— Vous me demandez qui est là, répondit la vieille Pejzler, c'est un suspect. Juste avant que je sois partie, les deux le tenaient par le cou et M. le brigadier lui caressait les cheveux et lui disait : « Mon beau petit Slave, mon petit espion chéri ! »

Et plus tard, longtemps après minuit, le convoyeur dormait avec un ronflement sonore, étendu sur son lit de camp tout habillé, en uniforme.

En face de lui, le brigadier se tenait assis avec le fond de la bouteille de kontouchovka, il avait le bras autour du cou de Chvéïk, les larmes coulaient sur son visage hâlé, sa barbe était toute gluante d'eau-de-vie aux herbes et il bafouillait :

— Dis-moi seulement que les Russes n'ont pas de la kontouchovka aussi bonne que ça, dis-le-moi pour que je puisse dormir en paix, sois un homme, avoue.

— C'est vrai.

— Tu m'as fait plaisir, tu as avoué. C'est ainsi que tu dois te comporter pendant l'interrogatoire. Si on est coupable, pourquoi nier ?

Il se leva, titubant vers sa chambre, la bouteille vide à la main, en marmonnant :

— S'il avait pas été détourné du droit chemin, tout aurait pu être dif-différent.

Avant de s'écrouler sur son lit, en uniforme, il sortit son rapport du bureau et essaya de le compléter avec les indications suivantes :

« *Ich muss noch dazu beifügen, dass die russische Kontuchovka*[1], sur la base de l'article § 56... » Il fit une

1. Je dois encore ajouter que la kontouchovka russe...

tache d'encre, la lécha avec un sourire idiot et s'écroula sur son lit où il s'endormit comme un loir.

Vers le matin, le convoyeur, couché sur son lit de l'autre côté du mur, se mit à ronfler si fort, ronflement accompagné d'un sifflement nasal, qu'il réveilla Chvéïk. Il se leva, secoua le convoyeur et alla se recoucher. Mais les coqs commençaient déjà à chanter et quand le soleil se leva un peu plus tard, la vieille Pejzler, qui elle aussi avait dormi après ses courses nocturnes, vint allumer le feu. La lampe à pétrole du poste de police fumait encore. La vieille Pejzler sonna le réveil et tira Chvéïk et le convoyeur du lit. Elle dit au convoyeur :

— Vous n'avez pas honte, vrai, de dormir tout habillé comme une bête ?

Et elle fit remarquer à Chvéïk qu'il pourrait au moins boutonner sa braguette en présence d'une femme.

Enfin, elle invita énergiquement le convoyeur tout ensommeillé à aller réveiller M. le brigadier, disant que ça ne se faisait pas de roupiller si longtemps.

— Vous êtes tombé dans de bonnes mains ici, vrai, marmonna-t-elle à l'adresse de Chvéïk lorsque le convoyeur fut parti réveiller le brigadier, je ne sais pas lequel est le plus grand poivrot des deux. Ils se boiraient les yeux de la tête. Ça fait trois années de service qu'ils me doivent et quand je leur rappelle, le brigadier me dit toujours : « Taisez-vous la vieille, ou bien je vous fais enfermer ; on sait bien que votre fils est braconnier et qu'il va prendre du bois dans le domaine ! » Et ça va faire quatre ans que je me fais suer pour eux.

La vieille poussa un profond soupir et continua :

— Surtout, prenez garde au brigadier, il est patelin, comme ça, mais en réalité c'est un coquin de première. Il ne demande qu'à vous coincer et à vous mettre en prison.

Il fut extrêmement difficile de réveiller le brigadier. Le convoyeur eut le plus grand mal à le convaincre que c'était déjà le matin.

Enfin, il sortit de sa torpeur, se frotta les yeux et commença vaguement à se souvenir de la vieille. Tout à coup il fut frappé d'une idée terrifiante qu'il exprima, en regardant le convoyeur d'un air troublé :

— Il s'est sauvé ?

— Mais pensez-vous, c'est un honnête homme.

Le convoyeur se mit à arpenter la pièce, regarda par la fenêtre, revint sur ses pas, arracha un bout de papier au journal qui se trouvait sur la table et roula une boulette de papier entre ses doigts. Visiblement, il voulait dire quelque chose.

Le brigadier le regarda d'un air indécis et finalement, voulant s'assurer de ce qu'il devinait, il dit :

— Je vais vous aider, monsieur le convoyeur. J'ai encore dû me déchaîner hier soir, en faire de belles, non ?

Le convoyeur regarda son supérieur d'un air de reproche :

— Si vous saviez, monsieur le brigadier, tout ce que vous avez pu raconter hier, les discours que vous avez tenus, vous et lui.

Se penchant vers l'oreille du brigadier, il lui chuchota :

— Que nous tous, Tchèques et Russes, nous sommes du même sang slave, que la semaine prochaine

Nikolaï Nikolaïevitch [1] sera à Prerov, que l'Autriche ne tiendra pas, que, pour la suite de son enquête, il n'a qu'à nier, à dire n'importe quoi pour tenir jusqu'au moment où les Cosaques viendront le libérer, que tout va péter d'un moment à l'autre, que ce sera comme pendant les guerres hussites, que les paysans marcheront sur Vienne armés de leurs fléaux, que Sa Majesté l'empereur est un vieux bonhomme malade et qu'il va casser sa pipe sans tarder, que l'empereur Guillaume est un salaud, que vous lui enverrez de l'argent en prison pour qu'il puisse améliorer son ordinaire et encore des tas de discours du même genre.

Le convoyeur s'écarta du brigadier.

— Tout ça, je m'en souviens bien parce qu'au début, moi j'étais pas trop pompette, mais après, moi aussi j'étais bourré et alors, je ne sais plus rien.

Le brigadier regarda le convoyeur :

— Et moi, je me souviens, déclara-t-il, que vous disiez que nous n'arrivons pas à la cheville des Russes et que vous avez crié devant la vieille : « Vive la Russie ! »

« Vous avez crié ça comme un sourd, dit le brigadier, puis vous êtes écroulé en travers du lit et vous êtes mis à ronfler. »

Le convoyeur s'arrêta à la fenêtre, se mit à tambouriner sur la vitre et déclara :

— Vous aussi, monsieur le brigadier, vous n'y êtes pas allé par quatre chemins devant la vieille et je me souviens que vous lui avez dit : « Rappelle-toi bien que chaque empereur et chaque roi, il ne pense qu'à sa propre poche et c'est pourquoi il fait la guerre même si

1. Commandant en chef des armées russes.

c'est un vioc comme le vieux Prochazka qu'on peut même pas laisser sortir des chiottes pour qu'il ne conchie pas tout Schönbrunn. »

— Moi, j'ai dit ça ?

— Oui, monsieur le brigadier, vous avez dit ça avant d'aller vomir dans la cour et encore vous avez crié : « La vieille, fourre-moi le doigt dans la gorge ! »

— Vous aussi, vous vous êtes proprement exprimé, l'interrompit le brigadier, vous avez dit que Nikolaï Nikolaïevitch sera roi de Bohême, où êtes-vous allé chercher une pareille sottise ?

— Je ne m'en souviens pas, répondit timidement le convoyeur.

— Ce serait étonnant que vous vous en souveniez. Vous étiez rond comme une bourrique, saoul comme un cochon et quand vous avez voulu sortir, au lieu d'ouvrir la porte, vous avez grimpé sur le poêle.

Les deux hommes se turent. Enfin, le brigadier rompit ce long silence :

— Je vous ai toujours dit que l'alcool, c'est la ruine. Vous ne le supportez guère et vous en buvez. Et si l'autre s'était enfui ? Qu'est-ce que nous aurions dit ? Bon sang, j'ai la tête qui éclate !

— Je vous dis ceci, monsieur le convoyeur, reprit le brigadier, justement parce qu'il ne s'est pas enfui, la chose est parfaitement claire : c'est un homme dangereux, habile. Lorsqu'ils vont l'interroger là-bas, il dira qu'ici c'était ouvert toute la nuit, que nous étions saouls, qu'il aurait pu se sauver mille fois s'il s'était senti coupable. Encore heureux qu'un tel homme on ne le croie pas, et si nous disions sous le sceau du serment officiel que c'était une invention et un impudent mensonge de cet individu, alors même Dieu et ses saints ne pourraient pas l'aider et il aurait encore un chef d'accusation de plus sur les bras. Bien sûr, dans son cas, ça n'y change rien. Ah, si seulement j'avais moins mal à la tête !

Silence. Au bout d'un moment le brigadier déclara :

— Faites venir la vieille ici.

— Ecoute, la vieille, dit le brigadier à la mère Pejzler en la regardant sévèrement dans les yeux, procure-toi quelque part un crucifix sur un socle et apporte-le-moi.

Devant le regard interrogateur de la vieille Pejzler, le brigadier hurla :

— Va, et plus vite que ça !

Le brigadier sortit de son bureau deux bougies sur lesquelles on voyait des traces, de la cire à cachet qui lui servait à sceller les missives officielles et quand enfin la mère Pejzler revint, traînant les pieds, avec son crucifix, le brigadier le posa entre les deux bougies sur le bord de la table, alluma les bougies et dit gravement :

— Assieds-toi, la vieille.

La mère Pejzler, tout effarée, se laissa tomber sur le sofa, fixant, les yeux écarquillés, le brigadier, les bougies et le crucifix. La peur la prit et comme elle avait ses mains sur son tablier, on les voyait trembler tout comme ses genoux.

Le brigadier passa gravement devant elle, s'arrêta une deuxième fois devant la femme et déclara solennellement :

— Hier, la vieille, tu as été témoin d'un grand événement. Il se peut que ta stupide cervelle ne l'ait pas compris. Ce soldat, c'est un espion, la vieille.

— Jésus, Marie! s'écria la mère Pejzler. Sainte Vierge de Skocice!

— Tais-toi, la vieille. Pour arriver à tirer quelque chose de lui, il a fallu qu'on tienne toute sorte de discours. Tu les as entendus, n'est-ce pas, ces choses étranges que nous avons dites?

— Oui, sauf votre respect, je les ai entendues, dit d'une voix tremblante la mère Pejzler.

— Mais tous ces discours, la vieille, n'avaient qu'un but : le faire avouer, gagner sa confiance. Et là, nous avons réussi. On lui a tiré tous les vers du nez. On l'a pincé.

Le brigadier interrompit un instant son discours pour arranger les mèches des bougies, puis continua de sa voix grave, en fixant son regard sévère sur la mère Pejzler.

— Vous étiez présente, la vieille, et vous êtes dans le secret. Secret d'Etat! Il ne faut en souffler mot à personne. Même pas sur votre lit de mort, sans quoi on ne pourrait pas vous enterrer au cimetière.

— Jésus, Marie, Joseph! se lamentait la mère Pejzler. Quel malheur j'ai eu de mettre les pieds ici.

— Ne criez pas, la vieille, approchez-vous du crucifix et levez deux doigts de la main droite. Vous allez prêter serment. Répétez ce que je vais dire.

Continuant à se lamenter, la mère Pejzler tituba vers la table.

— Sainte Vierge de Skocice, pourquoi ai-je jamais mis les pieds ici?

Et le visage douloureux du Christ sur le crucifix la regardait, les bougies fumaient et tout cela semblait terriblement surnaturel à la mère Pejzler. Elle était toute perdue là-dedans, ses genoux s'entrechoquaient, ses mains tremblaient.

Elle leva deux doigts et le brigadier dit solennellement et en martelant les mots :

— Je jure à Dieu tout-puissant et à vous, monsieur le brigadier, que jamais jusqu'à ma mort je ne dirai à personne un mot de ce que j'ai entendu ici, même si on venait me questionner. Que Dieu me vienne en aide !

« Et maintenant, la vieille, baisez le crucifix, ordonna le brigadier quand la mère Pejzler eut prêté serment avec des sanglots à fendre l'âme et pieusement terminé le tout par un signe de croix.

« Et maintenant, rapporte le crucifix là où tu l'as emprunté. Tu diras que j'en avais besoin pour un interrogatoire. »

Atterrée, la mère Pejzler quitta la pièce sur la pointe des pieds, portant le crucifix, et par la fenêtre on put la voir sur la route, se retournant sans cesse vers le poste de police, comme pour se convaincre que ce n'était pas un rêve et qu'elle venait vraiment de vivre quelque chose d'affreux.

Entre-temps, le brigadier recopiait son rapport, complété au cours de la nuit avec ces taches d'encre qu'il avait léchées, en même temps que ses phrases, comme si c'était de la confiture.

Maintenant, il était en train de refondre le tout et il constata qu'il avait oublié de poser une question. Il fit donc appeler Chvéïk et lui demanda :

— Vous savez photographier ?

— Oui.

— Et pourquoi n'avez-vous pas d'appareil sur vous ?

— Parce que je n'en possède pas.

La réponse fut franche et claire.

— Et si vous en aviez un, vous prendriez des photos ?

— Avec des si, on mettrait Prague en bouteille, répondit Chvéïk avec simplicité, supportant calmement l'expression scrutatrice du visage du brigadier qui tout à coup avait si mal à la tête qu'il ne put imaginer d'autre question que :

— Est-ce que c'est difficile de photographier une gare ?

— Plus facile qu'autre chose, répondit Chvéïk, vu que ça ne bouge pas et cette gare elle est toujours à la même place et on n'a pas besoin de lui dire de faire un sourire.

Ainsi le brigadier put compléter son rapport : « *Zu dem Bericht N° 2172, melde ich*[1]... »

Et le brigadier se lança : « Entre autres, lors de mon interrogatoire, il a précisé qu'il aimait photographier et de préférence les gares. Bien qu'on n'ait pas trouvé sur lui d'appareil photographique, on peut supposer qu'il le cache quelque part et que c'est pour cette raison qu'il ne le porte pas sur lui, pour détourner l'attention de sa personne, ce qui est prouvé par son propre aveu comme quoi il prendrait des photos s'il se trouvait en possession d'un appareil. »

Le brigadier, la tête lourde après ce qui s'était passé la veille, s'embrouillait de plus en plus dans son rapport sur la photographie et continua à écrire : « Il est certain que, de son propre aveu, seul le fait de ne pas avoir d'appareil photographique l'a empêché de photographier les bâtiments des gares et en général les

1. A propos de rapport n° 2172, je signale que...

endroits d'importance stratégique et il est hors de doute qu'il l'aurait fait s'il avait eu sur lui ledit appareil photographique, par lui caché. C'est uniquement grâce au fait qu'il n'avait pas sous la main d'appareil photographique qu'aucune photographie n'a été trouvée sur lui. »

— Ça suffit, dit le brigadier.

Et il signa.

Le brigadier était très satisfait de son œuvre et en donna fièrement lecture au convoyeur.

— Ça, c'est du bon travail, lui dit-il, vous voyez, c'est comme ça qu'on rédige des rapports. Il faut que tout y soit. Un interrogatoire, nom d'un petit bonhomme, c'est pas si simple et le principal, c'est de bien agencer tout ça dans le rapport pour en mettre plein la vue aux chefs, là-haut. Amenez-le-moi ici, l'autre, qu'on en finisse.

« Et maintenant, dit-il gravement à Chvéïk, M. le convoyeur va vous conduire à Pisek, au commandement de gendarmerie du district. Selon le règlement, il faudrait vous mettre des fers. Mais comme j'estime que vous êtes un homme bien, on ne vous mettra pas de fers. Je suis convaincu que vous ne ferez pas de tentative de fuite en chemin. »

Visiblement ému à la vue du bon visage de Chvéïk, le brigadier ajouta :

— Et ne gardez pas mauvais souvenir de moi. Amenez-le, monsieur le convoyeur, voici mon rapport.

— Alors, adieu, dit Chvéïk avec douceur. Je vous remercie, monsieur le brigadier, pour tout ce que vous avez fait pour moi et, si j'en ai l'occasion, je vous écrirai et si un jour je passais encore dans les environs, je m'arrêterais chez vous.

Chvéïk sortit sur la route avec le convoyeur et quiconque les rencontrait, plongés dans une conversation amicale, les prenait pour de vieux amis qui se trouvent par hasard faire route ensemble vers la ville, pour aller à l'église, par exemple.

— Jamais je n'aurais pensé, racontait Chvéïk, qu'un voyage comme ça, pour aller à České Budejovice, présente de telles difficultés. Ça me fait penser à l'histoire de Chaura, un boucher de Kobylisy. Lui, une nuit, il s'est retrouvé à Moran, devant le monument à Palacky et jusqu'au matin, il a tourné en rond, parce qu'il avait l'impression que ce mur n'en finissait pas. I' en était tout désespéré et le matin, i' en pouvait plus, alors i' se met à crier : patrouille ! Et quand les gendarmes sont accourus, i' leur a dit que ça faisait cinq heures qu'il marchait le long d'une espèce de mur sans fin. Alors, ils l'ont amené avec eux et dans le cachot, i' leur a tout cassé.

Le convoyeur s'abstint de répondre et se disait : « Qu'est-ce que tu me racontes là ? Voilà encore que tu recommences avec tes histoires sur České Budejovice. »

Ils passèrent le long d'un étang et Chvéïk, très intéressé, demanda au convoyeur s'il y avait beaucoup de gens qui braconnaient du poisson dans les environs.

— Des braconniers, il n'y a que ça ici, répondit le convoyeur. L'ancien brigadier, ils voulaient le jeter à l'eau. Le garde-pêche de sa tour leur tire des piquants dans le derrière, mais rien n'y fait. Ils mettent un bout de tôle dans le fond de leur culotte.

Le convoyeur se mit à parler du progrès, à dire que les gens trouvent toujours une combine, qu'ils se trompent les uns les autres et énonça une nouvelle théorie comme quoi cette guerre était un grand bonheur pour l'humanité parce que dans ces batailles, en plus des gens honnêtes, on allait aussi tuer des voyous et des coquins.

— De toute manière, il y a beaucoup trop de gens dans le monde, déclara-t-il gravement, ils sont tous serrés comme des sardines et l'humanité a proliféré quelque chose de terrible.

Ils approchaient d'une auberge.

— Ça souffle bougrement aujourd'hui, dit le convoyeur, je crois qu'un petit verre ne nous fera pas de mal. Ne dites à personne que je vous conduis à Pisek. C'est un secret d'Etat.

Le convoyeur voyait danser devant ses yeux les directives des autorités centrales au sujet des individus suspects et qui se faisaient remarquer et sur le devoir de chaque poste de police d' « empêcher les contacts entre ces individus et la population locale et de veiller strictement à ce que, lors du transfert à d'autres instances, on ne tienne pas dans les environs des propos déplacés. »

— Faut pas révéler ce que vous êtes, reprit le convoyeur, ça ne regarde personne ce que vous avez fait, faut pas provoquer la panique.

« La panique, en temps de guerre, est une très mauvaise chose, poursuivit-il, on dit quelque chose et en un rien de temps, c'est une véritable avalanche dans tout le secteur. Vous comprenez ?

— Fort bien, je ne vais pas répandre la panique, dit Chvéïk, et il se comporta en conséquence car, quand l'aubergiste entra en conversation avec eux, Chvéïk dit avec insistance : « Mon frère que voici me dit que nous serons à Pisek dans une heure.

— M. votre frère est en perm ? demanda l'aubergiste curieux au convoyeur qui, sans sourciller, répondit hardiment :

— C'est son dernier jour.

— Celui-là, on l'a eu, dit-il à Chvéïk en souriant lorsque l'aubergiste se fut éloigné un moment. Surtout pas de panique. Nous sommes en temps de guerre.

Si, avant d'entrer dans l'auberge, le convoyeur avait dit qu'un petit verre ne ferait pas de mal, il avait été optimiste ; il avait oublié la quantité et, après en avoir bu douze, il déclara péremptoirement que le commandant de la gendarmerie du district déjeunait jusqu'à trois heures, que ce n'était pas la peine d'arriver à Pisek plus tôt que ça et que, de plus, la neige commençait à tomber à gros flocons. En arrivant à Pisek pour quatre heures, ils auraient encore du temps à revendre. Jusqu'à six heures, il leur restait encore assez de temps. Après, à regarder le temps qu'il faisait dehors, ils allaient faire route dans le noir. Alors, peu importait qu'ils y aillent maintenant ou plus tard. Pisek serait toujours à la même place.

— Soyons contents d'être au chaud, annonça-t-il résolument, par un pareil temps de cochon, ils sont plus malheureux dans les tranchées que nous, près du poêle.

Le grand poêle de faïence chauffait fort et le convoyeur constata que cette chaleur extérieure pouvait être avantageusement complétée par la chaleur intérieure, grâce à différents alcools puissants et doux, comme on dit si bien en Galicie.

L'aubergiste de ce hameau isolé en avait de huit sortes : il s'ennuyait et buvait au son de la bise qui sifflait dans tous les coins de la maison.

Le convoyeur encourageait sans cesse l'aubergiste à suivre la même cadence, l'accusait de ne pas boire assez, ce qui était une injustice flagrante car déjà l'aubergiste tenait à peine sur ses jambes : il voulait sans cesse jouer aux cartes et affirmait avoir entendu pendant la nuit le canon tonner à l'est, sur quoi le convoyeur hoqueta :

— Surtout pas de panique. Y a les in-instructions.

Il se mit à expliquer que les instructions sont la somme des règlements les plus immédiats. Ce faisant, il révéla le contenu de plusieurs dossiers secrets. L'aubergiste n'y comprenait déjà plus rien et fut tout juste capable de déclarer que ce n'est pas à coups d'instructions qu'on gagne une guerre.

Il faisait déjà noir quand le convoyeur décida de se mettre en route pour Pisek avec Chvéïk. Dans la tempête de neige, on n'y voyait pas à un mètre devant soi et le convoyeur répétait sans cesse :

— On va droit devant jusqu'à Pisek.

Quand il le dit pour la troisième fois, sa voix ne venait plus de la route mais de quelque part en bas car il avait roulé dans la neige, le long de la pente. En s'aidant de son fusil, il parvint péniblement à grimper sur la route. Chvéïk l'entendit dans un rire étouffé : « Une glissade ! » Mais au bout d'un moment, on ne l'entendit de nouveau plus, car il avait encore glissé sur la pente, hurlant plus fort que le vent : « Je tombe, c'est la panique ! »

Le convoyeur se transforma en une fourmi laborieuse qui, quand elle tombe quelque part, se met à remonter avec application.

Le convoyeur répéta cinq fois cette excursion sur la

pente et quand, à nouveau, il eut rejoint Chvéïk, il lui dit tout désemparé et désespéré :

— J'aurais bien pu vous perdre.

— Ne vous inquiétez pas, monsieur le convoyeur, dit Chvéïk, le mieux serait de nous attacher l'un à l'autre. Comme ça, on ne pourra pas se perdre. Vous avez des menottes sur vous ?

— Un gendarme doit toujours avoir des menottes sur lui, dit le convoyeur avec aplomb, tout en titubant autour de Chvéïk, c'est notre pain quotidien, ça.

D'un geste magistral le convoyeur mit les menottes, un bracelet au poignet de Chvéïk, l'autre au sien, et les voilà unis comme des frères jumeaux. Chancelant sur la route, ils ne pouvaient s'écarter l'un de l'autre et le convoyeur, tirant sur Chvéïk, le fit buter contre un tas de pierres ; puis il tomba et Chvéïk le suivit dans sa chute. Cependant, les menottes leur coupaient les poignets et finalement le convoyeur déclara que ça n'allait pas, qu'il fallait les détacher. Après de longs et vains efforts pour se dégager lui-même et Chvéïk des fers, le convoyeur soupira :

— Nous voilà unis pour les siècles des siècles.

— Amen, ajouta Chvéïk, et ils reprirent leur laborieux cheminement.

Un désespoir immense s'empara du convoyeur et quand, tard le soir, après d'atroces souffrances, ils arrivèrent à Pisek, sur les marches du commandement de la gendarmerie, le convoyeur catastrophé dit à Chvéïk :

— Maintenant, ça va être terrible. On ne peut plus se quitter.

Et ce fut en effet terrible lorsque le brigadier fut quérir le commandant König.

Les premiers mots du commandant furent :

— Soufflez sur moi !

« Maintenant, je comprends tout, dit le commandant, saisissant sans l'ombre d'un doute la situation, grâce à son odorat fin et exercé, du rhum, de la kontouchovka, de l'eau-de-vie du diable, de l'eau-de-vie d'airelles, de la noix, de la cerise et de la vanille !

« Monsieur le brigadier, dit-il à l'adresse de son subordonné, vous voyez ici l'exemple de ce qu'un gendarme ne doit pas être. C'est un si grand délit qu'il appartiendra à la cour martiale d'en juger. S'attacher à un délinquant avec des menottes ! Venir saoul, total *besoffen*[1] ! Arriver ici, en rampant comme une bête. Enlevez-leur ça !

« Qu'est-ce que c'est encore ? demanda-t-il au convoyeur qui faisait le salut de la main gauche.

— A vos ordres, monsieur le commandant, je vous amène un rapport.

— C'est à votre sujet qu'on va envoyer un rapport au tribunal, dit sèchement le commandant. Monsieur le brigadier, enfermez-moi ces deux hommes, conduisez-les à l'interrogatoire le matin, étudiez-moi ce rapport de Putim et envoyez-le à mon appartement.

Le commandant de Pisek était féru du règlement, acharné dans la persécution de ses subordonnés et passé maître en bureaucratie.

Dans les gendarmeries de son district, personne ne pouvait jamais prétendre que l'orage était passé : il se déchaînait à nouveau avec chaque envoi signé par le commandant qui passait sa journée à rédiger des

1. Totalement saoul.

blâmes, des rappels à l'ordre et des mises en garde par tout le district.

Depuis que la guerre avait éclaté, de lourds nuages pesaient sur les gendarmeries du district de Pisek.

Vraiment, l'atmosphère était effrayante. Les coups de tonnerre de la bureaucratie grondaient et frappaient les brigadiers de gendarmerie, les convoyeurs, les hommes et les garçons de course. Pour n'importe quelle bêtise, on avait droit à une enquête disciplinaire.

— Si nous voulons gagner la guerre, disait-il, lors de ses tournées d'inspection dans les gendarmeries, il faut que le *a* soit *a* et que le *b* soit *b* et que partout il y ait des points sur les *i*.

Il se croyait entouré de traîtres et avait nettement conçu l'impression que chaque gendarme de son district avait quelque faute à se reprocher en rapport avec la guerre, que chacun, en cette période grave, s'était rendu coupable de quelque négligence dans son service.

Et d'en haut, on le bombardait d'envois dans lesquels le ministère de la Défense provinciale attirait l'attention sur le fait que, selon les rapports du ministère de la Guerre, les soldats du district de Pisek passaient à l'ennemi.

Et on le talonnait pour qu'il enquête sur le loyalisme dans le district. C'était effrayant ; les femmes des environs venaient accompagner leurs maris qui partaient pour l'armée et lui, il savait à coup sûr que ces hommes promettaient à leurs femmes de ne pas se faire tuer pour Sa Majesté l'empereur.

Les nuages de la révolution commençaient à s'amonceler à l'horizon noir et or[1]. En Serbie, dans les Carpates, des bataillons passaient à l'ennemi. Le 28e régiment, le 11e régiment. Dans ce dernier, il y avait des soldats du district de Pisek. Dans ce lourd climat d'avant la révolte, les recrues de Vodnany se présentèrent avec des œillets d'organdi noir à la boutonnière. Des soldats de Prague, passant par la gare, rejetaient sur le quai les cigarettes et le chocolat que leur faisaient passer dans les wagons à bestiaux des dames de la bonne société de Pisek.

Puis, au départ d'un bataillon de marche, quelques Juifs de Pisek crièrent : « *Heil, nieder mit den Serben*[2] *!* » et reçurent une si belle paire de claques que pendant une semaine, ils ne purent se montrer dans la rue.

Et pendant que se déroulaient ces épisodes qui montraient clairement que lorsque l'orgue des églises jouait *Seigneur, protège notre empereur,* ce n'était là que fragile dorure et mensonge universel, les gendarmeries envoyaient aux questionnaires les éternelles réponses à la Putim, disant que tout marchait pour le mieux du monde, que nulle part on ne faisait d'agitation contre la guerre, que l'état d'esprit de la population avait atteint la cote « I *a* », l'enthousiasme « I *a-b* ».

— Vous n'êtes pas des gendarmes, mais de vulgaires flics, disait le commandant lors de ses tournées, au lieu d'augmenter votre vigilance de mille pour cent, vous devenez peu à peu de vraies bêtes.

Ayant fait cette découverte zoologique, il ajoutait :

— Vous vous la coulez douce à la maison et vous

1. Les couleurs du drapeau autrichien.
2. A bas les Serbes !

vous dites : « *Mit ganzem Krieg kann man uns Arsch lecken*[1]. »

Suivait toujours l'énumération de tous les devoirs des malheureux gendarmes, un cours sur l'ensemble de la situation et sur la manière de tout prendre en main pour que les choses soient vraiment telles qu'elles devraient être. Après cette évocation de la rayonnante image de la perfection policière, ayant pour but le renforcement de l'Empire autrichien, suivaient des menaces, des enquêtes disciplinaires, des mutations et des injures.

Le commandant était fermement convaincu qu'il montait la garde, qu'il protégeait quelque chose et que tous ces gendarmes qui dépendaient de lui étaient une bande de paresseux, d'égoïstes, de pleutres, de resquilleurs, ne s'intéressant à rien sauf à la gnôle, à la bière et au vin. Et parce qu'ils avaient de trop faibles revenus pour pouvoir bien boire, se disait-il, ils se laissaient acheter et détruisaient lentement mais sûrement l'Autriche. Le seul homme à qui il faisait confiance, c'était son propre brigadier au commandement du district qui, lui, disait toujours à l'auberge : « Eh bien, aujourd'hui, je me suis encore bien foutu de la gueule de notre vieille andouille... »

Le commandant étudiait le rapport du brigadier de gendarmerie de Putim. Devant lui, se tenait son brigadier de gendarmerie, à lui, Mavtejka qui se disait que le commandant pourrait bien aller au diable, lui et tous ses rapports parce qu'en bas, sur les berges de l'Otava, ses copains l'attendaient pour vider une bouteille de gnôle.

1. Toute cette guerre, ils peuvent se la mettre au cul.

— Je vous ai dit l'autre jour, Matejka, déclara le commandant, que le plus grand crétin que je connaisse c'est le brigadier de gendarmerie de Protivin, mais d'après ce rapport-ci, le brigadier de Putim lui a damé le pion. Le soldat que ce voyou a amené, ce poivrot de convoyeur, celui avec qui il était attaché — on aurait dit deux chiens — n'est pas un espion, voyons ! C'est sûrement un vulgaire déserteur. Il écrit ici de telles insanités qu'un petit enfant comprendrait au premier coup d'œil que ce type était saoul comme un prélat du pape.

« Amenez-moi tout de suite ce soldat, ordonna-t-il après un nouvel examen du rapport de Putim. Jamais de la vie, je n'ai vu pareil chapelet d'âneries et par-dessus le marché, pour escorter ce suspect, il prend cette brute de convoyeur. Ces gens-là, ils ne me connaissent pas encore, je suis capable d'être rosse. Tant qu'ils n'auront pas chié dans leur froc devant moi trois fois par jour, ils vont s'imaginer que je me laisse marcher sur les pieds.

Le commandant se lança dans un grand développement : de nos jours, la gendarmerie rechignait à tous les ordres et rien qu'à voir comment ils composaient leurs rapports, il était évident que tous ces brigadiers se moquaient de tout et ne cherchaient qu'à embrouiller encore les choses.

Quand on fait savoir d'en haut qu'il n'est pas exclu que des espions rôdent par le pays, les brigadiers de gendarmerie se mettent à en fabriquer en série, et si la guerre doit encore durer un peu, on se croira dans une maison de fous. Que le bureau envoie un télégramme à Putim, ordonnant au brigadier de se présenter à Pisek le lendemain. Il allait le lui faire passer, ce « grand événement » dont il parlait au début de son rapport.

— De quel régiment vous êtes-vous enfui ?

C'est par ces paroles que le commandant accueillit Chvéïk.

— D'aucun régiment.

Le commandant regarda Chvéïk et vit sur son visage calme une telle absence d'inquiétude qu'il demanda :

— D'où tenez-vous votre uniforme ?

— Chaque militaire, quand il est appelé sous les drapeaux, touche un uniforme, répondit Chvéïk avec un léger sourire. Moi, je sers au 91e régiment, sauf que je me suis pas enfui de mon régiment, *mais au contraire.*

Ces mots « au contraire » furent dits d'un tel accent que le commandant prit un air abattu et demanda :

— Comment ça, au contraire ?

— C'est la chose la plus simple du monde, lui confia Chvéïk, je vais rejoindre mon régiment, je le cherche et je ne le fuis pas. Je ne souhaite rien d'autre que de rejoindre mon régiment au plus tôt. Ça me rend déjà tout nerveux de savoir qu'apparemment je m'éloigne de České Budejovice quand je me dis que tout le régiment m'attend là-bas. M. le brigadier, à Putim, m'a montré sur la carte que Budejovice c'est au sud et au lieu de ça, il m'envoie au nord.

Le commandant fit un geste de la main, comme pour dire : celui-là il fait pire encore que d'envoyer des gens au nord.

— Comme ça, vous ne pouvez pas trouver votre régiment, dit-il, et vous êtes parti le chercher ?

Chvéïk expliqua toute l'affaire. Il parla de Tabor et de tous les endroits qu'il avait traversés pour se rendre à Budejovice : Milevsko — Kvetov — Vraz — Malcin — Cizova — Sedlec — Horazdovice — Radomysl — Putim — Steken — Strakonice — Volyn — Vodnany — Protivin, puis Putim à nouveau.

Ce fut avec grand enthousiasme que Chvéïk narra sa lutte contre l'adversité, expliqua comment de toutes ses forces, insoucieux des obstacles, il avait voulu rejoindre son 91ᵉ régiment à Budejovice et comment tous ses efforts avaient été vains.

Il parlait avec feu et le commandant dessinait mécaniquement avec son crayon sur un bout de papier un cercle fermé dont le brave soldat Chvéïk parti pour rejoindre son régiment ne pouvait pas sortir.

— C'était un travail d'Hercule, dit-il enfin après avoir écouté avec complaisance Chvéïk lui expliquant combien il était marri de rester si longtemps sans pouvoir rejoindre son régiment, vous deviez offrir un spectacle impressionnant en vous tortillant autour de Putim.

— La chose aurait déjà pu se décider à ce moment-là, dit Chvéïk, sans ce brigadier dans ce malheureux trou. I' m'a pas même demandé mon nom, ni mon régiment et tout ça, c'était vraiment très étrange. I' aurait dû me faire conduire à Budejovice, et à la caserne ils lui auraient bien dit si je suis bien ce Chvéïk qui cherche son régiment ou bien une espèce d'individu suspect. Aujourd'hui, j'aurais déjà pu être à mon régiment depuis hier et faire mon devoir de soldat !

— Pourquoi n'avez-vous pas déclaré à Putim qu'il s'agissait d'une erreur ?

— Parce que j'ai bien vu que ça ne servait à rien de leur parler. C'est bien ce que disait dans le temps le vieil aubergiste Rampa à Vinohrady quand quelqu'un voulait faire une ardoise : il disait qu'il y a comme ça des moments où on devient sourd comme un pot.

Le commandant ne se perdit pas en longues réflexions, il se dit seulement qu'il fallait qu'un homme soit dégénéré au dernier degré pour tourner en rond comme ça, à la recherche de son régiment, et il fit taper sur la machine du bureau le texte suivant, respectueux de toutes les règles et toutes les fioritures du style administratif :

« Au glorieux commandement du 91ᵉ régiment d'infanterie impérial et royal à České Budejovice :

« Nous vous présentons ci-joint Josef Chvéïk, lequel affirme être soldat d'infanterie au 91ᵉ régiment ci-dessus, arrêté d'après ses dires par la gendarmerie de Putim, district de Pisek, soupçonné de désertion. Ladite personne déclare se rendre au régiment indiqué ci-dessus. Le prévenu est de corpulence petite, trapue, visage et nez symétriques, yeux bleus, signe particulier néant. A l'annexe *b 1* figure la note de pension dudit individu que nous vous prions de virer au compte du min. de la Défense prov. accompagné d'une demande de récépissé de réception du prévenu. A l'annexe *c*, vous trouverez la liste des effets militaires que le prévenu avait sur lui au moment de son arrestation pour lesquels nous vous prions d'établir un reçu. »

Chvéïk n'eut absolument pas le temps de s'ennuyer tant le voyage dans le train entre Pisek et České Budejovice fut rapide. Il était accompagné d'un jeune gendarme, un bleu qui gardait les yeux fixés sur Chvéïk et avait une peur terrible de le voir se sauver. Pendant tout le voyage, il essayait de résoudre un grave problème : Si maintenant, il faut que j'aille faire pipi ou caca, comment ferai-je ?

Il résolut le problème en obligeant Chvéïk à lui tenir compagnie.

Pendant tout le trajet qu'il fit avec Chvéïk de la gare aux casernes Marie de Budejovice, il se cramponnait à Chvéïk du regard et chaque fois qu'ils approchaient d'une rue ou d'un carrefour, il racontait à Chvéïk, comme en passant, combien ils touchaient de cartouches à balles pour chaque escorte, sur quoi Chvéïk répondait qu'il était convaincu qu'aucun gendarme ne tirerait sur quelqu'un dans la rue de peur de faire un malheur.

Le gendarme soutenait le contraire et c'est ainsi qu'ils arrivèrent à la caserne.

Depuis la veille, le lieutenant Lucas était de service. Il était assis, ne se doutant de rien, derrière son bureau lorsqu'on lui amena Chvéïk avec les papiers.

— A vos ordres, mon lieutenant, je vous annonce que me revoilà, lui dit Chvéïk d'un air solennel, en lui faisant le salut.

L'aspirant Kotatko fut témoin de toute la scène et il racontait plus tard qu'en entendant le rapport de Chvéïk, le lieutenant avait bondi de son siège, avait pris sa tête dans ses mains et était tombé à la renverse sur Kotatko, et quand on l'eut ranimé, Chvéïk, qui avait continué à saluer pendant tout ce temps-là, répétait :

— A vos ordres, mon lieutenant, je vous annonce que me revoilà.

Et alors le lieutenant Lucas, tout pâle, prit d'une main tremblante les papiers concernant Chvéïk, signa, demanda à tous de quitter la pièce, dit au gendarme que tout était en règle et enfin s'enferma dans le bureau avec Chvéïk.

C'est ainsi que prit fin l'anabase de Chvéïk. Il est certain que si Chvéïk avait joui de la liberté de mouvements, il serait arrivé à Budejovice de lui-même. Si les administrations, elles, ont pu se vanter d'avoir amené Chvéïk au lieu de son service, c'est tout simplement une erreur. Avec l'énergie de Chvéïk, son indestructible désir de combattre, l'intervention de l'administration n'avait fait que lui mettre des bâtons dans les roues.

Chvéïk et le lieutenant Lucas se regardaient les yeux dans les yeux.

Une lumière effrayante, terrible et désespérée brillait dans ceux du lieutenant, tandis que Chvéïk regardait le lieutenant avec tendresse, avec amour, comme une maîtresse perdue et retrouvée.

Le bureau était silencieux comme une église. On entendait des pas dans le couloir. Un volontaire, resté sur place en raison d'un rhume, ce que l'on entendait à sa voix, nasillait un texte appris par cœur : Comment recevoir les membres de la maison impériale dans les forteresses. On entendait clairement : « *Sobald die Höchste Herrschaft in der Nähe der Festung anlangt, ist das Geschütz auf allen Bastionen und Werken abzufeuern, der Platzmajor empfängt dieselbe, mit dem Degen in der Hand zu Pferde und reitet sodann vor*[1]. »

— Votre gueule là-bas ! hurla le lieutenant. Allez

1. Dès que Son Altesse arrive près de la forteresse, les pièces sur tous les bastions et ouvrages doivent faire feu, le commandant de la place accueille ladite Altesse à cheval, l'épée à la main et la précède ensuite.

ailleurs, que le diable vous emporte ! Si vous avez de la fièvre, restez couché chez vous !

On entendit l'assidu volontaire s'éloigner et résonner comme un faible écho, le nasillement venu du bout du couloir : « *In dem Augenblicke als der Kommandant salutiert, ist das Abfeuern des Geschützes zu wiederholen, welches beim absteigen der Höchsten Herrschaft zum drittenmal zu geschehen hat*[1]. »

Le lieutenant et Chvéïk continuèrent à s'observer en silence et finalement le lieutenant Lucas dit avec une âpre ironie :

— Je vous souhaite la bienvenue à České Budejovice, Chvéïk. Qui est né pour la corde ne mourra point par l'eau. On a déjà lancé un mandat d'arrêt contre vous et demain il sera question de vous au rapport du régiment. Moi, je ne vais plus me tracasser avec vous. J'ai souffert avec vous tant et plus et ma patience est à bout. Quand je me dis que j'ai pu vivre si longtemps avec un crétin pareil...

Il se mit à arpenter le bureau.

— Non, c'est affreux. Je m'étonne maintenant de ne pas avoir tiré sur vous. Qu'est-ce qui me serait arrivé ? Rien. Je serais libre. Vous comprenez ?

— A vos ordres, mon lieutenant, je comprends tout à fait.

— Ne recommencez pas, Chvéïk, avec vos âneries, ou bien il vous arrivera malheur. Enfin, on va vous couper le sifflet. Vous avez poussé votre bêtise jusqu'à l'infini, jusqu'à l'explosion, jusqu'à la catastrophe.

1. Au moment où le commandant salue, répéter le tir, ce qui doit se produire pour la troisième fois lorsque Son Altesse descend de cheval.

Le lieutenant Lucas se frotta les mains :

— Maintenant, Chvéïk, on peut faire une croix sur vous.

Il retourna à son bureau, écrivit quelques lignes sur un bout de papier, appela la garde et lui ordonna de conduire Chvéïk chez le geôlier et de lui remettre le papier.

Chvéïk fut conduit à travers la cour et le lieutenant vit avec une joie non dissimulée le geôlier ouvrir la porte où pendait une pancarte noire et or « *Regiments-arrest*[1] », Chvéïk disparaître derrière cette porte et, au bout d'un moment, le geôlier revenir par la même porte, seul.

— Dieu soit loué, dit le lieutenant tout haut, il y est.

Dans les sombres oubliettes de la caserne Marie, Chvéïk fut accueilli cordialement par un gros volontaire vautré sur sa paillasse. Il était seul dans la prison et s'ennuyait depuis deux jours dans cette solitude. Quand Chvéïk lui demanda pourquoi on l'avait enfermé, il répondit que c'était pour une vétille. Etant en état d'ivresse, il avait par erreur giflé un lieutenant d'artillerie, la nuit, sous les arcades de la place. En réalité, il ne l'avait pas même giflé, il lui avait fait tomber la casquette de la tête. Ce qui s'était passé, c'était que ce lieutenant d'artillerie était là, la nuit, sous les arcades, attendant sans doute une prostituée. Il lui tournait le dos, et le volontaire avait cru reconnaître un autre volontaire de ses amis, Materna, Frantisek.

— Lui aussi, c'est un vrai foutriquet, raconta-t-il à Chvéïk. Alors, je me suis gentiment approché par-

1. Prison du régiment.

derrière, je lui ai fait tomber la casquette et j'ai dit : Salut, Franci ! Et voilà que cet imbécile se met à siffler pour appeler une patrouille et la patrouille m'a emmené.

« Il se peut, admit le volontaire, que quelques gifles soient parties dans la bagarre, mais je pense que ça ne change rien à l'affaire, vu qu'il s'agissait d'une erreur manifeste. Lui-même admet que j'ai dit " Salut, Franci " et lui c'est Anton qu'il s'appelle de son prénom. C'est clair comme le jour. La seule chose qui pourrait me faire du tort, c'est que je me suis sauvé de l'hôpital, et s'ils découvrent cette histoire du " registre des malades "...

« Il faut vous dire que quand j'ai été appelé, poursuivit-il, alors, j'ai d'abord loué une chambre en ville et j'ai essayé de me procurer des rhumatismes. Trois fois de suite, je me suis payé une cuite et puis je suis allé me coucher dans un fossé derrière la ville et j'ai ôté mes souliers. Ça n'a rien donné. Alors, toute une semaine, je me suis baigné la nuit, en hiver, dans la rivière Malse et je suis arrivé à tout le contraire. Camarade, je me suis endurci au point de pouvoir rester toute la nuit couché dans la neige dans la cour de la maison où je logeais et le matin, quand le propriétaire me réveillait, j'avais les pieds chauds comme si j'étais en pantoufles. Si au moins j'avais attrapé une angine, mais rien ne venait. Je n'ai même pas été capable d'attraper une vulgaire chaude-pisse. J'allais tous les jours au *Port-Arthur,* certains collègues avaient déjà une inflammation des testicules, fallait leur opérer les couilles et moi, c'était l'immunité totale. Une poisse incroyable, mon vieux. Jusqu'au jour où au bistrot *A la Rose,* j'ai fait la connaissance d'un invalide de Hluboka. Lui, il m'a dit de venir le voir un dimanche et que le lendemain j'aurai des jambes comme des outres. Il avait chez lui une de ces aiguilles et une seringue et il faut dire que j'ai eu tout le mal du monde à revenir de Hluboka jusque chez moi. Il ne m'avait pas trompé, cette bonne âme. Donc, enfin je le tenais, mon rhumatisme musculaire. J'ai filé à l'hôpital et tout était parfait. Et puis, la chance m'a souri une deuxième fois. Mon beau-frère, le docteur Masak de Žižkov, a été muté à Budejovice et c'est grâce à lui que j'ai pu tenir si longtemps à l'hôpital. Il serait allé jusqu'à la visite de contrôle avec moi, mais c'est moi qui ai tout gâché avec ce malheureux registre des malades. L'idée était bonne, excellente. Je me suis procuré un grand livre, j'ai collé une étiquette dessus, j'ai écrit de ma plus belle plume " *Krankenbuch des 91. Regiments*[1] ". Les rubriques et tout était comme il faut. J'y ai inscrit des noms fictifs, des degrés de fièvre, des maladies et tous les jours, l'après-midi, après la visite, j'allais hardiment en ville, le livre sous le bras. A la porte, c'étaient les gars de la Landwehr qui étaient de garde, alors de ce côté-là, je n'avais pas à m'inquiéter. Je leur montre le livre et eux, par-dessus le marché, ils saluent. Puis j'allais chez une connaissance, un fonctionnaire de la perception, là je me mettais en civil et j'allais au bistrot pour tenir des propos qui sentaient la haute trahison, en compagnie de gens que je connaissais. Je ne revenais à l'hôpital que le matin et quand je me faisais arrêter par une patrouille, la nuit, je montrais mon registre des malades du 91e régiment et personne n'en demandait davantage. A la porte de l'hôpital, je montrais de

1. Registre des malades du 91e régiment.

nouveau, en silence, le registre et d'une façon ou d'une autre, j'ai toujours réussi à regagner mon lit. Alors, mon insolence ne connut plus de bornes, je me disais que personne ne pouvait rien me faire, jusqu'à ce qu'il se produise cette fatale erreur la nuit, sur la place, sous les arcades, une erreur qui prouve clairement que la Roche tarpéienne est près du Capitole, mon vieux. L'orgueil précède la chute. *Sic transit gloria mundi.* L'homme voudrait être un géant et il est une merde, mon vieux. Ne pas croire au hasard et s'administrer une gifle matin et soir, en se rappelant qu'on n'est jamais trop prudent et qu'abondance de biens peut nuire. Les bacchanales et les orgies sont toujours suivies d'une gueule de bois. Mon cher ami, c'est une loi de la nature. Quand je me dis que j'ai gâché ma visite de contrôle, mon super-arbitrage ! Qu'on aurait pu me prononcer *felddienstunfähig*[1]. Un piston si sensationnel ! J'aurais pu me vautrer quelque part dans un bureau, dans un commandement auxiliaire, mais mon imprudence a entraîné ma chute. »

Le volontaire acheva sa confession par une péroraison solennelle :

— Carthage a dû périr, Ninive a été réduite en ruine, mais courage, cher ami. S'ils m'envoient au front, qu'ils n'aillent pas croire que je vais tirer un seul coup. Ils me renvoient de l'école ? Vive le crétinisme impérial et royal. Ils voudraient m'y voir, sur les bancs de l'école, en train de passer des examens. Cadet, aspirant, lieutenant, capitaine... Je chie dessus. *Offizierschule. Behandlung jener Schüler derselben ein Jahr-*

1. Inapte au service au front.

gang repetieren müssen[1]. La paralysie militaire. Porte-t-on le flingue sur l'épaule gauche ou sur l'épaule droite ? Combien un caporal a-t-il d'étoiles ? *Evidenzhaltung. Militärreservemänner*[2]. Mon Dieu, on n'a rien à fumer, camarade. Vous ne voulez pas que je vous apprenne à cracher sur le plafond ? Regardez, c'est comme ça qu'on fait. Faites un vœu, il sera exaucé. Si vous êtes amateur de bière, je puis vous recommander cette excellente eau dans la cruche. Si vous avez faim et si vous voulez vous offrir un repas succulent, je vous recommande le restaurant *Au rendez-vous des Bourgeois.* Je peux aussi vous conseiller de tuer le temps en écrivant des poèmes. Moi, ici, j'ai déjà composé une épopée :

Le taulier est-il sorti ?
Il dort tranquille, l'ami.
Le cœur de l'armée bat ici.
On attend de Vienne un nouveau rapport
Annonçant la perte d'un dernier fort.
Alors, face à l'assaut ennemi,
Le geôlier sort les lits
Et construit une barricade en chantant :
L'Empire autrichien durera mille ans !
Vive la patrie et vive l'empereur !

— Voyez-vous, camarade, reprit le gros volontaire, qu'on ne vienne pas ensuite me dire que le respect de notre cher Empire se perd chez le peuple. Un homme en prison, qui n'a rien à fumer et qui attend de passer au rapport du régiment donne le plus bel exemple

1. Ecole d'officiers. Traitement réservé aux élèves qui doivent redoubler une année.
2. Tenue des registres. Réservistes.

d'attachement au trône. Dans ses chansons, il compose un hommage à notre grande patrie, menacée de toutes parts d'une bonne raclée. Il est privé de liberté, mais de sa bouche coulent des vers d'inébranlable dévouement. *Morituri te salutant, Caesar.* Les morts te saluent, empereur. Mais le taulier est un gredin. Tu as une belle valetaille à ton service, ici. Je lui ai donné cinq couronnes pour qu'il m'achète des cigarettes et ce sale type, il m'a dit ce matin qu'ici on n'a pas le droit de fumer, que ça lui causerait des ennuis et qu'il me rendra mes cinq couronnes quand il touchera sa solde. Eh oui, camarade, aujourd'hui, je ne crois plus à rien. Voyez, les meilleurs proverbes — et c'est le contraire qui se passe. Voler l'argent des prisonniers. Et le comble, c'est que ce type trouve encore moyen de chanter toute la journée. « *Wo man singt, da leg dich nieder, böse Leute haben keine Lieder*[1]. » Voyou, coquin, pleutre, traître ! Puis, le volontaire d'un an demanda à Chvéïk de quoi il s'était rendu coupable.

— Vous cherchiez le régiment, dit-il, eh bien, vous avez fait une belle virée : Tabor, Milevsko, Vraz, Malcin, Cizova, Sedlec, Horazdovice, Radomysl, Putim, Steken, Strakonice, Volyn, Dub, Vodnany, Protivin, Putim, Pisek, Budejovice. Un chemin de croix ! Et vous, aussi, demain vous irez au rapport du régiment. Eh bien, vieux frère, nous nous retrouverons sous la potence. Notre colonel Schröder va encore être drôlement content. Vous n'avez pas idée de l'effet que lui font les scandales au régiment. Il galope à travers la cour comme un cabot en furie, la langue pendante

1. Là où on chante, tu peux dormir tranquille, les hommes méchants n'ont pas de chansons.

comme une jument crevée. Et c'est des discours, des réprimandes, des postillons qu'il envoie à la ronde comme un chameau qui bave. Et des discours à n'en plus finir, on a l'impression que toute la caserne Marie va s'écrouler avant qu'il n'en vienne à bout. Je le connais bien parce que j'ai déjà eu droit à un rapport. Je suis arrivé sous les drapeaux en chaussures montantes, avec un haut-de-forme sur la tête et comme le tailleur n'avait pas livré mon uniforme à temps, je suis arrivé sur le champ d'exercice pour représenter l'école des volontaires d'un an, toujours avec mes chaussures montantes et avec mon haut-de-forme et je me suis mis en rang et j'ai défilé sur le flanc gauche. Le colonel Schröder sur son cheval a foncé droit sur moi et il a failli me renverser. *Donnerwetter,* il a crié si fort qu'on devait l'entendre jusque dans la Sumava. Un civil ! Que faites-vous ici ? Je lui ai poliment répondu que j'étais un volontaire et que je participais à l'exercice. Eh bien, vous auriez dû le voir. Il a fait un discours d'une demi-heure et c'est alors seulement qu'il s'est aperçu que je le saluais avec mon haut-de-forme. Alors là, il a seulement crié que je devais me présenter au rapport du régiment le lendemain et dans sa rage il a galopé je ne sais où sur son cheval comme un Mongole et puis, il est revenu. Il a encore hurlé, tempêté, s'est frappé la poitrine et a ordonné de débarrasser tout de suite le champ d'exercice de ma personne et de me conduire au poste de garde principal. Au rapport, il m'a collé quinze jours au trou, il m'a fait mettre des guenilles absolument impossibles prises au magasin et a menacé de me faire découdre les galons. « Un volontaire d'un an, a déclaré tout haut ce crétin de colonel, c'est quelque chose de noble, un embryon de gloire, d'honneurs militaires, de héros. Le volontaire Wohltat, se voyant élevé au rang de caporal après avoir passé son examen, se porta volontaire pour le front, fit quinze prisonniers et fut déchiqueté par une grenade à son retour dans nos lignes. Cinq minutes plus tard, l'ordre fut donné d'élever le volontaire Wohltat au rang de cadet. Devant vous un avenir tout aussi brillant pourrait s'ouvrir : avancement, décorations, votre nom inscrit au livre d'or du régiment. »

Le volontaire cracha :

— Vous voyez, camarade, les couillons que la terre peut porter. Je chie sur leurs galons de volontaire et sur tous les privilèges. Vous, le volontaire, vous êtes un veau. Comme c'est beau, ce « vous êtes un veau ». C'est pas grossier, comme « tu es un veau ». Et, après la mort, on vous attribue le *signum laudis* ou bien la grande médaille d'argent. Fournisseurs de la maison impériale et royale en cadavres avec et sans étoiles. Un bœuf a bien plus de chance. On l'abat sans le traîner d'abord sur le champ d'exercice ou bien sur le champ de tir.

Le gros volontaire se roula sur une autre paillasse et poursuivit :

— Il est certain que tout ça doit craquer. Ça ne peut pas durer éternellement. Essayez d'insuffler de la gloire dans un cochon, il finira quand même par exploser. Si je partais au front, j'écrirai sur le convoi :

Dans les champs, les membres humains
Engraissent les récoltes de demain
8 Pferde oder 48 Mann[1].

1. 8 chevaux ou 48 hommes.

La porte s'ouvrit pour laisser passer le taulier qui apportait un quart de pain pour les deux hommes et de l'eau fraîche.

Sans se lever de sa paillasse, le volontaire apostropha le taulier :

— Comme il est beau et noble de visiter les prisonniers, ô sainte Agnès du 91ᵉ régiment. Bienvenue, ange de bonté au cœur empli de miséricorde. Tu es chargé de paniers de mets et de boissons pour apaiser notre douleur. Jamais nous n'oublierons tes bienfaits. Tu es une rayonnante apparition dans notre geôle obscure.

— Au rapport, on vous fera passer l'envie de blaguer, grogna le taulier.

— Te rebiffe pas, eh, raton ! reprit le volontaire, toujours étendu sur le lit, dis-nous plutôt comment tu ferais si tu devais enfermer dix volontaires. Ne prends pas cet air stupide, ô détenteur des clés de la caserne Marie ! Tu en enfermerais vingt et tu en relâcherais dix, espèce de buse. Dieu du ciel, si j'étais ministre de la Guerre, qu'est-ce que je te ferais voir comme service ! Connais-tu la règle selon laquelle l'angle d'incidence est égal à l'angle de réflexion ? Je ne te demande qu'une chose : indique-moi un point fixe dans l'univers et je soulèverai la terre entière, toi y compris, gros lard !

Le taulier fit des yeux tout ronds, s'ébroua, puis claqua la porte.

— Une société mutualiste pour la liquidation des tauliers, dit le volontaire, partageant équitablement la ration de pain en deux. Selon l'article 16 du règlement des prisons, les prisonniers militaires doivent toucher l'ordinaire de l'armée jusqu'au jugement, mais ici, c'est la loi de la jungle : à qui bouffera le premier la ration des prisonniers.

Chvéïk et lui s'étaient assis sur le lit et grignotaient leur pain noir.

— L'exemple du taulier illustre admirablement la manière dont l'armée transforme les hommes en brutes, dit le volontaire, poursuivant le fil de ses réflexions. A coup sûr, avant son service militaire, notre taulier était un jeune homme qui avait des idéaux, un chérubin blond, tendre et bon pour son prochain, un champion des malheureux dont il prenait toujours la défense lorsqu'il se battait pour une fille dans son village natal. Il était estimé de tous, c'est certain, mais aujourd'hui... Grand Dieu, comme j'aimerais lui foutre sur la gueule, lui cogner la tête contre le lit, le jeter dans les latrines la tête la première. Et cela aussi, mon ami, prouve bien que l'esprit s'abrutit totalement dans le métier des armes.

Il se mit à chanter :

Elle n'avait pas peur du diable,
Quand elle rencontra un cannonier...

— Cher ami, poursuivit-il, si nous observons tout cela à l'échelle de notre monarchie bien-aimée, nous arrivons inéluctablement à la conclusion qu'il en va comme de Pouchkine et de son oncle. Comme ce dernier n'était plus qu'un cadavre ambulant, le poète a écrit qu'il ne restait plus que :

A soupirer et penser à part soi :
Quand est-ce que le diable t'emportera ?

On entendit de nouveau la clé tourner dans la serrure ; dans le couloir, le taulier allumait une lampe à pétrole.

— Un rayon de clarté dans les ténèbres, s'écria le volontaire, les lumières qui pénètrent dans l'armée. Bonne nuit, monsieur le taulier, dites bonjour de notre part à tous les gradés et faites de beaux rêves. Rêvez par exemple que vous m'avez déjà rendu les cinq couronnes que je vous ai données pour m'acheter des cigarettes et que vous avez bues à ma santé. Dormez bien, monstre !

Le taulier grommela encore quelque chose au sujet du rapport du lendemain.

— Nous voici seuls une fois de plus, dit le volontaire. Et maintenant, avant de dormir, je vais consacrer un moment à un exposé sur la manière dont j'enrichis jour après jour mes connaissances zoologiques sur les gradés et les officiers. Fabriquer du nouveau matériel vivant pour la guerre, des nourritures animées de conscience militaire pour la gueule des canons, exige des études suivies d'histoire naturelle ou bien de l'ouvrage *Les Sources de la prospérité économique,* publié chez Koci, où on trouve sur chaque page les mots : bétail, cochon, porc. Mais, dernièrement, nous voyons nos milieux militaires mettre sur pied une nouvelle nomenclature des bleus. A la 11ᵉ compagnie, le caporal Althof utilise le terme : chèvre de l'Engadine ; le première classe Müller de la ville de Kasperské Hory appelle les bleus des « Tchèques puants », le sergent

Sondernummer les traite de grenouilles bovines, de sangliers du Yorkshire et promet de tanner toutes les recrues. Il le fait en connaisseur, comme s'il était d'une famille de taxidermistes. C'est ainsi que tous les chefs militaires essayent de vous inculquer l'amour de la patrie à l'aide de méthodes étranges, telles que hurlements et danses autour des recrues, cris de guerre qui font penser aux sauvages de l'Afrique se préparant à dépouiller une innocente antilope ou à rôtir une cuisse de missionnaire pour leur dîner. Bien sûr, cela ne concerne pas les Allemands. Quand le sergent Sondernummer parle de la « *Saubande*[1] » il ajoute bien vite « *die tchechische*[2] » pour que les Allemands ne se vexent pas et ne prennent pas ça pour eux. Il faut dire aussi que les gradés de la 11e compagnie roulent leurs yeux comme des pauvres chiens qui, dans leur goinfrerie, auraient avalé une éponge imbibée d'huile qu'ils n'arriveraient pas à déloger de leur gorge. Un jour, j'ai surpris une conversation entre le première classe Müller et le caporal Althof sur l'entraînement de la Landwehr. Ce qui ressortait dans cette conversation, c'étaient des mots comme « *ein paar Ohrfeigen*[3] ». D'abord, j'ai cru qu'il s'était passé quelque chose entre eux, que l'unité militaire allemande était en train de craquer, mais je me suis lourdement trompé. En réalité, il ne s'agissait que des soldats. Quand un de ces cochons de Tchèques, expliquait posément le caporal Althof, ne veut pas apprendre à se tenir droit comme un piquet même après trente « *nieder*[4] », il ne suffit

1. Bande de cochons.
2. Tchèque.
3. Une paire de claques.
4. Couché.

pas tout simplement de lui ficher quelques baffes sur la gueule. D'une main, tu lui files un bon coup de poing dans le ventre, de l'autre tu lui enfonces sa casquette sur les oreilles et tu dis « *kehrt Euch* » et quand il a fait demi-tour, tu lui flanques un coup de pied dans le derrière, et tu verras comme l'aspirant Dauerling va rire.

« Maintenant, camarade, il faut que je vous parle de ce Dauerling, poursuivit le volontaire, cet homme que les recrues de la 11e compagnie évoquent comme une vieille femme dans un ranch près de la frontière du Mexique un légendaire bandit mexicain. Dauerling a une réputation de mangeur d'hommes, d'anthropophage des tribus australiennes qui mangent les membres des autres tribus qui leur tombent sous la main. Il a fait une merveilleuse carrière. Peu après sa naissance, sa nourrice fit une chute avec lui et le petit Konrad Dauerling tomba sur la tête ; aujourd'hui, on y voit encore une zone plate comme si une comète était entrée en collision avec le pôle Nord. Tout le monde se demanda s'il n'avait pas quelque chose, s'il allait s'en sortir, vu cette commotion cérébrale. Seul son père, le colonel, garda l'espoir et déclara que ce n'était rien car, comme de bien entendu, arrivé à l'âge d'homme, le jeune Dauerling devait se consacrer au métier des armes. Après une lutte terrible avec les quatre premières classes du primaire supérieur qu'il fit à la maison — l'un de ses précepteurs en eut les cheveux gris avant l'âge et devint idiot, l'autre, dans son désespoir, voulut se jeter du haut du clocher de Saint-Stéphane — le jeune Dauerling arriva à l'Ecole des cadets de Hambourg. A l'Ecole des cadets, on ne s'est jamais soucié de ce que les élèves avaient appris auparavant — en général, cela ne convient pas aux officiers d'active autrichiens. Leur idéal militaire consiste uniquement à jouer aux soldats. L'éducation anoblit l'âme, chose dont l'armée n'a que faire. Plus les officiers sont des brutes, mieux ça vaut.

« L'élève de l'Ecole des cadets Dauerling ne se distingua même pas dans les matières où chacun brillait peu ou prou. Même à l'Ecole des cadets, on voyait encore des traces du coup que Dauerling enfant avait reçu sur sa petite tête.

« Ce malheur se manifestait clairement dans ses réponses aux examens, réponses qui se distinguaient par leur bêtise au point qu'on les considérait comme des classiques de stupidité et de confusion et que les professeurs de l'école ne l'appelaient jamais autrement que " *unser braver Trottel*[1] ". Sa bêtise était si éclatante qu'elle autorisait les plus beaux espoirs ; peut-être, au bout de quelques décennies, verrait-on Dauerling à l'Académie militaire Marie-Thérère ou encore ou ministère des Armées.

« Quand la guerre éclata, tous les jeunes cadets devinrent aspirants et Konrad Dauerling se trouva, lui aussi, sur la liste des promotions de Hambourg. Et c'est ainsi qu'il est arrivé au 91e régiment. »

Le volontaire reprit son souffle et continua :

— Le ministère des Armées a fait publier un livre intitulé *Drill oder Erziehung*[2] où Dauerling a lu qu'il fallait terroriser les soldats, que le succès de l'entraînement dépendait du degré de terreur. Et dans ce domaine, il a toujours réussi : pour ne pas être obligés

1. Notre brave bêta.
2. *Dressage ou Education.*

d'entendre ses hurlements, les soldats se faisaient porter malades en masse, mais ces tentatives ont échoué. L'homme qui se faisait porter malade avait droit à trois jours de *verschärft.* Vous savez bien ce que c'est, ce *verschärft.* On vous fait cavaler sur le champ de manœuvres toute la journée et, par-dessus le marché, on vous enferme pour la nuit. C'est ainsi que dans la compagnie des Dauerling, il n'y a plus de malades. Sur le champ de manœuvres, Dauerling conserve la liberté de ton des casernes, commençant par " cochon " pour finir pour cette énigme zoologique qu'est le " cochon de chien ". Cependant, il est très libéral. Il donne libre choix aux soldats. Il dit : " qu'est-ce que tu veux, espèce d'éléphant, deux coups sur la gueule ou trois jours de *verschärft ?* " Si quelqu'un choisit les trois jours de *verschärft,* il reçoit quand même les deux coups que Dauerling accompagne de cette explication : espèce de lâche, tu as peur pour ta trogne ? Et qu'est-ce que tu vas faire quand l'artillerie lourde se mettra à tirer ?

« Un jour qu'il avait crevé l'œil d'une recrue, il a déclaré : *Pah, was für Geschichten mit einem Kerl, muss so wie so krepieren*[1]. C'est ce que disait aussi le Feldmarschal Konrad von Hützendorf : *die Soldaten müssen so wie so krepieren*[2].

« Dauerling affectionne particulièrement une méthode efficace : il rassemble les soldats tchèques pour une conférence où il leur parle des objectifs militaires de l'Autriche tout en exposant les principes généraux de la

1. Bah, que d'histoires pour un bougre, il doit crever de toute façon.
2. Les soldats doivent crever de toute façon.

formation militaire, des bandoulières jusqu'à l'avancement et au peloton d'exécution. Au début de l'hiver, avant que je n'aille à l'hôpital, nous étions sur le champ de manœuvres à côté de la 11ᵉ compagnie et, au moment du repos, Dauerling a fait un discours à ses recrues tchèques : “ *Je sais, a-t-il commencé, que vous* êtes des fripouilles et qu'il va falloir vous faire sortir *toutes vos folies de la tête. Avec votre tchèque, vous* n'arriverez même pas à trouver le chemin de la potence. Notre chef militaire suprême est allemand, lui aussi. Vous m'entendez ? *Himmellaudon ! Nieder !* ” Tous font “ *nieder* ”. Les voilà couchés à terre et Dauerling qui se promène devant eux et qui continue son discours : “ *Nieder* reste *nieder,* même si vous vous mettez en quatre dans cette boue, bande de crétins. *Nieder,* ça existait déjà dans la Rome antique, à l'époque où tout le monde devait aller sous les drapeaux de dix-sept à soixante ans et faire trente ans de campagne au lieu de se vautrer dans les casernes comme vous autres porcs. Alors, l'armée avait aussi une langue et un commandement uniques. Avec ces messieurs les officiers romains, ça ne se serait pas passé comme ça, si les hommes s'étaient mis à parler en étrusque. Moi, j'exige que vous me répondiez en allemand et pas dans votre galimatias. Vous voyez comme vous êtes bien là, couchés dans la boue. Imaginez maintenant qu'un de vous en ait assez d'être couché et qu'il se lève ? Qu'est-ce que je ferais ? Je lui déchirerais la gueule jusqu'aux oreilles et c'est une insubordination, une rébellion, un soulèvement, un manquement aux devoirs du simple soldat, une violation du règlement, une faute de discipline, un mépris de tous les règlements du service et il en découle qu'un individu de cette espèce est bon pour la corde et *Verwirkung des Anspruchs auf die Achtung der Standgenossen*[1] ". »

Le volontaire se tut et reprit après une pause consacrée sans doute au choix de sujets pour son tableau de la situation à la caserne.

— Ça, c'est arrivé du temps du commandant Adamia, un homme totalement apathique. Quand il était assis dans son bureau, il avait en général le regard perdu dans le vague, comme un doux dingue, l'air de dire qu'il se fichait de tout comme de sa première chemise. Dieu sait à quoi il avait la tête au moment du rapport du bataillon. Un jour, au rapport, un soldat de la 11e compagnie a présenté une plainte : il a dit que le soir, dans la rue, l'aspirant Dauerling l'avait traité de " cochon de Tchèque ". Dans le civil, c'était un relieur, un ouvrier très patriote.

« C'est donc ainsi, a dit Adamia très bas, car il parlait toujours à voix basse, il vous a dit ça, le soir dans la rue ? Il faut vérifier si vous aviez la permission de quitter la caserne. Rompez.

« Au bout de quelque temps, le commandant Adamia fait appeler l'homme qui avait porté plainte.

« Il s'est avéré, dit-il de nouveau de la même voix basse, que ce jour-là vous aviez le droit de quitter la caserne jusqu'à dix heures du soir. Donc, vous ne serez pas puni. Rompez. Par la suite, cher camarade, on disait que le commandant Adamia avait le sens de la justice et c'est pourquoi on l'a envoyé au front et remplacé par le major Wenzel. Et celui-là, pour les questions de haines nationales, c'est un vrai diable et il

1. Perte du droit à l'estime de ses pairs.

a cloué le bec à l'aspirant Dauerling. Le major Wenzel est marié à une Tchèque et il a une peur bleue des querelles de nationalité. Il y a quelques années, lorsqu'il était commandant à Kutna Hora, un jour qu'il était saoul, il a traité un garçon de café de " canaille de Tchèque ". Je vous ferais remarquer, à ce propos, qu'en société, le major Wenzel parle uniquement tchèque, tout comme dans son foyer et que ses fils vont dans des écoles tchèques. Il y a eu des mots, le journal de la ville en a parlé, il s'est trouvé un député au parlement de Vienne pour faire une interpellation sur le comportement du major Wenzel à l'hôtel. Ça lui a valu de gros ennuis, à Wenzel, c'était juste au moment où le Parlement devait voter des projets de loi sur l'armée et voilà que se mêle à tout cela un nommé Wenzel, commandant ivre à Kutna Hora.

« Ensuite, le commandant Wenzel a su que c'était Zitko, " aspirant-cadet " chez les volontaires, qui lui avait joué ce mauvais tour. C'est lui qui avait mis son histoire dans le journal car ils étaient ennemis depuis le jour au Zitko, à une soirée où était aussi le commandant Wenzel, s'était mis à philosopher. Il disait qu'il suffit de contempler la création, les hautes montagnes qui se dressent au loin, la cascade qui gronde dans les forêts, le vol des oiseaux.

« Il suffit, disait donc notre " aspirant-cadet " Zitko, de se demander ce qu'est un commandant face à la noble nature. Un zéro, tout comme un " aspirant-cadet ".

« Parce que, ce jour-là, tous ces messieurs les officiers étaient bourrés, le commandant Wenzel a voulu rosser le malheureux philosophe Zitko ; les rapports se sont envenimés : chaque fois qu'il en avait l'occasion, le commandant le chicanait d'autant plus que sa déclaration était devenue proverbiale : " Qu'est-ce que le commandant Wenzel face à la noble nature ? " On ne connaissait que ça dans toute la ville de Kutna Hora.

« " Je le pousserai au suicide, ce salaud ! " disait le commandant Wenzel. Mais Zitko quitta l'armée et reprit ses études de philosophie. C'est depuis lors que le commandant Wenzel en veut à mort aux jeunes officiers. Même un lieutenant n'est pas à l'abri de ses foudres et de ses fureurs. A plus forte raison, les cadets et les aspirants.

« " Je l'écraserai comme une punaise ! " dit la major Wenzel et malheur à l'aspirant qui enverrait un homme au rapport pour une broutille. Ce qui compte pour le major Wenzel, se sont seules les grandes et terribles fautes, comme de s'endormir au poste de garde de la poudrière ou, faute encore plus terrible, de faire le mur de la caserne Marie pendant la nuit, de s'endormir en haut du mur et de se faire prendre par une patrouille de nuit de l'artillerie, enfin des crimes affreux qui couvrent de honte tout le régiment. " Dieu du ciel ! l'ai-je un jour entendu hurler dans le couloir, ça fait la troisième fois qu'il se fait prendre par une patrouille de la Landwehr. Mettez-le tout de suite au trou, l'animal, il faut que ce type quitte le régiment, qu'il aille quelque part au train transporter du fumier. Et il ne s'est même pas battu ! Ce ne sont pas des soldats mais des balayeurs ! Vous ne lui donnerez à bouffer qu'après-demain, prenez-lui sa paillasse, fichez-le au secret et pas de couverture pour ce cul-terreux ! "

« Maintenant, imaginez-vous, cher ami, que peu après son arrivée ici, cet imbécile d'aspirant Dauerling a expédié au rapport du bataillon un homme qui, paraît-il, aurait fait exprès de ne pas saluer Dauerling qui passait le dimanche après-midi, sur la place, en fiacre avec une petite demoiselle ! Ce jour-là, d'après ce qu'en disent les gradés, c'était un vrai cirque au rapport. Le sergent du bureau du bataillon s'est sauvé jusque dans le couloir avec ses paperasses, le major Wenzel hurlait à l'adresse de Dauerling : " Je vous le défends, *Himmeldonnerwetter*, je vous l'interdis ! Savez-vous monsieur l'aspirant, ce que c'est que le rapport du bataillon ? Le rapport, ce n'est pas la fête du boudin ! Comment pouvait-il vous voir si vous passiez en voiture sur la place ? Vous ne vous souvenez pas d'avoir appris aux autres qu'on est tenu de saluer les gradés qu'on rencontre et ça ne veut pas dire qu'un soldat doit tourner comme une girouette pour chercher M. l'aspirant qui se promène en voiture sur la place. Taisez-vous, je vous prie. Le rapport du bataillon, c'est une opération sérieuse. Si ce soldat vous a déjà affirmé qu'il ne vous a pas vu parce qu'il était justement en train de me saluer, moi, sur le corso, tourné vers moi, vous comprenez, vers le major Wenzel et qu'il ne pouvait pas voir le fiacre derrière lui, il me semble qu'il faudrait le croire. La prochaine fois vous êtes prié de ne pas me déranger pour une sottise pareille ! "

« Depuis lors, Dauerling a changé. »

Le volontaire bâilla.

— Il faut qu'on dorme pour être frais pour le rapport. Je voulais simplement vous décrire en partie comment les choses se passent au régiment. Le colonel Schröder n'aime pas le major Wenzel ; d'ailleurs, c'est un drôle d'oiseau. Le commandant Sagner qui est chargé de l'Ecole des volontaires considère Schröder comme le type même du soldat, bien qu'il n'y ait rien au monde que le colonel Schröder craigne autant que d'avoir à partir au front. Sagner est un type drôlement futé et tout comme Schröder, il n'aime pas les officiers de réserve. Il dit que ce sont des civils puants. Quant aux volontaires, il les prend pour des bêtes sauvages qu'il faut transformer en machines militaires, leur coudre des étoiles sur l'uniforme et les envoyer au front pour les faire tuer à la place des nobles officiers d'active qu'il faut conserver pour la reproduction.

— De toute façon, dit le volontaire en s'installant sous sa couverture, tout sent la pourriture dans l'armée. Les masses ahuries n'ont pas encore repris conscience. Les hommes partent se laisser débiter en nouilles avec les yeux tout ronds et celui qui reçoit une balle murmure seulement « maman ». Il n'y a pas de héros mais du bétail d'abattoir et les bouchers des quartiers généraux. Et en fin de compte, tout ça, ça va se révolter et on aura une belle pagaye. Vive l'armée. Bonne nuit.

Le volontaire se tut, puis il commença à gigoter sous sa couverture et demanda :

— Vous dormez, l'ami ?

— Je ne dors pas, dit Chvéïk sur l'autre lit, je pense.

— A quoi pensez-vous, l'ami ?

— A la grande médaille d'argent du courage qu'a reçue un menuisier de la rue Varra du quartier de Kralovské Vinohrady, un certain Mlicko qui était le premier de son régiment, à qui une grenade a arraché une jambe au début de la guerre. On lui a donné une jambe de bois et il s'est mis à se vanter partout de sa médaille, à dire qu'il était vraiment le premier, le tout premier mutilé de la guerre dans son régiment. Un jour, il est venu au bistrot *Apollo* à Vinohrady et il s'est disputé avec les bouchers de l'abattoir et ils ont fini par lui arracher sa jambe de bois et lui taper sur la tête avec. Celui qui la lui avait arrachée ne savait pas que c'était une jambe de bois, alors il s'est évanoui de frayeur. Au poste de police, ils ont rattaché la jambe de bois à Mlicko mais depuis, Mlicko a pris sa grande médaille d'argent du courage en grippe et il est allé la porter au mont-de-piété et là, il s'est fait arrêter, lui et sa médaille. Ça lui a fait des ennuis et il y a une sorte de tribunal d'honneur pour les invalides de guerre et ce tribunal l'a condamné, on lui a pris sa médaille d'argent et puis, on l'a encore condamné à la perte de sa jambe...

— Comment donc ?

— C'est tout simple. Un jour, une commission est venue le trouver et lui a annoncé qu'il n'était pas digne de porter une jambe de bois, alors ils la lui ont détachée et l'ont emportée.

— Oui, reprit Chvéïk, c'est bigrement drôle aussi quand les héritiers de quelqu'un qui est tombé à la guerre reçoivent tout à coup une de ces médailles avec une lettre qui leur dit que cette médaille leur est conférée et qu'ils doivent la suspendre quelque part, bien en vue. Dans la rue Bozetechova à Vysehrad, un père fou furieux qui croyait que les autorités se moquaient de lui a pendu la médaille dans les cabinets sur le palier et un policier qui partageait ces cabinets l'a dénoncé pour haute trahison et alors, le pauvre homme, il a payé cher.

— Il en découle, dit le volontaire, que tout est vanité. A Vienne, on vient de publier *Le Journal d'un volontaire d'un an* et on y trouve, en traduction tchèque, un poème bouleversant :

C'était un vaillant volontaire
Tombé pour la patrie et pour le roi.
En grande pompe on l'enterre —
Il montra comment combattre on doit.

Couché sur l'affût d'un canon,
Sa poitrine s'orne d'une croix.
Des prières montent au firmament —
Il a su mourir pour son roi.

— J'ai comme l'impression, reprit le volontaire après un court silence, que notre ardeur militaire est en baisse et je vous propose, cher ami, de chanter la chanson du canonnier Jaburek dans le silence et la nuit de notre prison. Cela ranime l'ardeur militaire. Mais il faut hurler pour qu'on nous entende dans toute la caserne Marie. Mettons-nous près de la porte.

Et, au bout d'un instant, des hurlements à faire trembler les vitres du couloir se firent entendre du cachot.

... Il était à côté de son canon
Et il char — et il char...
Et il chargeait tout le temps.
Arriva un boulet avec fracas,
Lui arracha les deux bras.
Il était à côté de son canon
Et il char — et il char...
Et il chargeait tout le temps.

Des pas et des voix se firent entendre dans la cour.

— C'est le taulier, dit le volontaire, et avec lui le lieutenant Pelikan qui est de service aujourd'hui. C'est un officier de réserve, une connaissance du café *Česka Beseda,* dans le civil il est mathématicien dans une société d'assurances. Lui, il nous donnera des cigarettes. Mais il faut continuer à hurler.

Et de nouveau, on entendit :

Il était à côté de son canon...

Quand la porte s'ouvrit, le taulier, manifestement ému par la présence de l'officier de service, cria sèchement :

— Vous n'êtes pas dans une ménagerie, ici !

— Pardon, dit le volontaire, ici c'est une filiale de la salle de concert Rudolfinum et nous donnons un concert au profit des prisonniers. Vous venez d'entendre la première œuvre du programme, la *Symphonie guerrière.*

— Arrêtez, dit le lieutenant Pelikan, s'efforçant d'être sévère, vous ne savez donc pas que vous devez vous coucher à neuf heures et ne pas faire de bruit. Votre concert, on l'entend jusque sur la place.

— A vos ordres, mon lieutenant, dit le volontaire, je vous signale que nous n'avons pas pu répéter comme il convient et si quelques fausses notes...

— Il fait ça tous les soirs, dit le taulier, désireux de dénoncer son ennemi, de toute façon sa conduite manque totalement d'intelligence.

— S'il vous plaît, mon lieutenant, dit le volontaire, je voudrais vous parler entre quatre-z-yeux. Que le taulier attende derrière la porte.

Quand ce fut fait, le volontaire dit familièrement :

— Alors, Franta, tu sors les cigarettes ? Des « Sport » ? Toi, un lieutenant, tu n'as rien de mieux ? Merci quand même. Et des allumettes.

— Des « Sport » ! dit le volontaire avec mépris après le départ du lieutenant, même dans la misère l'homme devrait garder sa dignité. Fumez, l'ami, vous dormirez mieux. Le jugement dernier nous attend demain.

Avant de s'endormir, le volontaire n'oublia pas de chanter : « *Les monts, les vallées et les grands rochers sont mes amis, mais cela ne nous rend pas ce que nous avons chéri, oh, ma jolie...* »

Si le volontaire avait décrit le colonel Schröder comme un monstre, il avait fait erreur car le colonel Schröder avait, partiellement, le sens de la justice, sens qui se manifestait clairement après les nuits où le colonel Schröder était satisfait de ses compagnons de soirée à l'hôtel. Et quand il n'était pas satisfait ?

Pendant que le volontaire déclamait son écrasante critique de la situation à la caserne, le colonel Schröder se trouvait à l'hôtel en compagnie d'autres officiers et écoutait le lieutenant Kretschmann, revenu de Serbie avec une jambe malade (une vache lui avait donné un coup de corne) raconter comment, de l'état-major où il avait été affecté, il avait assisté à une attaque sur les positions serbes.

— Oui et alors ils ont sauté des tranchées. Maintenant, sur une longueur de deux kilomètres, les voilà qui rampent à travers les barbelés et se jettent sur l'ennemi. Les grenades à la main, le fusil sur l'épaule, prêts à tirer, prêts à frapper. Les balles sifflent. Un soldat tombe en sautant de la tranchée, un autre tombe sur le remblai, un troisième tombe au bout de quelques pas, mais leurs camarades continuent à se jeter en avant de tout leur corps, avec des hourrahs, en avant dans la fumée et la poussière. Et l'ennemi tire de tous les côtés, des tranchées, des cratères creusés par les grenades et nous prend sous le feu de ses mitraillettes. D'autres soldats tombent. Une escouade tente de s'emparer d'une mitrailleuse ennemie. Ils tombent. Mais les camarades sont déjà là. Hourrah ! Un officier tombe. On n'entend déjà plus les fusils de l'infanterie, quelque chose de terrible se prépare. Une autre escouade tout entière tombe et on entend les mitrailleuses ennemies : tatatatatata... Ils tombent. Je... pardon, je ne peux pas continuer, je suis saoul.

Et l'officier à la jambe malade se tait et reste assis sur sa chaise, l'air abruti. Le colonel Schröder fait aux convives la grâce d'un sourire et écoute le commandant Spira, assis en face de lui : on dirait qu'il cherche une dispute, il tape du poing sur la table et répète quelque chose qui n'a pas de sens, on ne comprend pas ce que ça signifie et ce qu'il veut dire :

— Réfléchissez bien, s'il vous plaît. Nous avons dans l'armée des uhlans de la Landwehr, des hommes de la Landwehr autrichienne, des chasseurs de Bosnie, des chasseurs autrichiens, de l'infanterie autrichienne, de l'infanterie hongroise, des tireurs impériaux tyroliens, de l'infanterie de Bosnie, des Honveds hongrois de l'infanterie, des hussards hongrois, des hussards de la Landwehr, des chasseurs à cheval, des dragons, des uhlans, des artilleurs, le train des équipages, les sapeurs, les sanitaires, les marins. Vous comprenez ? Prenez la Belgique : le premier et le deuxième contingent constituent l'armée en campagne, le troisième contingent est de service sur les arrières...

Le commandant Spira frappa du poing sur la table.

— La Landwehr fait son service dans le pays en temps de paix.

A côté de lui, un jeune officier faisait du zèle pour convaincre le colonel de sa fermeté militaire et affirmait très haut, à l'adresse de son voisin :

— Les tuberculeux, il faut les envoyer au front, ça leur fait du bien et puis, mieux vaut que tombent des malades plutôt que des bien-portants.

Le colonel sourit, mais s'assombrit brusquement et se tourna vers le major Wenzel :

— Je suis surpris de constater que le lieutenant Lucas nous évite. Depuis qu'il est arrivé, il n'a encore jamais passé de soirée avec nous.

— Il écrit des poèmes, dit ironiquement le commandant Sagner. A peine arrivé, il est tombé amoureux de Mme Schreiter, la femme de l'ingénieur, qu'il a rencontrée au théâtre.

Le colonel regarda devant lui, l'air sombre.

— On dit qu'il sait chanter des couplets ?

— Oui, à l'Ecole des cadets, il nous amusait déjà beaucoup avec ses couplets, répondit le commandant Sagner, et il connaît tant d'anecdotes que c'est un plaisir. Pourquoi il nous fuit, je n'en sais rien.

Le colonel secoua tristement la tête :

— De nos jours, il n'y a plus de vraie camaraderie. Je me souviens, autrefois, au cercle, chacun des officiers essayait de contribuer à nos distractions. L'un d'eux, je me souviens, un certain lieutenant Dankl, eh bien, il s'est mis tout nu, il s'est couché sur une planche, il s'est mis une queue de hareng dans le derrière pour représenter une sirène. Un autre, le lieutenant Schleisner, savait dresser les oreilles et hennir comme un cheval, imiter le miaulement des chats et le bourdonnement des bourdons. Je me souviens aussi du commandant Skoday. Lui, chaque fois que nous le lui demandions, amenait des filles au cercle, c'étaient trois sœurs et il les avait dressées comme des chiens. Il les faisait monter sur une table et elles se déshabillaient devant nous, en mesure. Il avait une de ces petites baguettes et vraiment, à tout seigneur tout honneur, c'était un remarquable chef d'orchestre. Et ce qu'il leur faisait faire sur le divan ! Un jour, il a fait apporter une baignoire pleine d'eau chaude au milieu de la pièce et l'un après l'autre, il a fallu qu'on se baigne avec ces filles et il nous prenait en photo.

Ce souvenir fit monter un sourire béat aux lèvres du colonel Schröder.

— Et ces paris qu'on a faits dans la baignoire, poursuivit-il avec un claquement de langue obscène, en se tortillant sur sa chaise. Mais aujourd'hui ? Ça, ça s'appelle s'amuser ? Et ce chanteur de couplets qui ne se montre pas. De nos jours, les jeunes officiers ne savent même pas boire. Il n'est pas minuit et vous voyez il y a déjà cinq hommes ivres à cette table. Dans le temps, nous restions deux jours et plus on buvait, plus on était sobre et on s'enfilait sans arrêt de la bière, du vin, des liqueurs ! Aujourd'hui, le véritable esprit militaire s'est perdu. Du diable si je sais pourquoi. Il n'y a pas d'esprit, simplement des espèces de bavardages qui n'en finissent pas. Ecoutez-moi un peu ce type au bout de la table qui parle de l'Amérique.

A l'autre bout de la table on entendait une voix grave :

— L'Amérique ne peut pas entrer dans la guerre. Les Américains et les Anglais sont à couteaux tirés. L'Amérique n'est pas prête pour la guerre.

Le colonel Schröder soupira :

— Voilà bien des bavardages d'officiers de réserve. Ceux-là, on s'en serait bien passé. Hier encore, un type comme ça était gratte-papier dans une banque ou bien il faisait des cornets de papier et il vendait des épices, de la cannelle et du cirage à chaussures ou bien il racontait aux enfants à l'école que la faim fait sortir les loups de la forêt et aujourd'hui il se voudrait l'égal des officiers d'active, il voudrait tout comprendre et fourrer son nez partout. Et lorsque nous avons des officiers d'active parmi nous, comme ce lieutenant Lucas, M. le lieutenant nous boude.

Le colonel Schröder partit chez lui de méchante humeur et lorsqu'il se réveilla le matin, son humeur ne fit qu'empirer car dans le journal qu'il lisait dans son lit, il trouva plusieurs fois dans les communiqués du front la nouvelle que les troupes s'étaient repliées sur des positions préparées à l'avance. C'était des journées glorieuses pour l'armée autrichienne, ressemblant comme une goutte d'eau à l'autre, aux journées près de Schabatz.

Ce fut dans cet état d'esprit que le colonel Schröder arriva à dix heures du matin à la cérémonie que le volontaire avait fort justement appelée le « Jugement dernier ».

Chvéïk et le volontaire se tenaient dans la cour et attendaient le colonel. Les gradés étaient déjà là, ainsi que l'officier de service, l'aide de camp du régiment et le sergent-major avec les dossiers des coupables que devait frapper le glaive de la justice — le rapport du régiment.

Finalement, on vit arriver le colonel Schröder, accompagné du commandant Sagner de l'Ecole des volontaires qui faisait claquer sa cravache sur ses grandes bottes.

Après avoir entendu le rapport, il passa plusieurs fois dans un silence sépulcral devant Chvéïk et le volontaire qui faisaient « *rechtschaut* » ou bien « *linksschaut*[1] » selon le flanc où se présentait le colonel. Ils le faisaient si consciencieusement qu'ils auraient pu se démettre le cou car tout cela dura un bon moment.

Enfin, le colonel s'arrêta devant le volontaire qui se présenta :

— Volontaire d'un an...

— Je sais, dit sèchement le colonel, la lie des volontaires d'un an. Que faites-vous dans le civil ? Etudiant en lettres classiques ? Encore un intellectuel ivrogne...

— Monsieur le commandant, cria-t-il à l'adresse de Sagner, faites venir ici toute l'Ecole des volontaires.

— Oui, oui, continua-t-il en s'adressant au volontaire, monsieur l'étudiant en lettres classiques avec lequel des gens comme nous sont obligés de se commettre. Kehrt Euch[2] ! Je m'en doutais. Les plis de la capote sont en désordre. Comme s'il venait de chez une fille ou se vautrait dans un bordel. Je vais vous faire déguster quelque chose, mon petit gars !

Les volontaires de l'Ecole arrivèrent dans la cour.

1. Tête droite — tête gauche.
2. Demi-tour !

— En carré ! commanda le colonel.

Ils entourèrent le colonel et les accusés d'un carré serré.

— Regardez-moi cet homme ! hurla le colonel, en montrant de sa cravache le volontaire. Il a bu votre honneur de volontaires qui doivent être formés pour devenir de bons officiers, capables de mener les hommes à la gloire sur le champ de bataille. Mais où conduirait-il ses hommes, ce saoulard ? D'une taverne à l'autre. Il boirait à lui seul toute la ration de rhum de ses hommes. Avez-vous quelque chose à dire à sa décharge ? Non. Regardez-le. Il ne peut même pas dire à sa décharge que dans le civil il est étudiant en lettres classiques. C'est le cas qui est classique, vraiment.

Le colonel dit ces derniers mots avec emphase et cracha.

— Un étudiant en lettres classiques qui dans son ivrognerie fait tomber les képis de la tête des officiers, la nuit. *Mensch !* Encore heureux que ce n'était qu'un de ces officiers de l'artillerie.

Ses derniers mots contenaient la quintessence de la haine que vouait le 91e régiment à l'artillerie de Budejovice. Malheur à l'artilleur qui tombait la nuit entre les mains d'une patrouille du régiment et vice versa. Haine terrible, irréconciliable, vendetta, dette de sang, transmise d'une promotion à l'autre, accompagnée des deux côtés d'anecdotes traditionnelles, comme quoi les fantassins avaient jeté des artilleurs dans la Vltava ou le contraire. Comme quoi ils s'étaient bagarrés au *Port-Arthur* ou *A la Rose* et dans les nombreux autres lieux de plaisir de la métropole de Bohême du Sud.

— Cependant, poursuivit le colonel, un tel acte

mérite un châtiment exemplaire. Ce personnage doit être renvoyé de l'Ecole des volontaires, moralement anéanti. Nous en avons déjà assez de ces intellectuels dans l'armée. *Regimentskanzlei*[1] !

Le sergent s'approcha gravement avec ses dossiers et un crayon.

Le silence qui régnait faisait penser à un tribunal où on juge un assassin et où le président déclare : « Nous allons donner lecture du verdict. »

C'est précisément sur ce ton que le colonel déclara :

— Le volontaire d'un an Marek est condamné aux châtiments suivants : vingt et un jours de « *verschärft* » et après expiration de cette peine, à éplucher les pommes de terre à la cuisine.

Se tournant vers l'Ecole des volontaires, le colonel leur donna l'ordre de former les rangs. On les entendit se répartir rapidement en rangées de quatre et partir, alors que le colonel disait au commandant Sagner que cela ne marchait pas, qu'il fallait l'après-midi leur faire répéter les pas dans la cour.

— Ça doit tonner, commandant. Et encore une chose. J'ai failli oublier. Dites-leur que l'Ecole des volontaires a cinq jours d'arrêts à la caserne pour qu'ils n'oublient jamais leur ancien collègue, cette canaille de Marek.

Et la canaille de Marek se tenait à côté de Chvéïk, l'air tout content. Il ne pouvait vraiment pas demander mieux. Il vaut décidément mieux éplucher des pommes de terre à la cuisine, façonner des boulettes, découper de la viande que de hurler en chiant dans son

1. Bureau du régiment.

froc sous l'ouragan du feu ennemi : « *Einzelabfallen ! Bajonette auf !*[1] »

Après avoir quitté le commandant Sagner, le colonel Schröder tomba en arrêt devant Chvéïk et le regarda attentivement : pour le moment tout Chvéïk était dans son visage rond, souriant, bordé de grandes oreilles qui sortaient de dessous la casquette. L'ensemble portait une expression de sérénité absolue, d'absence totale de sentiment de culpabilité. Ses yeux demandaient : « Qu'est-ce que je vous ai fait, s'il vous plaît ? » Ses yeux disaient : « Y suis-je pour quelque chose, dites-moi ? »

Et le colonel résuma ses observations en une question adressée au sergent-major du régiment :

— Un crétin ?

Et tout à coup le colonel vit devant lui une bouche qui s'ouvrait dans cette brave figure :

— A vos ordres, mon colonel, un crétin, répondit Chvéïk à la place du sergent.

Le colonel Schröder fit un signe de tête à son aide de camp et l'entraîna un peu plus loin. Puis ils appelèrent le sergent et examinèrent le dossier de Chvéïk.

— Ah, dit le colonel Schröder, c'est donc l'ordonnance du lieutenant Lucas, celui qu'il a perdu à Tabor, d'après le rapport qu'il a fait. Je crois que MM. les officiers devraient eux-mêmes se charger de l'éducation de leurs ordonnances. Si le lieutenant Lucas a choisi comme ordonnance un crétin aussi notoire, qu'il s'en charge lui-même. Il a assez de loisirs puisqu'il ne sort pas. N'est-ce pas que nous ne l'avons jamais vu à

1. En file indienne. Baïonnette au poing.

nos soirées ? Vous voyez bien. Il a donc assez de temps pour dresser son ordonnance.

Le colonel Schröder s'approcha de Chvéïk et, regardant son visage, lui dit :

— Espèce de veau imbécile, vous avez trois jours de « *verschärft* » et quand ce sera terminé, allez vous présenter au lieutenant Lucas.

C'est ainsi que Chvéïk retrouva le volontaire à la prison du régiment et le lieutenant Lucas put connaître une grande joie lorsque le colonel Schröder le fit appeler pour lui dire :

— Lieutenant, il y a une semaine environ, après votre arrivée au régiment, vous m'avez fait rapport en demandant l'attribution d'une ordonnance parce que la vôtre s'était perdue à la gare de Tabor. Puisqu'il est revenu...

— Mon colonel, dit le lieutenant Lucas d'un ton suppliant...

— J'ai décidé, poursuivit avec insistance le colonel, de l'enfermer pour trois jours et ensuite je vous le rends.

Le lieutenant Lucas, consterné, quitta en chancelant le bureau du colonel.

Chvéïk s'amusa beaucoup pendant les trois jours qu'il passa en compagnie du volontaire Marek. Tous les soirs, ils organisaient des manifestations patriotiques sur leurs lits.

Le soir, on entendait toujours résonner dans le cachot l'hymne *Dieu protège notre Empereur* et *Prinz Eugen, der edle Ritter*[1]. Ils chantèrent aussi tout le

1. Prince Eugène, le noble chevalier.

répertoire des chansons militaires et quand arrivait le taulier, il était accueilli au son de la chanson que voici :

Notre vieux taulier
Faut pas qu'il meure,
Faut que le diable vienne le chercher
Pour l'emmener dans sa demeure.
Viendra le prendre dans sa charrette
Puis le jettera à terre,
Et là-bas, en enfer,
En fera un feu bien chaud.

Et, sur le mur près du lit, le volontaire dessina le taulier planant au-dessus du texte d'une vieille chanson :

Quand je suis allé à Prague chercher du boudin
Sur la route ai rencontré un lutin.
C'était pas un lutin, c'était le taulier.
Je me serai pas sauvé qu'y m'aurait bouffé.

Et pendant qu'ainsi, tous deux provoquaient le taulier comme à Séville on provoque le taureau andalou avec un mouchoir rouge, le lieutenant Lucas attendait avec angoisse l'apparition de Chvéïk lui annonçant qu'il reprenait son service.

III

Les aventures de Chvéïk à Kiralyhyda

Le 91e régiment était muté à Most-nad-Litavou-Kiralyhyda[1].

Trois heures avant le moment où Chvéïk, après trois jours de cachot, devait être remis en liberté, il fut conduit, en compagnie du volontaire, au poste de garde principal et, de là, accompagné à la gare par une escorte de soldats.

— On le savait depuis un moment, lui dit chemin faisant le volontaire, qu'on allait nous muter en Hongrie. Là-bas ils vont former des bataillons de marche, les soldats vont s'exercer au tir de campagne et puis nous partirons gaiement pour les Carpates. On enverra des Hongrois en garnison ici, à Budejovice, et il y aura un mélange de races. Il existe déjà une théorie comme quoi le viol de jeunes filles d'une autre nationalité est le meilleur remède contre la dégénérescence. Les Suédois et les Espagnols l'ont pratiqué pendant la guerre de Trente ans, les Français sous

1. L'auteur appelle cette ville à la frontière entre l'Autriche et la Hongrie tantôt par son nom tchèque de Most-nad-Litavou, tantôt par son nom allemand de Brück.

Napoléon et maintenant, dans la région de Budejovice, les Hongrois vont s'y mettre sans qu'il soit vraiment question de viol. Tout s'arrange avec le temps. Un simple échange. Un soldat tchèque couche avec une fille hongroise et une pauvre fillette tchèque ouvrira ses bras à un Honved hongrois. Et d'ici quelques siècles, les anthropologues auront une surprise intéressante et se demanderont pourquoi on trouve des pommettes saillantes sur les bords de la rivière Malse.

— Ces accouplements réciproques, remarqua Chvéïk, sont en général une chose curieuse. Il y a à Prague un garçon de café nègre nommé Christian et son père était un roi d'Abyssinie qui se produisait dans un cirque à Prague, sur l'île de Stvanice. Une institutrice est tombée amoureuse de lui, elle écrivait pour la revue *Lada* des petits poèmes sur des bergers et des ruisseaux dans la forêt, elle est allée à l'hôtel avec lui et là a commis le péché de chair, comme le disent les saintes Ecritures, et elle a été très étonnée lorsqu'elle a mis au monde un petit garçon tout blanc. Oui, mais au bout de quinze jours, le petit garçon s'est mis à foncer. De plus en plus et au bout d'un mois, le voilà qui noircit. Au bout de six mois, il était noir comme son père, le roi d'Abyssinie. La mère est allée avec lui à la clinique pour les maladies de peau pour qu'on le lui décolore, mais là ils lui ont dit que c'était de la vraie peau noire mauresque et qu'y avait rien à faire. Elle en est devenue dingue, elle s'est mise à écrire aux journaux pour demander des conseils, elle voulait savoir que faire contre les Maures et on l'a mise à l'asile Sainte-Catherine et le petit négrillon a été placé à l'orphelinat où on s'est beaucoup amusé avec lui. Puis, il a appris le métier de garçon de café et a dansé dans les boîtes de nuit. Aujourd'hui, il vient au monde des petits mulâtres tchèques, en veux-tu en voilà, et ils ne sont déjà pas si noirs que lui. Mais un étudiant en médecine qui venait au café du *Calice* nous a expliqué un jour que ce n'était pas si simple. Un métis comme ça, il engendre d'autres métis et ceux-là, on peut plus les distinguer des blancs. Oui, mais soudain, dans une génération, il arrive un Noir. Imaginez un peu le malheur. Vous vous mariez avec une demoiselle. La créature est blanche comme neige et tout à coup elle vous met au monde un nègre. Et pour peu que neuf mois avant elle soit allée voir sans vous les athlètes aux Variétés où se produisait un nègre, ben je crois que quand même ça vous mettrait un peu martel en tête.

— L'histoire de votre nègre Christian, dit le volontaire, doit être également considérée sur le plan militaire. Admettons que ce nègre soit appelé sous les drapeaux. C'est un Pragois, alors il fait partie du 28ᵉ régiment. Et vous avez bien entendu dire, n'est-ce pas, que le 28ᵉ est passé chez les Russes. Imaginez l'étonnement des Russes en faisant prisonnier le nègre Christian. Les journaux russes écriraient sûrement que l'Autriche lance dans la guerre des troupes coloniales, qu'elle n'a pas, qu'elle est obligée d'avoir recours à ses réserves de Noirs.

— Mais on raconte, intervint Chvéïk, que l'Autriche a quand même des colonies, quelque part dans le Nord. Une espèce de terre de l'empereur François-Joseph.

— Bouclez-la, les gars, dit un soldat de l'escorte. C'est très imprudent de nos jours de parler d'une espèce de terre de l'empereur François-Joseph. Faut nommer personne et vous feriez mieux...

— Regardez donc une carte, l'interrompit le volontaire, et vous verrez qu'il existe en effet une terre de notre très gracieux souverain, l'empereur François-Joseph. Selon les statistiques, elle n'est faite que de glace et on l'exporte de là-bas sur des brise-glace qui sont la propriété des glacières pragoises. Cette industrie de la glace est hautement appréciée et respectée par les étrangers car c'est une entreprise profitable mais dangereuse. Le plus grand danger règne lors du transport de la glace de la terre de l'empereur François-Joseph à travers le cercle polaire. Incroyable, n'est-ce pas ?

Le soldat de l'escorte grommela quelque chose d'incompréhensible et le caporal, accompagnant l'escorte, s'approcha pour entendre les nouvelles explications du volontaire qui poursuivit le plus sérieusement du monde :

— Cette colonie autrichienne à elle seule est capable d'approvisionner en glace l'Europe tout entière et constitue un important facteur économique. Notons cependant que la colonisation progresse avec lenteur, d'une part parce que les colons ne se présentent pas et d'autre part parce qu'ils gèlent. Pourtant, grâce à un aménagement des conditions climatiques qui intéresse vivement le ministère du Commerce et celui des Affaires étrangères, on peut faire l'usage qui convient des grands espaces des glaciers. L'installation de plusieurs hôtels attirera quantité de touristes. Il faudra bien sûr aménager des sentiers touristiques entre les blocs de glace et inscrire des signes touristiques sur les glaciers. Le seul problème, ce sont les Esquimaux qui empêchent nos autorités locales de faire leur travail...

— Ces types ne veulent pas apprendre l'allemand,

poursuivit le volontaire écouté avec intérêt par le caporal.

Ce caporal était un homme très vif, garçon de ferme dans le civil, stupide et brutal, se passionnant pour tout ce dont il n'avait pas la moindre idée et dont l'idéal était de rester dans l'active, nourri et logé.

— Le ministère de l'Education, mon caporal, a construit pour eux, avec de grandes dépenses et des sacrifices, car cinq architectes sont morts de froid...

— Les maçons, eux, s'en sont sortis, l'interrompit Chvéïk, parce qu'ils se sont réchauffés avec leurs pipes allumées.

— Pas tous, dit le volontaire, deux ont eu un accident : ils ont oublié de tirer, leurs pipes se sont éteintes et on a dû les enterrer dans les glaces. Mais enfin, l'école a été construite quand même, avec des briques de glace et du béton armé — combinaison très solide — mais les Esquimaux ont allumé des feux tout autour avec le bois des cargos pris dans les glaces et ainsi ils sont arrivés à leurs fins : la glace sur laquelle était construite l'école a fondu et toute l'école, y compris le directeur et le représentant du gouvernement — il devait assister le lendemain à la cérémonie d'inauguration de l'école — ont été engloutis par les eaux. On a seulement entendu le représentant du gouvernement qui avait déjà de l'eau jusqu'au cou crier : « *Gott strafe England*[1] *!* » Maintenant, on va sans doute envoyer l'armée là-bas, pour venir à bout des Esquimaux. Nos troupes devront surtout se méfier des ours polaires apprivoisés.

— Il ne manquerait plus que ça, remarqua le sagace

1. Dieu châtie l'Angleterre !

caporal, comme s'il n'y avait déjà pas assez d'inventions militaires. Prenez par exemple les masques à gaz pour les empoisonnements au gaz. Tu mets un masque comme ça sur la tête et t'es empoisonné, comme on nous a dit à l'Ecole des sous-officiers.

— I' s'amusent simplement à vous faire peur, dit Chvéïk, un soldat ne doit avoir peur de rien. Même si au combat il tombe dans une latrine, il se lèche un peu et continue à aller au feu. Et quant aux gaz toxiques tout le monde y est habitué dans les casernes quand il y a du pain noir frais et des pois cassés avec de l'orge. Mais maintenant, on dit que les Russes ont trouvé un machin contre les gradés...

— Il s'agit sans doute de courants électriques spéciaux, ajouta le volontaire, ils se combinent avec les étoiles sur le col et elles explosent parce qu'elles sont en celluloïd. Ce sera un nouveau désastre.

Bien que dans le civil le caporal eût vécu en compagnie des veaux, il finit quand même par comprendre qu'on se payait sa tête et les quitta pour se placer en tête de la patrouille.

De toute façon, on approchait de la gare où les habitants de Budejovice étaient venus faire leurs adieux à leur régiment. Ce n'était pas une cérémonie officielle, mais la place devant la gare était remplie de gens qui attendaient les soldats.

L'intérêt de Chvéïk se porta sur le public qui faisait la haie. Et, une fois de plus comme il en va toujours, les bons soldats étaient derrière et ceux qui marchaient sous la baïonnette devant. Plus tard, les bons soldats seront enfournés dans des wagons à bestiaux alors que Chvéïk et le volontaire monteront dans un wagon spécial pour détenus, wagon qui dans les convois militaires est toujours attelé juste derrière ceux de l'état-major. Dans un wagon de détenus, il y a toujours plein de place.

Chvéïk ne put se défendre de crier « salut » à l'adresse des gens qui faisaient la haie et de leur faire signe avec sa casquette. Le geste était si suggestif que la foule le répéta bruyamment ; le « salut » se répandit de proche en proche et tonna devant la gare et, bien plus loin encore, les gens se disaient « ils arrivent »...

Le chef d'escorte était très malheureux. Il hurla un « bouclez-la » à l'adresse de Chvéïk mais les cris se propageaient comme une avalanche. Les gendarmes essayaient de contenir les gens qui bordaient la rue pour frayer un passage à l'escorte et la foule continuait à hurler « salut » et à agiter des casquettes et des chapeaux.

C'était une belle manifestation. Aux fenêtres de l'hôtel, face à la gare, des dames agitaient leurs mouchoirs et criaient « *heil !* ». Des « *heil* » se mêlèrent aux « salut » et un fanatique qui profita de l'occasion pour crier « *Nieder mit den Serben*[1] » fut renversé et quelque peu piétiné dans une bousculade créée pour les besoins de la cause.

Et comme un feu de broussailles se répandaient les mots « ils arrivent ! ».

Et ils arrivaient, cependant que sous les baïonnettes Chvéïk faisait des signes à la foule et que le volontaire saluait gravement.

C'est ainsi qu'ils firent leur entrée dans la gare et se dirigèrent vers leur train lorsque la fanfare de l' « Association des tireurs d'élite » dont le chef d'orchestre,

1. A bas les Serbes !

fortement ému par cette manifestation inattendue, faillit entonner l'hymne national. Par bonheur, arriva juste au bon moment, coiffé de son chapeau noir et rigide, l'aumônier en chef, le père Lacina de la 7e division de cavalerie, qui se chargea de mettre bon ordre aux choses.

Son histoire était toute simple. Il était arrivé la veille à Budejovice, lui, la terreur de tous les mess d'officiers, un être insatiable, un goinfre et, comme par hasard, il se retrouva au petit banquet donné par les officiers du régiment en partance. Il mangea et but comme dix et, déjà plus ou moins éméché, alla dans les cuisines pour soutirer des restes au cuisinier. Il engloutit des platées de sauce et de boulettes, arracha la viande des os comme un félin et finit par dénicher du rhum, en avala jusqu'à roter et retourna au banquet d'adieux où il se distingua par de nouvelles beuveries. Il ne manquait pas d'expérience dans ce domaine et à la 7e division de cavalerie, c'étaient toujours les officiers qui payaient l'addition. L'idée lui était venue de veiller à l'ordre pendant le départ des premières unités du régiment : il se fraya donc un chemin tout du long de la haie des badauds et fit à la gare un tel cirque que les officiers chargés d'organiser le transport du régiment allèrent s'enfermer dans le bureau du chef de gare.

Il se présenta de nouveau devant la gare juste au bon moment pour rabattre la baguette du chef d'orchestre des tireurs d'élite qui voulait déjà entonner *Que Dieu protège notre Empereur !*

— Halte ! dit-il, pas encore, je vous ferai signe ! Repos, maintenant, je reviens.

Il entra dans la gare et rattrapa l'escorte qu'il fit arrêter au cri de : halte !

— Où allez-vous ? demanda-t-il sèchement au caporal dérouté par cette nouvelle situation.

Chvéïk répondit à sa place, avec bonhomie :

— On nous amène à Brück, venez avec nous si vous voulez, monsieur l'aumônier en chef.

— C'est ça, je vais venir, déclara le père Lacina et, se tournant vers l'escorte, il ajouta :

— Qui dit que je ne peux pas partir ? *Vorwärts ! marsch !*

Quand l'aumônier en chef fut monté dans le wagon des détenus, il s'étendit sur une banquette et le brave soldat Chvéïk ôta sa capote et la lui mit sous la tête, cependant que le volontaire disait tout bas au caporal effaré :

— Les aumôniers en chef, il faut les soigner.

Le père Lacina, confortablement étendu sur la banquette, se mit à discourir :

— Un ragoût avec des cèpes, messieurs, est d'autant meilleur qu'il contient plus de cèpes, mais les cèpes, il faut d'abord les faire revenir avec des oignons et ensuite on ajoute du laurier et de l'oignon...

— Vous en avez déjà mis, de l'oignon, constata le volontaire, au désespoir du caporal qui voyait dans le père Lacina certes un ivrogne mais quand même un supérieur.

La situation du caporal était vraiment tragique.

— Oui, souligna Chvéïk, M. l'aumônier en chef a parfaitement raison. Plus il y a d'oignon, mieux ça vaut. A Pakomerice, y avait un brasseur et lui, i' mettait des oignons dans la bière, il disait comme quoi l'oignon ça attise la soif. L'oignon est vraiment une chose très utile. On met aussi des oignons frits sur les furoncles.

Entre-temps, sur sa banquette, le père Lacina parlait à mi-voix, comme en rêve :

— Tout dépend des épices, quelles épices on y met et en quelle quantité. Il ne faut jamais mettre trop de poivre, trop de piment...

Son débit se ralentissait au fur et à mesure.

— Mettre trop de clous de girofle, trop de citron, trop de piment, trop de noix de musc...

Et il s'endormit sans finir sa phrase, sifflant de temps en temps du nez quand il s'arrêtait de ronfler.

Le caporal le regardait fixement, cependant que les hommes de l'escorte riaient tout bas sur leurs banquettes.

— Celui-là, i' va pas se réveiller de si tôt, proclama Chvéïk au bout d'un moment. Il est complètement bourré.

— C'est pas grave, poursuivit Chvéïk à qui le caporal angoissé faisait signe de se taire, y a rien à faire, il s'est saoulé selon toutes les règles de l'art. Il a rang de commandant. Faut croire que tous ces aumôniers militaires ont reçu de Dieu le don de se saouler comme des bourriques. Moi, j'ai servi chez le feldkurat Katz et celui-là, il aurait bu sa dernière chemise. Le cirque qu'il fait celui-ci, c'est rien par rapport à l'autre. Ensemble, nous avons bu un ostensoir et je crois bien que nous aurions bu le bon Dieu en personne si on avait trouvé quelqu'un pour nous prêter de l'argent dessus.

Chvéïk s'approcha du père Lacina, le retourna vers le mur et déclara en expert :

— I' va roupiller jusqu'à Brück.

Il revint à sa place, accompagné du regard désespéré du caporal qui observa :

— Faudra peut-être que j'aille faire rapport quelque part.

— N'y pensez pas, dit le volontaire, vous êtes le chef d'escorte. Vous ne devez pas nous quitter. Et d'après le règlement, il vous est également interdit de laisser sortir aucun des hommes de l'escorte pour qu'il aille faire un rapport tant qu'il n'a pas de remplaçant. Comme vous voyez, c'est un drôle de casse-tête. Maintenant, tirer pour signaler la présence d'un intrus, ce n'est pas possible non plus. Il ne se passe rien ici. D'autre part, nous avons un règlement selon lequel aucune personne étrangère ne doit se trouver dans le wagon des détenus, à l'exception des détenus et de leur escorte. Entrée strictement interdite à toute personne étrangère au service. Quant à chercher à effacer les traces de votre délit, vouloir par exemple jeter l'aumônier en chef du train en marche, sans vous faire remarquer, ça non plus, ça ne va pas parce qu'ici il y a des témoins qui ont vu que vous l'avez laissé monter dans un wagon où il n'avait rien à faire. Ça, mon caporal, c'est la dégradation, à coup sûr.

Le caporal, très gêné, fit remarquer qu'il n'avait pas fait monter l'aumônier en chef dans le wagon, qu'il s'était de lui-même joint à eux et que c'était quand même un supérieur.

Le seul supérieur ici, c'est vous, dit péremptoirement le volontaire et Chvéïk de compléter :

— Même si Sa Majesté l'Empereur voulait se joindre à nous, vous n'auriez pas le droit de lui permettre. C'est comme quand vous montez la garde et l'officier d'inspection vient trouver une de ses recrues pour lui dire d'aller lui acheter des cigarettes. Si le bleu luidemande encore quelle marque, alors ça va chercher la forteresse.

Le caporal objecta timidement qu'après tout c'était Chvéïk qui, le premier, avait dit à l'aumônier qu'il pouvait partir avec eux.

— Moi, je peux me permettre ça, mon caporal, répondit Chvéïk, parce que je suis un crétin, mais personne n'attendrait pareille chose de vous.

— Ça fait longtemps que vous êtes dans l'active ? demanda comme en passant le volontaire.

— Ça va faire trois ans. Je dois être promu sergent.

— Alors, vous pouvez faire une croix dessus, dit le volontaire avec cynisme, je vous le dis, ça, ça va chercher la dégradation.

— Mourir comme gradé ou comme simple soldat, déclara Chvéïk, c'est du pareil au même. Mais c'est vrai — les dégradés, on dit qu'on les fourre au premier rang.

L'aumônier en chef bougea.

Il roupille, constata Chvéïk, après s'être assuré que tout allait bien. Il doit rêver d'un gueuleton. J'ai seulement peur qu'il fasse dans sa culotte. Mon aumônier Katz, lui, quand il était saoul, il ne se retenait pas dans son sommeil. Un jour, figurez-vous...

Et Chvéïk se mit à narrer ses aventures avec l'aumônier militaire Katz avec tant de détails et de vivacité qu'ils ne s'aperçurent même pas que le train s'était mis en marche.

Puis, le récit de Chvéïk fut interrompu par des hurlements venant des wagons de derrière. La 12e compagnie, entièrement composée d'Allemands de la région de Krumlov et de Kasperské Hory, braillait :

Wann ich kumm, wann ich kumm
Wann ich wieda, wieda kumm.

Et dans un autre wagon, un désespéré hurlait à l'adresse de la ville de Budejovice qui disparaissait au loin :

Und du mein Schatz
bleibst hier
Holarjo, holarjo, holo[1].

Il hurlait et jodlait si désespérément que ses camarades durent l'éloigner de force de la portière ouverte du wagon à bestiaux.

— Je suis surpris, dit le volontaire au caporal, que nous n'ayons pas encore eu droit à une inspection. D'après le règlement, à la gare même, vous deviez nous annoncer au commandant du convoi au lieu de vous occuper d'un aumônier en chef ivre.

Le malheureux caporal se taisait obstinément et regardait d'un air buté défiler les poteaux télégraphiques.

— Quand je me dis que notre présence n'a fait l'objet d'aucun rapport, poursuivit le sardonique volontaire, et qu'au prochain arrêt le commandant du convoi va sûrement monter ici, alors mon sang militaire ne fait qu'un tour. Enfin, on dirait des...

— Des tziganes, l'interrompit Chvéïk, ou des che-

1. Deux parties d'une chanson populaire allemande : « quand je reviendrai... » et « Toi mon trésor, tu restes ici ». *Kumm* au lieu de *komm* et *wieda* au lieu de *wieder* caractérisent le patois allemand que l'on parlait autrefois dans cette région.

mineaux. On dirait que nous avons peur de nous montrer en plein jour, que nous ne voulons pas nous présenter de peur de nous faire mettre en prison.

— Qui plus est, dit le volontaire, d'après la directive du 21 novembre 1879, les règlements suivants doivent être observés lors du transport de détenus militaires dans les convois : *Primo :* le wagon des détenus doit être muni de grilles. C'est clair comme le jour et également exécuté comme il se doit. Nous sommes derrière des barreaux parfaits. Donc, ça, c'est en règle. *Secundo :* en annexe à la directive royale et impériale du 21 novembre 1879, il est spécifié que chaque wagon de détenus doit comporter un cabinet d'aisance. A défaut, le wagon doit être équipé d'un récipient couvert pour les petits et gros besoins des détenus et de l'escorte. Pour ce qui est de votre wagon, on ne voit vraiment pas où on pourrait mettre un cabinet d'aisance. Nous nous trouvons tout simplement dans un compartiment cloisonné, coupés du monde entier. Et quant à ce fameux récipient...

— Vous pouvez faire par la fenêtre, déclara le caporal en plein désespoir.

— Vous oubliez, dit Chvéïk, qu'aucun détenu n'a le droit de s'approcher de la fenêtre.

— Passons au troisième point, reprit le volontaire, qui prévoit la fourniture d'un récipient d'eau potable. Ça aussi, vous ne vous en êtes pas occupé. A propos, savez-vous à quelle gare on doit toucher le ravitaillement ? Vous ne savez pas ? Je me doutais bien que vous n'étiez pas au courant...

— Comme vous voyez, mon caporal, remarqua Chvéïk, transporter des détenus, ce n'est pas une partie de plaisir. Faut s'occuper de nous. Nous, on est pas des soldats comme les autres qui doivent s'occuper d'eux-mêmes. Nous, faut tout nous apporter sous le nez parce que c'est écrit dans les règlements et dans les paragraphes que chacun doit respecter, sans quoi y aurait pas d'ordre. « Un détenu, c'est comme un enfant au berceau », disait un coquin bien connu. « Faut le soigner pour qu'y prenne pas froid, pour qu'y ait pas d'émotions fortes, bref qu'y soit content de son sort. Faut pas lui faire de mal, à ce pauvre petit ! »

— D'ailleurs, ajouta Chvéïk au bout d'un moment, regardant amicalement le caporal, ayez la bonté de me prévenir quand il sera onze heures.

Le caporal regarda Chvéïk d'un air interrogateur.

— Me semble, mon caporal, que vous vouliez me demander pourquoi il faut me prévenir quand il sera onze heures. A partir d'onze heures, ma place est dans le wagon à bestiaux, mon caporal, dit Chvéïk avec ardeur et il ajouta solennellement :

— Au rapport du régiment, j'ai été condamné à trois jours. J'ai commencé à purger ma peine à onze heures et aujourd'hui, à onze heures, faut que je sois libéré. A partir d'onze heures, j'ai rien à faire ici. Aucun soldat ne doit être détenu plus qu'il a mérité, parce que dans l'armée, il faut de l'ordre et de la discipline, mon caporal.

Il fallut au caporal désespéré un bon moment pour se remettre de ce dernier coup. Enfin, il objecta qu'il n'avait pas les papiers.

— Mon cher caporal, reprit le volontaire, les papiers n'arrivent pas tout seuls au commandant d'escorte. Si la montagne ne vient pas à Mahomet le commandant d'escorte doit aller lui-même chercher ses papiers. Maintenant, vous vous trouvez face à une nouvelle situation. De toute évidence, vous n'avez pas le droit de détenir une personne qui doit être libérée. D'autre part, aux termes du règlement en vigueur, personne n'a le droit de quitter le wagon des détenus. Vraiment, je ne sais pas comment vous vous tirerez de cette fâcheuse situation. Ça va de mal en pis. Il est maintenant dix heures et demie.

Le volontaire rempocha sa montre.

— Mon caporal, je me demande bien ce que vous ferez dans une demi-heure.

— Dans une demi-heure, ma place est dans le wagon à bestiaux, répéta rêveusement Chvéïk, sur quoi le caporal confus, totalement effondré, s'adressa à lui :

— A moins que cela ne vous dérange, je pense qu'ici on est beaucoup mieux que dans le wagon à bestiaux. Je pense...

Il fut interrompu par un cri que l'aumônier en chef poussa dans son sommeil :

— Plus de sauce !

— Dors, dors, dit gentiment Chvéïk, lui mettant sous la tête un pan de sa capote, continue à faire des beaux rêves de bouffe.

Et le volontaire se mit à chanter :

Dors mon enfant, ferme tes yeux mon petit.
Le bon Dieu veillera sur toi,
Un ange te bercera, dors mon enfant.

Désespéré, le caporal ne réagissait plus. Il regardait stupidement le paysage, laissant s'instaurer une totale anarchie dans le wagon des détenus.

Près de la cloison, les soldats de l'escorte jouaient à

la « viande [1] » et des coups vifs et francs pleuvaient sur les derrières. Quand le caporal regarda dans cette direction, ce fut juste pour voir le derrière d'un fantassin le narguer. Il soupira et se retourna vers la fenêtre.

Le volontaire réfléchit un instant, puis s'adressa au caporal effondré :

— Connaissez-vous par hasard la revue *Le Monde des Bêtes* ?

Le caporal, manifestement heureux de voir la conversation passer sur un autre terrain, répondit :

— L'aubergiste du village y était abonné, à cette revue, parce qu'il avait la passion des chèvres des Alpes et elles lui ont toutes crevé. Alors, il a demandé des conseils au journal.

— Cher ami, dit le volontaire, le discours qui va suivre vous montrera avec une aveuglante clarté que nul n'est à l'abri des erreurs. Je suis certain que vous, messieurs, là-bas au fond, vous allez interrompre le jeu de la viande, car ce que je vais vous dire sera fort intéressant, ne serait-ce que parce que vous ne comprendrez pas la moitié des termes techniques. Je vais vous racontez une histoire sur *Le Monde des Bêtes* pour vous faire oublier nos actuelles tribulations militaires.

« Comment suis-je devenu, un beau jour, rédacteur du *Monde des Bêtes*, cette revue si passionnante ? Eh bien, pour quelque temps ce fut pour moi une obscure énigme jusqu'au jour où j'ai moi-même conclu que j'avais commis un acte totalement irresponsable, poussé par l'amour et l'amitié que je porte à mon vieux

1. Jeu où une personne, tournée vers le mur, reçoit des coups tant qu'elle n'a pas deviné l'identité de celui qui la frappe.

camarade Hajek qui, jusque-là, avait consciencieusement rédigé la revue mais était tombé amoureux de la fille du propriétaire de la revue, M. Fuchs, lequel l'avait mis à la porte sans préavis, à condition qu'il lui procure un rédacteur comme il faut.

« Comme vous le voyez, alors régnaient d'étranges rapports entre employeur et employé.

« Le propriétaire de la revue, à qui je fus présenté par mon camarade Hajek, me reçut très aimablement et me demanda si j'avais la moindre idée des bêtes ; il fut très satisfait de ma réponse, à savoir que j'avais toujours éprouvé un grand respect pour les bêtes, voyant en elles autant d'étapes menant à l'homme ; de plus, du point de vue de la protection des animaux, j'avais toujours respecté leurs aspirations et leurs désirs. Une bête n'a d'autre désir que d'être mise à mort sans douleur, si possible, avant d'être mangée.

« Dès la naissance, la carpe est obsédée par l'idée qu'il n'est pas gentil de la part de la cuisinière de lui ouvrir le ventre tant qu'elle vit encore et l'habitude de décapiter les coqs représente une tentative de la société protectrice des animaux d'empêcher des mains malhabiles de leur tordre le cou.

« La triste figure des goujons frits démontre que les moribonds protestent contre le fait d'être frits vifs et dans de la margarine, à Podoli. Courir après une dinde...

« Ce monsieur m'interrompit pour me demander si j'avais des connaissances sur l'élevage de la volaille, des chiens, des lapins, des abeilles, sur la variété du monde des bêtes, si j'étais capable de découper dans les revues étrangères des images pour les faire reproduire, de traduire des articles spécialisés sur les animaux parus dans des revues étrangères, si je savais compulser un Brehm[1] et étais en mesure d'écrire des éditoriaux en rapport avec les fêtes de l'Eglise, le changement des saisons, les courses, les chasses, le dressage des chiens policiers, les fêtes nationales et religieuses, bref, si j'étais capable d'avoir un point de vue journalistique sur la situation et de l'exploiter dans un court éditorial.

« Je déclarai que j'avais déjà beaucoup réfléchi à la meilleure façon de diriger une revue de ce genre et que j'étais parfaitement capable de me charger de ces rubriques et de ces problèmes que je connaissais à fond. Cependant, je m'efforcerais d'amener la revue vers des sommets inespérés, de la réorganiser du point de vue contenu et substance.

« Introduire de nouvelles rubriques comme " Rions avec les animaux ", tout en scrutant la situation politique.

« Apporter sans cesse au lecteur des surprises afin que, d'une bête à l'autre, il n'ait pas le temps de souffler. La rubrique " La journée des bêtes " doit alterner avec " Le nouveau programme pour la solution du problème des animaux domestiques " et avec " Le bétail en mouvement ".

« Une fois de plus, il m'interrompit et dit qu'il lui suffisait que je parvienne à réaliser la moitié de ces propositions, qu'il allait m'offrir une paire de wyandottes naines qui, à la dernière exposition de volailles à Berlin, avaient reçu le premier prix et valu à leur propriétaire une médaille d'or pour l'excellence de leur accouplement.

1. Brehm, auteur d'une *Vie des Animaux* qui fit longtemps autorité dans les pays d'Europe centrale.

« Je dois dire qu'à la revue je me suis efforcé de mettre en œuvre mon programme gouvernemental autant que me le permettaient mes talents ; oui, j'ai même fini par découvrir que mes articles dépassaient ces talents.

« Voulant offrir de l'inédit au public, j'ai inventé des bêtes.

« Je suis parti du principe que l'éléphant, le tigre, le lion, le singe, la taupe, le cheval et le cochon, pour ne citer qu'eux, sont de vieilles connaissances de tous les lecteurs du *Monde des Bêtes* et qu'il fallait émouvoir le public par des découvertes toujours nouvelles et c'est ainsi que j'ai fait un essai avec la baleine au ventre soufré. Cette baleine, disais-je, avait la taille d'une morue et était dotée d'une vessie remplie d'acide formique et d'un cloaque spécial lui permettant de droguer les petits poissons qu'elle se proposait d'ingérer avec cet acide toxique et stupéfiant, plus tard baptisé par un savant anglais... j'ai déjà oublié de quel nom je l'avais affublé, ce savant, acide baleinique. Le blanc de baleine était déjà connu, mais ce nouvel acide éveilla l'intérêt de plusieurs lecteurs qui demandèrent le nom de la firme fabriquant ce produit.

« Je puis vous assurer que les lecteurs du *Monde des Bêtes* sont en général des gens pleins de curiosité.

« Coup sur coup, après la baleine au ventre soufré, je découvris toute une série d'autres bêtes. Je cite : le naïf-rusé, mammifère de la famille des kangourous, le bœuf comestible, archétype de la vache, une infusoire à sépia que j'ai décrite comme une sorte de gros rat.

« Tous les jours de nouvelles bêtes s'ajoutaient à ma collection. Je fus moi-même très surpris de mon succès dans cette spécialité. Jamais je n'aurais pensé que la faune avait un si criant besoin d'être complétée et que Brehm, dans sa *Vie des Animaux*, avait oublié tant de bêtes. Brehm et ses successeurs connaissaient-ils ma chauve-souris d'Islande, dite " la chauve-souris lointaine ", mon chat domestique des cimes du Kilimandjaro, " le griffeur-ébouriffé-cerviforme " ?

« Les naturalistes de l'époque se doutaient-ils de l'existence d'une puce de l'ingénieur Kuhn, trouvée par moi dans un bloc d'ambre et qui était totalement aveugle car c'était un parasite de la taupe préhistorique souterraine, aveugle elle aussi parce que son arrière-grand-mère s'était accouplée, ainsi que je l'expliquais dans mon article, avec le protée cavernicole des grottes de Postojensky qui, à l'époque, s'étendaient jusqu'à l'actuelle Baltique ?

« Cet événement insignifiant déclencha une vive polémique entre les journaux *Le Temps* et *Le Tchèque*, car *Le Tchèque*, dans son feuilleton consacré aux curiosités, citant l'article sur la puce par moi découverte, déclara : " Ce que Dieu fait est bien fait. " Naturellement *Le Temps*, se plaçant sur un terrain purement pragmatique, démolit toute ma démonstration ainsi que l'honorable *Tchèque* ; dès lors, il sembla que ma bonne étoile d'inventeur et découvreur de nouvelles créatures m'eût abandonné. Les abonnés du *Monde des Bêtes* commencèrent à s'inquiéter.

« Il faut en chercher la cause dans différentes petites informations sur l'apiculture et l'élevage des volailles où j'énonçais de nouvelles théories qui provoquèrent une véritable panique. En effet, à la suite de mes simples conseils, M. Pazourka, apiculteur renommé, fut foudroyé par une apoplexie et l'apiculture dans la Sumava et le Podkrkonosi fut ruinée. La peste sévit dans les basses-cours et enfin toutes les bêtes crevaient. Les abonnés écrivaient des lettres et renvoyaient le journal.

« Je me lançai dans les oiseaux vivant en liberté et je me souviens encore de mon histoire avec le rédacteur de *L'Horizon rural,* le directeur Joseph M. Kadlcak, député clérical.

« Dans la revue anglaise *Country Life,* j'avais découpé l'image de je ne sais quel oiseau perché sur un noyer. Je lui avais donné le nom de coq-noyeux, tout comme, sur le plan de la logique, je n'hésiterai pas à affirmer qu'un oiseau perché sur un genévrier est un coq-geneux ou, le cas échéant, une génisse.

« Et imaginez ce qui arriva. Usant d'une vulgaire carte postale, M. Kadlcak passa à l'attaque : ce n'était pas un coq-noyeux, écrivit-il, mais un geai et qu'il s'agissait de la traduction du mot *Eichelhäher.*

« Je lui écrivis une lettre lui exposant l'ensemble de ma théorie sur le coq-noyeux, lettre mêlée de nombreuses injures et de citations que j'attribuais à Brehm.

« Le député Kadlcak me répondit par un éditorial dans *L'Horizon rural.*

« Mon patron, M. Fuchs, était, comme d'habitude, installé au café et lisait la presse régionale car, ces temps derniers, il cherchait fort souvent des allusions à mes passionnants articles du *Monde des Bêtes.* Quand j'arrivai, il me montra *L'Horizon rural,* posé sur la table, avec ce regard triste que je lui voyais de plus en plus souvent.

« Je lus tout haut, devant tous les clients du café :

« *Messieurs les rédacteurs :*

« *J'ai attiré votre attention sur le fait que votre revue*

introduisait une nomenclature inusitée et injustifiée, qu'elle ne veillait pas suffisamment à la pureté de la langue tchèque, qu'elle inventait différents animaux. Comme exemple à l'appui, j'ai cité le fait que votre rédacteur, au lieu de l'appellation généralement utilisée et traditionnelle de " geai " introduisait le mot de " glandeur " fondé sur la traduction de l'appellation allemande — Eichelhäher, *le geai.*

« — Le geai, répéta d'un ton désespéré le propriétaire de la revue.

« Je poursuivis calmement ma lecture :

« *Sur quoi, j'ai reçu de votre rédacteur du* Monde des Bêtes *une lettre incroyablement vulgaire, contenant des attaques personnelles et grossières, me traitant de veau d'une ignorance criminelle, ce qui appelle une réprimande sévère. Ce n'est pas de la sorte qu'entre honnêtes gens on répond à des critiques scientifiques objectives. J'aimerais bien savoir qui est le plus grand veau de nous deux. Sans doute est-il vrai que je n'aurais pas dû formuler mes critiques sur une carte postale mais m'exprimer par le truchement du journal. Cependant, surchargé de travail, j'avais négligé ce détail mais maintenant, après l'attaque grossière de votre rédacteur du* Monde des Bêtes, *je le mets publiquement au pilori.*

« *M. votre rédacteur se trompe lourdement en me prenant pour un veau sans instruction qui n'a pas la moindre idée des noms d'oiseaux. Voici des années que je m'occupe d'ornithologie, pas dans les livres mais par l'étude de la nature, ayant dans mes cages plus d'oiseaux que votre rédacteur n'en a vu dans sa vie, d'autant plus que nous avons sans doute affaire à un homme végétant dans les débits de boisson et dans les cafés de Prague.*

« *Mais ce sont là des détails, bien qu'il ne serait pas inutile que votre rédacteur du* Monde des Bêtes *se demande d'abord qui il traite de veau, avant que sa plume ne lâche l'invective, destinée peut-être à Frydland u Mistku en Moravie où votre journal comptait maints lecteurs jusqu'à la parution de l'article en question.*

« *Quoi qu'il en soit, il ne s'agit pas d'une polémique personnelle avec un fou mais de la cause et c'est pourquoi je répète une fois encore qu'il est inadmissible d'inventer des traductions d'appellations puisque nous disposons d'une appellation nationale, généralement connue, le geai.*

« — Oui, le geai, souffla mon patron d'une voix encore plus désolée.

« Je continuai à lire tranquillement, sans me laisser interrompre.

« *C'est un crime de laisser des profanes et des brutes agir de la sorte. Qui a jamais appelé un geai un coq-noyeux ? Dans l'ouvrage* Nos Oiseaux, *page 148, vous trouverez l'appellation latine :* Ganulus glandarius, B. A., *et c'est bien là mon oiseau, le geai.*

« *Le rédacteur de votre revue admettra sans peine que je connais mieux mon oiseau qu'un profane. Selon le docteur Bayer, le coq-noyeux se nomme* nucifraga carycatectes B., *et ce* B. *ne signifie pas, comme me l'a écrit votre rédacteur, la première lettre du mot « brute ». Les ornithologues tchèques ne connaissent que le geai ordinaire et non point votre " glandeur ", inventé précisément par ce monsieur qui, selon sa propre théorie, mérite, lui, l'initiale B. Il s'agit là d'une grossière insulte personnelle qui ne change rien à l'affaire.*

« *Le geai reste un geai même si le rédacteur du* Monde

des Bêtes *devait en ch... dans sa culotte et ce n'est qu'un exemple de la légèreté et de la fantaisie avec laquelle on écrit de-ci de-là, même si l'on cite Brehm avec une incorrection flagrante. Ce grossier personnage écrit que selon Brehm le geai fait partie de l'ordre des crocodiliens, page 452 où il est question de la pie-grièche ou de la pie vulgaire* (Lanius minor L.). *Ensuite, cet ignorant — et je suis encore poli — se réfère une fois de plus à Brehm en soutenant que le geai fait partie du 15ᵉ ordre auquel appartiennent le corbeau, la famille des choucas — et il est si malappris qu'il me traite, moi aussi, de choucas* (colaeus) — *de la famille des pies, des corbeaux bleus, du sous-ordre des crétins ineptes bien que sur la même page il soit question des geais des bois et des pies mouchetées...*

« — Le geai des bois, soupira l'éditeur de ma revue en se prenant la tête entre les mains, donnez-moi ça, que je finisse de lire.

« Je fus effrayé d'entendre la voix rauque avec laquelle il lut :

« *Le coq-girolle ou bien le merle turc restera toujours le merle turc en traduction tchèque, tout comme la grive restera la grive.*

« — La grive doit s'appeler coq-géneux ou génisse, monsieur le directeur, soulignai-je, car elle se nourrit de genièvre.

« M. Fuchs jeta le journal sur la table, puis se tapit sous le billard, énonçant dans un râle les derniers mots qu'il avait lus :

« — Turdus, *coq-girolle.*

« — Pas question de geai ! hurla-t-il sous la table, coq-noyeux ! Messieurs, je mords !

« Enfin, on le tira de là et il décéda d'une méningite le troisième jour, entouré de sa famille.

« Et ses derniers mots, prononcés pendant son dernier instant de lucidité, furent : “ Il ne s'agit pas de mon intérêt personnel mais du bien commun. C'est dans cet esprit que je vous demande de recevoir mes remarques en toute objectivité... ” et il eut un hoquet. »

Le volontaire se tut, puis dit au caporal d'un ton sardonique :

— Je voulais simplement vous montrer que tout homme se trouve parfois dans une situation délicate où il commet des erreurs.

Dans tout cela, le caporal comprit seulement que c'était lui qui était dans l'erreur, car il se tourna de nouveau vers la fenêtre et regarda défiler le paysage d'un air sombre.

Chvéïk commença :

— Rien au monde ne reste caché. Tout finit par se savoir, comme vous venez de l'entendre, même que ce fichu geai n'est pas un coq-noyeux. C'est vraiment très intéressant de voir qu'il y a des gens qui se laissent prendre à de pareilles histoires. Inventer des bêtes, c'est pas facile, je le reconnais, mais montrer de ces espèces de bêtes inventées, c'est plus difficile encore, je vous assure. Dans le temps il y avait à Prague un dénommé Mestek, et lui, il a découvert une sirène et il la montrait derrière un rideau, sur l'avenue Havlicek, à Vinohrady. Dans le rideau, il y avait une ouverture et chacun pouvait voir dans, comme qui dirait, un clair-obscur, un canapé, tout ce qu'il y a de plus ordinaire et une bonne femme du quartier de Zizkov vautrée dessus. On lui avait enveloppé les jambes de gaze verte, ce qui était censé représenter la queue et sur les mains elle avait des gants où ils avaient attaché des nageoires de carton, vertes aussi, et sur le dos on lui avait attaché une sorte de gouvernail avec une ficelle. L'entrée était interdite aux moins de seize ans et tous ceux qui avaient seize ans passés et qui payaient l'entrée disaient que ce qu'il y avait de bien c'est que la sirène avait de grosses fesses qui portaient l'inscription « au revoir ! ». Pour les seins, c'était rien. Elle les avait comme une pute avachie, i' se baladaient jusque sur son nombril. A sept heures du soir, Mestek fermait son panorama et disait : « Ça va, la sirène, vous pouvez rentrer chez vous. » Alors, elle allait se changer et à dix heures du soir on la voyait déjà déambuler dans la rue Taborska et dire, très discrètement, à chaque homme qu'elle rencontrait : « Bonsoir mon cœur, la bagatelle, ça te dit ? » Comme elle n'était pas en carte, M. Drasner l'a fait enfermer un jour, avec d'autres souris du même genre et du coup Mestek a dû fermer boutique.

Sur ce, l'aumônier en chef tomba de la banquette et continua à dormir par terre. Le caporal regarda ce spectacle d'un air stupide puis, dans un silence général, il le releva et le recoucha sur la banquette sans que personne, toutefois, lui vienne en aide. Il est clair qu'il avait perdu toute autorité et quand il dit d'une voix faible et désespérée : « Vous pourriez quand même m'aider », tous les hommes de l'escorte regardèrent fixement devant eux et personne ne leva le petit doigt.

— Vous auriez dû le laisser roupiller là où il était, déclara Chvéïk, c'est exactement ce que je faisais avec mon aumônier à moi. Un jour, je l'ai laissé dormir dans les cabinets, une autre fois il a dormi en haut de l'armoire ou encore dans une lessiveuse chez des gens qu'on connaissait pas, enfin Dieu seul sait où il s'est pas fourré pour dormir.

Tout à coup, le caporal eut un sursaut d'énergie. Il voulut montrer qu'il était le maître et dit durement :

— Fermez-la et arrêtez de jacter. Ce que ça peut être bavard, les tampons. Vous êtes comme des punaises.

— Oui, certainement, et vous, vous êtes le Bon Dieu, mon caporal, répondit Chvéïk avec le flegme d'un philosophe qui veut apporter la paix au monde entier et qui, ce faisant, se lance dans de terribles polémiques. Vous êtes notre *mater dolorosa.*

— Seigneur Dieu ! s'écria le volontaire, emplissez nos cœurs d'amour pour tous les gradés afin que désormais nous les contemplions sans dégoût. Bénis notre rencontre dans cet infâme cachot sur rails !

Le caporal rougit et se releva en sursaut :

— Vous êtes prié de ne pas faire de remarques, vous le volontaire !

— Vous n'y êtes pour rien, continua le volontaire d'un ton apaisant, dans beaucoup d'ordres et de familles la nature a refusé aux animaux la moindre parcelle d'intelligence. Avez-vous parfois entendu parler de la bêtise humaine ? Ne vaudrait-il pas décidément mieux que vous fussiez né sous la forme d'un autre mammifère et que vous ne portiez pas ce nom stupide d'homme et de caporal ? Vous faites une grave erreur en vous prenant pour la créature la plus parfaite et la plus évoluée. Si on vous découd vos petites étoiles, alors vous n'êtes qu'un zéro que l'on tue d'une balle, comme ça, en passant, dans toutes les tranchées et sur tous les fronts. Si on vous en rajoute encore une pour faire de vous l'animal dit sergot, vous n'en serez pas meilleur pour autant. Votre horizon intellectuel se rétrécira encore davantage et un beau jour vous déposerez sur un champ de bataille vos ossements atteints d'atrophie culturelle, et personne en Europe ne versera la moindre larme.

— Je vais vous faire enfermer, s'écria le caporal au désespoir.

Le volontaire sourit :

— Peut-être voudriez-vous me faire enfermer parce que je vous ai insulté. Mais ce serait un mensonge car votre bagage intellectuel ne vous permet même pas de percevoir des injures et de plus je parierais tout ce que vous voulez que vous n'avez pas le moindre souvenir de toute cette conversation. Si je vous traitais d'embryon, vous l'auriez oublié, même pas avant la prochaine gare mais avant que le prochain poteau télégraphique n'ait défilé sous nos yeux. Vous n'êtes qu'une circonvolution cérébrale nécrosée. Il est impensable que vous puissiez expliquer d'une façon cohérente ce que vous avez entendu dire. De plus, demandez à n'importe qui si mes paroles contenaient la moindre petite allusion à votre horizon intellectuel et si je vous ai offensé en quoi que ce soit.

— C'est un fait, confirma Chvéïk, que personne ici ne vous a dit le moindre petit mot que vous puissiez interpréter de travers. Ça fait toujours mauvaise impression quand quelqu'un se sent offensé. Un jour, je me trouvais dans un café ouvert la nuit qui s'appelle *Le Tunnel* et on discutait des orang-outans. A notre table, y avait un gars de la marine et il a raconté comme quoi souvent les orang-outans, on peut pas les distinguer d'un particulier barbu, qu'un de ces orang-outans il a le menton couvert de poils comme... Comme, qu'il dit, par exemple ce monsieur à la table à côté. Ils se sont tous retournés et le monsieur à barbe est allé vers le marin et lui a donné une gifle et le marin lui a cassé une bouteille de bière sur la tête et ce monsieur barbu s'est effondré et i' est resté sans connaissance et nous, on a fait nos adieux au marin car il est parti tout de suite quand il a vu qu'il avait pratiquement tué le monsieur. Après quoi, on a ramené ce monsieur à lui et ça, on n'aurait vraiment pas dû le faire car, à peine ressuscité, il a appelé une patrouille qui nous a emmenés au commissariat, tous tant qu'on était, qui n'avions pourtant rien à voir dans toute cette affaire. Et là-bas, i' voulait pas en démordre, i' disait qu'on le prenait pour un orang-outan et qu'on avait parlé de rien d'autre que de lui. Ça, il le répétait sans arrêt. Et nous, on disait que non, qu'i' était pas un orang-outan. Nous avons demandé à M. le commissaire de lui expliquer. Et lui, il lui expliquait tout gentiment, mais même là, i' voulait rien savoir et i' a dit à M. le commissaire que lui, le commissaire, était de mèche avec nous. Alors, M. le commissaire l'a fait enfermer pour qu'il cuve sa bière et nous, on voulait retourner au *Tunnel* mais on n'a pas pu, parce que, nous aussi, il nous a mis derrière les barreaux. Alors, vous voyez, mon caporal, ce que peut donner un petit, un minuscule malentendu qui ne vaut même pas la peine d'en parler. A Okrouhlice aussi, y avait un particulier qui s'est vexé quand dans la ville de Nemecky Brod on lui a dit qu'il était un python. Il y en a pas mal d'autres de ces mots qui ne sont pas du tout punissables par la loi. Par exemple, si on vous traitait d'ondatra ? Vous vous fâcheriez pour si peu ?

Le caporal hennit. On ne saurait dire qu'il hurla. La colère, la rage, le désespoir, tout cela se fondit en une série de bruits violents et ce concert était accompagné du sifflement émis par le nez de l'aumônier en chef qui ronflait toujours.

A ces cris succéda un abattement total. Le caporal s'assit sur une banquette et ses yeux aqueux et mornes se fixèrent au loin sur les forêts et les montagnes.

— Mon caporal, dit le volontaire, à présent que vous regardez défiler les montagnes bruissantes et les forêts odorantes vous me faites penser à la figure de Dante. Ce même noble visage de poète, d'un homme au cœur et à l'esprit pleins de délicatesse, accessibles aux nobles émotions. Restez, je vous prie, dans cette pose, cela vous va si bien. Ah ! avec quelle âme, sans la moindre trace d'affectation et de raideur, votre regard vogue dans le paysage. Je suis sûr que vous imaginez comme ce sera beau au printemps, lorsque, sur ces lieux dénudés, s'étendra un tapis de fleurs chatoyantes...

— Lequel tapis se blottira contre un ruisseau, ajouta Chvéïk, et notre caporal lèche son crayon, y est assis sur un tronc et y écrit un poème pour la revue *Le Petit Lecteur*.

Le caporal sombra dans l'apathie tandis que le volontaire affirmait que, sans nul doute, il avait vu un moulage de la tête du caporal à une exposition de sculpture.

— Permettez-moi de vous demander, mon caporal, si vous n'avez pas posé pour le sculpteur Stursa ?

Le caporal regarda tristement le volontaire :

— Non.

Le volontaire se tut et s'étendit sur une banquette.

Les hommes de l'escorte jouaient aux cartes avec Chvéïk, de désespoir le caporal regardait les cartes et se permit même de faire remarquer à Chvéïk qu'il n'aurait pas dû jouer son as vert. Il avait eu tort de jouer atout et il aurait pu garder son sept pour le dernier pli.

— Autrefois, dans les cafés, dit Chvéïk, y avait de belles inscriptions contre ceux qui regardent dans les cartes. J'ai souvenir d'une qui disait :

Toi qui reluques, boucle-la
Sinon on te tabassera.

Le convoi militaire entra dans une gare où les inspecteurs visitaient les wagons. Le train s'arrêta.

— Comme de bien entendu, dit l'impitoyable volontaire, lançant au caporal un regard significatif, les inspecteurs sont déjà là.

Les inspecteurs entrèrent dans le wagon.

Le commandant du convoi, désigné par l'état-major, était le docteur Mraz, officier de réserve.

Ces services idiots, on les collait toujours aux officiers de réserve. Le docteur Mraz y perdait son latin. Il avait beau faire, il manquait toujours un wagon dans ses calculs, bien que dans le civil il fût professeur de mathématiques dans une école secondaire. De plus, à la dernière gare, le chiffre des effectifs annoncé pour chaque wagon ne correspondait pas au chiffre signalé après l'embarquement à la gare de České Budejovice. En regardant les papiers, il avait l'impression que, sorties d'on ne sait où, il y avait deux cantines en trop.

La constatation que les chevaux s'étaient multipliés pour des raisons mystérieuses lui fit courir un frisson désagréable le long de la colonne vertébrale. Dans la liste des officiers, il n'arrivait pas à retrouver deux aspirants. Dans le bureau du régiment, dans le premier wagon, on cherchait sans cesse une machine à écrire. Tout ce chaos lui avait donné mal à la tête, il avait déjà avalé trois aspirines et maintenant il passait en revue le train avec un visage empreint de douleur.

Quand il monta dans le compartiment des détenus avec son escorte, il jeta un coup d'œil sur les papiers et ayant entendu le rapport du caporal complètement abattu, il vérifia une nouvelle fois l'exactitude des papiers, puis regarda autour de lui.

— Qui transportez-vous là ? demanda-t-il d'un ton sévère en montrant du doigt l'aumônier en chef qui dormait à plat ventre et dont la face arrière contemplait les inspecteurs d'un air provocateur.

— A vos ordres, mon lieutenant, bégaya le caporal, c'est-à-dire que ce chose...

— Comment, ce chose ? grommela le docteur Mraz, parlez clairement.

— A vos ordres, mon lieutenant, s'interposa Chvéïk à la place du caporal, ce monsieur qui dort à plat ventre c'est un aumônier en chef saoul. I' s'est mis avec nous et il est monté dans le wagon et attendu que c'est notre supérieur, alors on a pas pu le mettre dehors pour qu'y ait pas violation du règlement hiérarchique. Faut croire qu'il a confondu le wagon des détenus avec celui de l'état-major.

Le docteur Mraz poussa un soupir et regarda dans ses papiers. Sur la liste, pas question d'un aumônier en chef censé aller à Brück avec le convoi. Sa paupière fut agitée d'un tic nerveux. A la dernière gare, il y avait eu les chevaux en surnombre et voilà maintenant qu'un aumônier en chef avait poussé, on ne sait comment, dans le wagon des détenus.

Il fut tout juste capable d'ordonner au caporal de retourner l'homme qui dormait à plat ventre, position dans laquelle il était impossible d'établir son identité.

Après un long effort, le caporal retourna l'aumônier en chef sur le dos ; celui-ci se réveilla au cours de l'opération et voyant l'officier devant lui, il dit : « *Eh, servus Freddy, was gibts neues ? Abendessen schon fertig*[1] *?* » Puis, il referma les yeux et se tourna vers la paroi.

Le docteur Mraz comprit tout de suite que c'était là le goinfre venu la veille au cercle des officiers, ce ventre bien connu de tous les mess et il soupira tout bas.

— Pour ça, dit-il au caporal, je vais vous envoyer au rapport.

Il était sur le point de partir, mais Chvéïk le retint :

— A vos ordres, mon lieutenant, moi, je ne suis pas à ma place ici. Je dois être enfermé jusqu'à onze heures seulement, car c'est précisément aujourd'hui que mon délai expire. J'ai été enfermé pour trois jours et maintenant, je dois déjà être assis avec les autres, dans le wagon à bestiaux où je suis à ma place, ou bien avec le lieutenant Lucas.

— Comment vous appelez-vous ? dit le docteur Mraz.

— Chvéïk, Joseph, à vos ordres mon lieutenant.

— Hm... c'est donc vous le fameux Chvéïk, dit le docteur Mraz, en effet vous deviez sortir à onze heures.

1. Salut, Freddy. Quoi de neuf ? Le dîner est prêt ?

Mais le lieutenant Lucas m'a demandé de ne pas vous laisser sortir avant l'arrivée à Brück. Il dit que c'est plus sûr, qu'au moins vous ne feriez pas de bêtises pendant le voyage.

Après le départ de l'inspection, le caporal ne put se garder d'une remarque sardonique :

— Vous voyez, Chvéïk, s'adresser aux autorités supérieures, c'est de la merde. Si j'avais voulu, j'aurais pu vous faire passer un mauvais quart d'heure à tous les deux.

— Mon caporal, discuter à coups de merde est une argumentation plus ou moins plausible, intervint le volontaire, mais un homme intelligent ne doit pas avoir recours à de pareilles expressions s'il est en colère ou s'il désire attaquer quelqu'un. Puis à quoi rime cette remarque dérisoire d'avoir pu nous faire passer un mauvais quart d'heure ? pourquoi diable ne l'avez-vous pas fait, puisque vous en aviez l'occasion ? C'est sûrement une manifestation de votre grande maturité spirituelle et de votre extraordinaire délicatesse.

Le caporal se redressa vivement :

— En voilà assez ! Je peux vous faire envoyer tous deux au pénitencier !

— Et en quel honneur, ma colombe ? demanda innocemment le volontaire.

— C'est mon affaire, dit le caporal pour se donner du courage.

— Votre affaire, dit le volontaire avec un sourire, la vôtre et la nôtre. Comme aux cartes : tu joues atout — je coupe. Moi, je dirais plutôt que vous êtes bouleversé d'être envoyé au rapport et c'est pourquoi vous commencez à nous engueuler, évidemment par des voies non réglementaires.

— Vous êtes des insolents, dit le caporal, faisant appel à ce qui lui restait de courage pour prendre un air menaçant.

— Je vais vous dire quelque chose, caporal, observa Chvéïk. Je suis déjà un vieux soldat, moi, j'ai servi avant guerre et je dois vous dire qu'avec ces injures, il y a des fois où ça tourne mal. Dans le temps, quand j'étais soldat, je me souviens que dans notre compagnie il y avait un certain sergot, nommé Schreiter. C'était un rempilé. Il aurait pu s'en retourner chez lui depuis longtemps, quand il était encore caporal, mais il avait, comme qui dirait, un grain. Alors cet homme, il faisait suer les soldats, i' collait à nous comme de la merde à une chemise, y avait ceci qui ne lui plaisait pas, cela qui était contre le règlement. Il nous houspillait comme il pouvait et i' nous disait : vous êtes pas des soldats, vous êtes des gardes-barrière. Un jour, ça m'a mis en pétard et je suis allé au rapport de la compagnie. Qu'est-ce que tu veux ? me fait le commandant. A vos ordres, mon commandant, j'ai une plainte à porter contre le Feldwebel Schreiter. Après tout, nous sommes les soldats de l'Empereur et pas des gardes-barrière. Nous, on sert Sa Majesté l'Empereur, on n'est pas en train de garder des moutons. Ecoute, vermine, qu'i' me répond le commandant, disparais de ma vue. Et moi, je lui dis que je demande à être envoyé au rapport du bataillon.

« Au rapport du bataillon, quand j'ai expliqué au lieutenant-colonel qu'on était pas des gardes-barrière mais des soldats de l'Empereur, i' m'a fait enfermer pour deux jours, mais moi j'ai demandé qu'on m'envoie au rapport du régiment. Au rapport du régiment, le colonel, quand il a entendu mon explication, a hurlé que j'étais un imbécile et m'a envoyé à tous les diables. Et moi, je lui ai encore dit : A vos ordres, mon colonel, je demande à être envoyé au rapport de la brigade. Alors là, il a eu peur et il a tout de suite fait appeler notre sergent Schreiter dans le bureau et il a fallu qu'i' me demande pardon devant tous les officiers pour ce mot de garde-barrière.

« Puis, il m'a rattrapé dans la cour et il m'a dit que désormais, i' allait plus m'insulter mais qu'i' me ferait mettre au trou. J'ai fait drôlement attention à ce que je faisais à partir de ce moment-là, mais j'ai quand même pas réussi à me surveiller. J'étais de faction devant le magasin et celui qui était de faction marquait toujours quelque chose sur le mur. Soit il dessinait les parties d'une femme, ou bien il écrivait quelques petits vers. Moi, j'arrivais rien à trouver, alors comme je m'ennuyais, j'ai mis ma signature sur le mur, sous l'inscription, " le sergent Schreiter est un ballot ". Et ce coquin de sergent m'a dénoncé tout de suite car il me suivait à la trace comme un chien policier. Par un malheureux hasard, au-dessus de cette inscription, il y en avait une autre : " Merde à la guerre — nous n'irons pas la faire " et ça, c'était en l'an 1912 quand nous étions censés aller en Serbie, rapport au consul Prochazka [1]. Comme ça, ils m'ont tout de suite envoyé au tribunal provincial de Térézine. Ces messieurs du tribunal militaire, ils ont photographié, quinze fois peut-être, le mur du magasin avec ces inscriptions et ma signature, dix fois ils m'ont fait écrire pour examiner mon écriture : " Merde à la guerre — nous

1. Allusion à un incident, peut-être fabriqué, où les Serbes étaient accusés d'avoir châtré un consul autrichien nommé Prochazka.

n'irons pas la faire ", quinze fois il a fallu que j'écrive devant eux : " Le sergent Schreiter est un ballot " et enfin, un expert graphologique est venu et m'a fait écrire : " C'était le 29 juillet 1887, lorsque la ville de Kraluv Dvur a connu les horreurs d'une brutale crue de l'Elbe. " Ça ne suffit pas encore, a dit le juge, ce qui nous intéresse c'est cette histoire de merde. Dictez-lui quelque chose avec beaucoup de *m* et de *r*. Alors, ils m'ont dicté : mer, mère, mar, marée, rubis, canaille. Eh ben, cet expert graphologique il en était déjà chèvre et y regardait tout le temps derrière lui où se tenait un soldat avec sa baïonnette et enfin, il a dit qu'il devait partir pour Vienne et il m'a fait écrire encore trois fois de suite : " Aussi, le soleil commence déjà à brûler, il fait une forte chaleur. " Il a fait transporter tout ce dossier à Vienne et enfin il en est résulté que pour ce qui était des inscriptions c'était pas mon écriture, la signature qu'elle était de moi, comme je l'avais reconnu et que, pour ça, j'étais condamné à six semaines pour avoir signé lorsque j'étais en faction et que, comme ils ont dit, je ne pouvais pas faire la surveillance pendant le temps que j'écrivais sur le mur.

— Vous voyez bien, dit le caporal, satisfait, la chose n'est pas resté impunie. Vous êtes un véritable élément criminel. Moi, si j'avais été sur place, dans ce tribunal provincial, je vous aurais pas collé six semaines mais six ans.

— Ne soyez pas si féroce, reprit le volontaire, et pensez plutôt à la fin qui vous attend. Il y a tout juste un moment que l'inspection a dit que vous seriez envoyé au rapport. C'est une chose à laquelle vous devriez vous préparer avec le plus grand sérieux, en méditant sur les ultimes instants d'une vie de caporal.

Qu'êtes-vous donc face à l'univers ! Dites-vous que l'étoile la plus proche de nous doit être 275 000 fois plus loin que le soleil de notre convoi militaire pour que sa parallaxe forme une seconde d'arc. Si vous erriez dans l'univers comme une étoile, vous seriez sans doute trop insignifiant pour qu'on vous distingue à l'aide des meilleurs télescopes. Il n'existe aucune notion qui permette de rendre compte de votre nullité dans l'univers. En six mois, vous pourriez décrire un tout petit arc à l'horizon, en un an, nous aurions une petite ellipse, si minuscule qu'il n'existe pas de chiffres pour l'exprimer. D'ailleurs, il serait impossible de mesurer votre parallaxe.

— Dans ce cas, remarqua Chvéïk, M. le caporal pourrait être fier du fait que personne ne peut le mesurer et, quoi qu'il arrive au rapport, il doit rester tranquille et ne pas s'énerver car l'énervement est toujours mauvais pour la santé, surtout maintenant, en temps de guerre, où il faut se ménager car les affres militaires exigent de tout un chacun de ne pas être une mauviette.

« Si on vous enferme, mon caporal, poursuivit Chvéïk avec un aimable sourire, si on vous inflige quelque humiliation, il ne faut pas perdre courage et si eux ils ont leurs idées sur la question, eh bien, vous avez les vôtres. J'ai connu, comme ça, un charbonnier qui était enfermé avec moi au début de la guerre, à la direction de la police à Prague, un nommé Frantisek Skvor, enfermé pour haute trahison et peut-être aussi exécuté par la suite en vertu, comme qui dirait, d'une sanction pragmatique. Cet homme-là, quand on lui a demandé, à l'interrogatoire, s'il avait des objections au procès-verbal, il a dit :

Quoi qu'il arrive, ça arrive toujours.
Qu'il n'arrive rien, n'arrivera pas le jour.

« Ensuite, à cause de ça, ils l'ont mis au cachot et ils ne lui ont rien donné à boire et à manger pendant deux jours, puis ils l'ont de nouveau emmené à l'interrogatoire et lui il ne démordait pas de son " quoi qu'il arrive, ça arrive toujours, qu'il n'arrive rien, n'arrivera pas le jour ". Il se peut même que c'est avec ces mots à la bouche qu'il est allé à la potence puisque ensuite, on l'a remis à un tribunal militaire.

— Paraît que maintenant ils en pendent et en fusillent beaucoup, dit un des hommes de l'escorte, y a pas longtemps, sur le terrain d'exercice on nous a lu un ordre du jour comme quoi à Motol ils ont fusillé le réserviste Kudrna parce que le capitaine avait tapé avec son épée sur son petit garçon qui était dans les bras de sa femme lorsqu'elle voulait lui faire ses adieux à Benesov et lui, alors, il s'est fâché. Et les gens qui font de la politique, on les met tous sous clé. On a déjà fusillé un rédacteur en Moravie. Et notre capitaine, i' dit toujours que les autres ne perdent rien pour attendre.

— Tout a ses limites, dit le volontaire avec ambiguïté.

— Vous avez bien raison, dit le caporal, ces rédacteurs-là, ils n'ont que ce qu'ils méritent. Ils ne font que pousser les gens à la sédition. Comme il y a deux ans, quand j'étais encore première classe et que j'avais sous les ordres un rédacteur qui ne m'appelait jamais que le « fléau de l'armée », mais quand je lui faisais faire l'exercice, jusqu'à le faire suer à grosses gouttes, alors il me disait toujours : « Je vous prierais de me respecter en tant qu'être humain. » Ben, je lui en ai donné de l'être humain quand on faisait le « *nieder*[1] » et qu'il y avait beaucoup de boue dans la cour de la caserne. Je l'ai emmené devant une flaque et le gars a dû tomber là-dedans jusqu'à faire gicler l'eau comme s'il était dans une piscine. A midi, fallait que tout ce qu'il avait sur lui soit fourbi, l'uniforme tiré à quatre épingles et lui, y nettoyait et rouspétait et faisait des commentaires et le lendemain, il était de nouveau comme un cochon qui s'est roulé dans la boue et moi, devant lui, je lui faisais : « Alors, monsieur le rédacteur, qui est le plus fort ? Le fléau de l'armée ou bien votre être humain ? » Ça, c'était un vrai intellectuel !

Le caporal regarda le volontaire d'un air triomphant et poursuivit :

— Il a perdu ses galons de volontaire justement à cause de son intelligence, parce qu'il a écrit des articles dans les journaux sur les sévices qu'on faisait subir aux soldats. Mais comment ne pas faire subir de sévices si un type instruit comme lui ne sait pas démonter la culasse de son fusil même quand je lui montre pour la dixième fois et quand on dit « tête gauche », il tourne exprès sa caboche vers la droite avec des airs de pie, et quand on fait le maniement du fusil, i' sait pas ce qu'il doit prendre d'abord, la sangle ou la cartouchière et puis, il vous regarde comme s'il était tombé de la lune quand on lui montre comment la main doit glisser le long de la sangle. Y sait même pas sur quelle épaule ça se porte, un fusil et il saluait comme un singe et lorsqu'on faisait les demi-tours, bon Dieu qu'il avait du mal, quand il fallait défiler et lui apprendre à

1. Couché.

marcher. Quand il faisait un tour, ça lui était bien égal sur quelle guibolle il le faisait, clop, clop, clop, des fois y faisait six pas en avant et puis après seulement y faisait son tour comme un coq sur une perche et au défilé, il marchait au pas comme un goutteux, ou il dansait comme une vieille pute à la fête du village.

Le caporal cracha :

— On lui a fait toucher exprès un flingue drôlement rouillé pour qu'il apprenne à le fourbir ; il le frottait comme un chien frotte sa chienne, mais s'il avait encore acheté deux kilos d'étoupe en plus, ça n'aurait toujours rien donné. Plus il fourbissait, plus ça allait mal, plus c'était rouillé et au rapport le flingue passait d'une main à l'autre et tout le monde se demandait comment c'était possible, ce fusil tout bouffé de rouille. Notre capitaine, il lui disait toujours qu'il ne ferait jamais un soldat, qu'il ferait mieux d'aller se pendre, qu'il mangeait notre pain pour rien. Et lui, il clignait seulement des yeux, comme ça, derrière ses binocles. Et c'était la fête pour lui, quand il était au « *verschärft* » ou bien aux arrêts. Ces jours-là, en général, il écrivait ses petits articles pour les journaux sur les sévices des soldats jusqu'au jour où on a fouillé sa cantine. Qu'est-ce qu'y avait comme livres là-dedans, bonté divine ! Rien que des livres sur le désarmement, la paix entre les peuples. Pour ça, on l'a mis au trou et depuis ce temps, on a eu la paix jusqu'au jour où tout à coup on l'a vu dans le bureau où il faisait des feuilles de rations pour ne pas être en contact avec les hommes. Ça, c'était une triste fin pour cet intellectuel. Il aurait pu avoir de l'avancement, s'il n'avait pas perdu ses droits de volontaire à cause de sa bêtise. I' aurait même pu être lieutenant.

Le caporal soupira :

— Même les plis de sa capote, i' savait pas se les faire et il faisait venir de Prague des flacons et des sortes de pâtes pour nettoyer les boutons et pourtant, quand on regardait un de ses boutons, il était toujours roux comme Esaü en personne. Mais pour râler, il était champion et quand il était dans le bureau, il ne faisait rien d'autre que de philosopher. Il avait déjà eu le goût de la chose autrefois. L' « être humain », comme je vous l'ai dit, c'est ce mot qu'il avait tout le temps à la bouche. Un jour, quand il était en train de méditer sur une de ces flaques dans laquelle il devait se fiche en faisant « *nieder* », j'y ai dit : Puisque vous parlez tout le temps de l'être humain et de la boue, dites-vous que l'homme est fait de boue — et il a fallu qu'il me donne raison.

Ayant terminé son discours, le caporal était content de lui et attendait la réaction du volontaire. Mais ce fut Chvéïk qui reprit la parole :

— Pour ces choses-là, justement, pour ces sévices, dans le temps, au 45ᵉ régiment, un certain Konicek s'est poignardé lui-même et son caporal. Ça, ça s'est passé à Kuryr. Le caporal, il avait environ trente coups de poignard dans le corps, dont plus d'une douzaine fatals. Pour comble, ce soldat s'est ensuite assis sur le cadavre du caporal et s'est poignardé sur lui. Y a eu un autre cas, il y a plusieurs années, en Dalmatie : là, on a coupé la gorge au caporal et on ne sait toujours pas qui a fait le coup. C'est resté sous le voile du mystère, on sait seulement que le caporal égorgé, il s'appelait Fiala et qu'il était natif de Drabnova, près de Turnov. Et puis, je connais encore l'histoire d'un caporal du 75ᵉ, un nommé Rejmanek...

Cet agréable récit fut interrompu par de grands gémissements venant de la banquette où dormait l'aumônier en chef Lacina.

Le père se réveillait dans toute sa beauté et toute sa noblesse. Son réveil s'accompagnait des mêmes phénomènes que le réveil du jeune géant Gargantua, comme l'a décrit ce vieux paillard de Rabelais.

L'aumônier en chef pétait et rotait sur la banquette et bâillait à se décrocher la mâchoire avec un bruit de tonnerre. Enfin, il s'assit et demanda, l'air étonné :

— Sacrebleu, où suis-je ?

Le caporal, observant le réveil de son supérieur, répondit d'un ton fort patelin :

— A vos ordres, monsieur l'aumônier en chef, vous vous trouvez dans le wagon des détenus.

Un éclair d'étonnement traversa le visage du curé. Il resta un instant assis en silence, réfléchissant avec application. Entre ce qu'il avait vécu pendant la nuit et au matin et ce réveil dans un wagon aux fenêtres grillagées, s'étendait un océan d'incertitudes.

Puis, il demanda au caporal qui se tenait toujours respectueusement devant lui :

— Et sur les ordres de qui est-ce que moi, comme qui dirait...

— A vos ordres, monsieur l'aumônier, sans ordres.

Le curé se leva et se mit à arpenter l'espace entre les banquettes en grommelant que quelque chose n'était pas clair.

Il se rassit :

— Et où allons-nous, au fait ?

— A vos ordres. Nous allons à Brück.

— Et pourquoi à Brück ?

— A vos ordres. Tout le régiment est muté là-bas.

Le curé se mit à réfléchir, il voulait comprendre à toute force ce qui lui était arrivé et pourquoi précisément il allait à Brück avec le 91e régiment et sous escorte.

Il émergeait déjà suffisamment des vapeurs de l'alcool pour distinguer le volontaire et c'est pourquoi il s'adressa à lui :

— Vous êtes un homme intelligent, vous pouvez me dire sans crainte, sans rien me cacher, comment se fait-il que je me retrouve ici, avec vous.

— Avec le plus grand plaisir, dit le volontaire sur un ton de camaraderie, tout simplement vous vous êtes joint à nous ce matin, à la gare, lorsque nous montions dans le train. Vous étiez bourré.

Le caporal lui décocha un regard sévère.

— Vous avez grimpé dans notre wagon, poursuivit le volontaire, et puis, c'était chose faite. Vous vous êtes couché sur la banquette et Chvéïk que voici vous a mis sa capote sous la tête. Lors du contrôle du train à la dernière gare, vous avez été inscrit sur la liste des officiers se trouvant dans le convoi. Vous étiez, si je puis dire, officiellement découvert et à cause de vous notre caporal devra passer au rapport.

— Je vois, je vois, soupira le curé, à la prochaine gare il faudra donc que je passe dans le wagon d'état-major. Vous ne savez pas si le déjeuner a déjà été servi ?

— Le déjeuner ne sera servi qu'à Vienne, monsieur l'aumônier, annonça le caporal.

— C'est vous qui avez mis votre capote sous ma tête, dit le caporal en s'adressant à Chvéïk, merci infiniment.

— Je ne mérite pas la moindre gratitude, répondit Chvéïk, j'ai agi comme doit agir tout soldat lorsqu'il voit que son supérieur n'a rien sous la tête et qu'il est un peu chose. Chaque soldat doit respecter son supérieur, même s'il se trouvait en état de grossesse. Personnellement, j'ai de grandes expériences avec les aumôniers car j'ai été ordonnance chez M. l'aumônier Katz. Ce sont de braves gens et gais avec ça.

La gueule de bois inspira à l'aumônier en chef un grand élan vers le peuple, il sortit une cigarette et la tendit à Chvéïk.

— Fume, va, grille-la.

— Toi, dit-il en se tournant vers le caporal, il paraît que tu vas passer au rapport à cause de moi. N'aie pas peur, je vais t'en sortir, il ne t'arrivera rien. Et toi, dit-il à Chvéïk, je t'emmène avec moi. Chez moi, tu vivras comme dans du coton.

Pris d'un nouvel accès de générosité, il affirma qu'il allait faire du bien à tout le monde, acheter du chocolat au volontaire, du rhum aux hommes de l'escorte, faire transférer le caporal à la section photographique de l'état-major de la 7e division de cavalerie, qu'il les ferait tous libérer et qu'il ne les oublierait jamais.

Il se mit à distribuer les cigarettes de son sac à tous, pas seulement à Chvéïk et déclara qu'il autorisait tous les détenus à fumer, qu'il interviendrait aussi pour que tous bénéficient d'une réduction de peine et puissent revenir à la vie militaire normale.

— Je ne veux pas, dit-il, que vous vous souveniez de moi en mauvaise part. J'ai beaucoup de relations et avec moi vous n'avez rien à craindre. D'ailleurs vous me faites l'impression d'être de bonnes gens, de ceux que le bon Dieu aime. Si vous avez péché, vous purgez votre peine et je vois que vous supportez volontiers et avec joie ce que Dieu vous a envoyé.

— En raison de quoi avez-vous été puni ? dit-il en se tournant vers Chvéïk.

— Dieu m'a envoyé ce châtiment, répondit pieusement Chvéïk, par l'intermédiaire du rapport du régiment, monsieur l'aumônier en chef, en raison d'un retard involontaire pour rejoindre mon unité.

— Dieu est tout de miséricorde et de justice, déclara solennellement l'aumônier en chef, il sait qui punir car c'est ainsi qu'il manifeste sa providence et sa toute-puissance. Et vous, le volontaire, pourquoi vous a-t-on enfermé ?

— Parce que, répondit le volontaire, Dieu dans sa miséricorde m'a envoyé des rhumatismes et j'en ai connu de l'orgueil. Quand j'aurai purgé ma peine, je serai envoyé aux cuisines.

— Ce que fait Dieu est bien fait, répliqua le curé avec enthousiasme en entendant le mot de cuisine, car même là un homme de bien peut faire carrière. C'est précisément dans les cuisines qu'on devrait envoyer les gens intelligents, capables de combiner car ce qui est important ce n'est pas comment on fait la cuisine mais avec quel amour on dose, on présente, etc. Prenez les sauces. Un homme intelligent, quand il fait une sauce à l'oignon, il prend tous les légumes, il les fait revenir au beurre, puis il ajoute des épices, du poivre, du piment, un peu de muscade, du gingembre, mais un cuisinier ordinaire, vulgaire, il fait cuire les oignons et il y fiche un roux tout noirci, fait avec du suif. Vous, je vous verrais avec plaisir dans un mess d'officiers. Un homme peut s'en tirer sans intelligence dans un métier ordinaire et dans la vie courante, mais aux cuisines on se trahit. Hier soir, à Budejovice, au cercle des officiers, on nous a servi des rognons au madère. Que

Dieu pardonne tous ses péchés à celui qui les a faits, ça c'était un vrai intellectuel et en effet, dans la cuisine de ce mess d'officiers là-bas, il y a un instituteur de Skutec. Et ces mêmes rognons au madère, je les ai mangés au mess des officiers du 64e régiment de la Landwehr. On y avait mis du cumin, comme on met du poivre dans un restaurant normal. Et qu'est-ce qu'il faisait dans le civil, le cuisinier ? Il était garçon d'étable chez un gros fermier.

L'aumônier en chef se tut, puis mit la conversation sur le problème culinaire dans l'Ancien et le Nouveau Testament car justement, en ces temps-là, on veillait beaucoup à la préparation de mets exquis servis après les offices et autres cérémonies religieuses. Puis, il invita les hommes à chanter, sur quoi Chvéïk, ayant comme toujours la main malheureuse, entonna :

Marina s'en va-t-a à Hodonin
Le curé la suit avec un tonnelet de vin.

Mais l'aumônier en chef ne se fâcha pas.

— S'il y avait au moins un peu de rhum, on n'aurait pas besoin d'un tonnelet de vin, dit-il en souriant d'un air tout à fait amical, et la Marina, on s'en passerait aussi, de toute façon, elle ne fait que nous induire en tentation.

Le caporal plongea avec précaution sa main dans sa poche et en tira une flasque remplie de rhum.

— A vos ordres, monsieur l'aumônier en chef, dit-il si bas qu'on sentit toute l'étendue de son sacrifice. Si vous voulez bien accepter.

— J'accepte de grand cœur, mon garçon, répondit

le curé d'une voix toute réjouie. Je vais boire à notre bon voyage.

— Jésus, Marie, soupira tout bas le caporal en voyant que d'un seul trait le curé avait vidé la moitié de la bouteille.

— Eh bien, c'est du beau, dit l'aumônier en souriant et en adressant un clin d'œil significatif au volontaire, et par-dessus le marché, on blasphème. Il va falloir que le bon Dieu vous punisse.

Le curé renversa une fois de plus la flasque et, la tendant à Chvéïk, lui dit d'un ton de commandement :

— Finis-moi ça.

— A la guerre comme à la guerre, dit Chvéïk aimablement en rendant au caporal la bouteille vide, que ce dernier reçut avec dans les yeux cette lueur étrange qu'on ne voit que chez les malades mentaux.

— Et maintenant, d'ici Vienne, je vais encore piquer un petit roupillon, dit l'aumônier en chef. J'aimerais que vous me réveilliez dès que nous serons arrivés.

— Et vous, dit-il à Chvéïk, vous allez vous rendre dans la cuisine de notre mess, vous y prendrez un couvert et vous m'apporterez le déjeuner. Vous direz que c'est pour M. l'aumônier en chef Lacina. Veillez à ce qu'on vous donne une double portion. S'il y a des boulettes, ne prenez pas l'entame, on y perd, les rondelles sont plus petites. Vous me prendrez aussi une bouteille de vin à la cuisine et amenez la gourde avec vous pour qu'on vous y verse du rhum.

Le père Lacina fouillait dans ses poches.

— Ecoutez, dit-il au caporal, je n'ai pas de monnaie, prêtez-moi un florin. Tenez, voilà. Comment vous appelez-vous ? Chvéïk ? Eh bien, Chvéïk, voilà pour la commission. Monsieur le caporal, prêtez-moi encore un florin. Voyez-vous, Chvéïk, cette pièce, vous l'aurez si vous faites bien tout ce que je vous ai dit. Vous demanderez aussi des cigarettes et des cigares pour moi. Si on touche du chocolat, alors embarquez une double portion et s'il y a des conserves, veillez à ce qu'on vous donne de la langue fumée ou bien du foie d'oie. Si on touche de l'emmenthal, qu'on ne vous le coupe pas sur les bords et s'il y a du salami hongrois, alors pas l'entame, non plus, qu'on prenne bien dans le milieu pour qu'il soit moelleux.

L'aumônier en chef s'étendit sur la banquette et s'endormit au bout d'un moment.

— Je pense, dit le volontaire au son du ronflement du curé, que vous êtes très satisfait de notre enfant trouvé. Il se porte comme un charme.

— Il est, comme qui dirait, déjà sevré, mon caporal, il boit au biberon, reprit Chvéïk.

Après une courte lutte intérieure, le caporal perdit tout respect et dit d'un ton sec :

— Il est très docile.

— Quand i' dit qu'il a pas de monnaie, observa Chvéïk, il me fait penser à un certain Mlicko, un maçon de Dejvice. Lui, i' a pas eu de monnaie pendant si longtemps qu'il s'est endetté jusqu'au cou et qu'on l'a mis en taule pour fraude. Il bouffait les grosses pièces et i' avait pas de monnaie.

— Au 75e, intervint un des hommes de l'escorte, avant la guerre le capitaine a bu toute la caisse du régiment et il a fallu qu'il quitte l'armée et puis maintenant, le voilà de nouveau capitaine ; un Feldwebel qu'a fauché au magasin du drap pour les galons — y en avait plus de vingt paquets — ben aujourd'hui il est Feldwebel à l'état-major et un fantassin a été fusillé en Serbie, y a pas longtemps, parce qu'il a mangé d'un coup la conserve qui devait lui faire trois jours.

— Là n'est pas la question, déclara le caporal, mais il est vrai qu'emprunter deux florins à un pauvre caporal pour des pourboires...

— Le voilà, votre florin, dit Chvéïk, moi je ne veux pas m'enrichir à vos dépens. Et quand il me donnera l'autre pièce, je vous la rendrai aussi, pour que vous ne chialiez pas. Vous devriez être content quand un de vos supérieurs vous emprunte de l'argent pour ses petites dépenses. Vous êtes un drôle d'égoïste, vous. Ici, il s'agit de deux malheureux florins. J'aimerais bien vous voir quand il faudra sacrifier votre vie pour un de vos supérieurs militaires, blessé, à terre, par exemple, quelque part dans les lignes ennemies et vous devriez le sauver, l'emporter dans vos bras et eux ils tireraient sur vous, des shrapnels et Dieu sait quoi encore.

— Vous, vous chieriez dans votre froc, se défendit le caporal, vous le tampon !

— Des conchiés, y en a des quantités dans chaque engagement, reprit à nouveau un des hommes de l'escorte, récemment, à Budejovice, un camarade blessé m'a raconté que pendant une attaque, il a fait dans sa culotte trois fois de suite. D'abord quand ils rampaient pour sortir de leur abri pour se retrouver devant les barbelés, ensuite quand ils ont commencé à les couper et la troisième fois il a lâché son affaire dans son froc quand les Russes se sont lancés sur eux en criant hourrah. Alors, ils ont commencé à prendre la fuite pour retourner dans leur abri et dans l'escadron y en avait pas un seul qui n'avait pas fait dans sa culotte. Et un mort qui était couché en haut, au-dessus de la tranchée, avec les jambes qui pendaient en bas, pendant l'attaque un shrapnel lui avait arraché la moitié de la tête comme si elle était coupée en deux, eh ben, au dernier moment il a tellement fait que ça coulait de son froc par-dessus les godillots dans la tranchée, avec le sang. Et la moitié du crâne avec le cerveau, elle était juste dessous. Ça vous arrive, on ne sait même pas comment.

— Parfois, dit Chvéïk, la bataille, ça donne aussi mal au cœur, les gens ont la nausée. A Prague, à Pohorelec, au café *A la Belle Vue,* un malade convalescent, il était de Premysl, racontait que là, quelque part, sous la forteresse, y avait eu une attaque à la baïonnette et devant lui, tout à coup, y a eu un Russe, une vraie armoire à glace, et il fonçait sur lui avec sa baïonnette et il avait une grosse goutte au nez. Et comme il regardait cette goutte, cette morve, il s'est mis à vomir, il a fallu l'emmener au poste de secours où ils ont diagnostiqué le choléra et ils l'ont envoyé dans les baraquements pour cholériques à Buda où il l'a chipé pour de vrai.

— C'était un fantassin ordinaire ou un caporal ?

— C'était un caporal, répondit calmement Chvéïk.

— Ça pourrait arriver aussi à n'importe quel volontaire, dit stupidement le caporal, en lançant un regard triomphal au volontaire comme pour dire : bien envoyé, hein ? qu'est-ce que tu vas répondre à ça ?

Mais, étendu sur une banquette, celui-ci se taisait.

On approchait de Vienne. Ceux qui ne dormaient pas regardaient par les fenêtres les chevaux de frise et les fortifications près de Vienne, vision qui semblait créer un certain malaise dans tout le convoi.

Si jusqu'à présent on n'avait cessé d'entendre les

Allemands de Kasperské Hory qui hurlaient dans leurs wagons « *Wann ich kumm, wann ich kumm, wann ich wieda, wieda kumm* », maintenant ils se taisaient devant la pénible vision des barbelés qui bouclaient Vienne.

— C'est bien fait, dit Chvéïk en regardant les tranchées. C'est tout à fait bien ici sauf que les Viennois en promenade risquent de se déchirer le pantalon. C'est qu'il faut faire attention, ici.

— D'ailleurs, poursuivit-il, Vienne est une ville importante. Pensez seulement à toutes ces bêtes sauvages qu'il y a dans la ménagerie de Schönbrunn. Quand j'étais à Vienne, dans le temps, ce qui me plaisait le plus, c'était d'aller regarder les singes mais quand il passe une personnalité du palais impérial, alors personne n'a le droit de franchir le cordon. I' avait avec moi un tailleur du dixième arrondissement qui voulait à tout prix voir les singes et il s'est fait enfermer.

— Et vous êtes aussi entré dans le palais ? demanda le caporal.

— Ah, ça, c'est beau ! répondit Chvéïk, j'y ai pas été, mais un gars qui y a été m'a raconté. Le plus beau, ce sont les gardes du palais. Paraît qu'ils doivent tous avoir plus de deux mètres et puis après on leur donne un bureau de tabac. Et puis, il y a des princesses là-bas, en veux-tu, en voilà.

Ils passèrent une gare et entendirent derrière eux les dernières notes de l'hymne autrichien jouées par une fanfare qui avait dû venir là par erreur car ce ne fut que bien plus loin que leur convoi s'arrêta. Dans la gare, on distribuait la soupe et il y avait aussi une cérémonie d'accueil.

Mais déjà cela ne se passait plus comme aux

premiers jours de la guerre où les soldats s'empiffraient à toutes les gares et où ils étaient accueillis par des demoiselles d'honneur en stupides robes blanches, avec des visages plus stupides encore et des bouquets diablement imbéciles et des discours plus diablement imbéciles encore de quelque bonne dame dont le mari se fait aujourd'hui passer pour grand patriote et républicain [1].

A Vienne, le comité d'accueil se composait de trois dames membres de la Croix-Rouge autrichienne et de deux dames membres de quelque « Association de dames et de jeunes filles viennoise », d'un représentant officiel de la municipalité de Vienne et d'un représentant militaire.

La fatigue marquait tous ces visages. Les convois militaires passaient jour et nuit, les trains transportant des blessés arrivaient toutes les heures. Dans les gares, on ne cessait d'aiguiller d'une voie à l'autre les wagons de prisonniers et toutes ces occasions demandaient la présence de membres des différentes corporations et associations. Cela continuait jour après jour et l'enthousiasme des débuts avait fait place aux bâillements. On se relayait et toutes ces personnes déléguées dans les gares avaient l'expression fatiguée de celles qui attendaient le train de České Budejovice.

Les soldats qui regardaient par les portières des wagons à bestiaux avaient l'air désespéré de ceux qu'on mène à la potence.

Les dames venaient vers eux et leur distribuaient des pains d'épice avec des inscriptions en sucre glacé : « *Gott strafe England* », « *Sieg und Rache* », « *Der*

1. Ce texte est évidemment écrit après la guerre. (N.d.T.)

Ostereicher hat ein Vaterland. Er liebts und hatt auch Ursache fürs Vaterland zu kämpfen[1] ».

On voyait les hommes de Kasperské Hory se bourrer de pain d'épice sans abandonner leur expression de désespoir pour autant.

Puis, on donna l'ordre d'aller chercher le repas, une compagnie après l'autre, dans les cantines qui se trouvaient derrière la gare.

C'était là aussi que se trouvait la cantine des officiers où Chvéïk s'en fut exécuter les ordres de l'aumônier en chef tandis que le volontaire attendait qu'on lui donne à manger car deux hommes de l'escorte étaient allés chercher la tambouille pour tout le wagon des détenus.

Chvéïk s'acquitta correctement de sa mission et, en traversant les voies, il vit le lieutenant Lucas qui se promenait entre les rails, se demandant s'il allait lui rester quelque chose à la cantine des officiers.

Il était dans une situation fort désagréable car provisoirement il partageait une ordonnance avec le lieutenant Kirschner. L'homme s'occupait exclusivement de son maître et se livrait à un véritable sabotage dès qu'il s'agissait du lieutenant Lucas.

— A qui portez-vous cela ? demanda le malheureux lieutenant voyant Chvéïk poser à terre tout un baluchon de choses qu'il avait soutirées à la cantine des officiers et emballées dans sa capote.

Un instant, Chvéïk fut pris de court, mais il se ressaisit sur-le-champ. Son visage était calme et rayonnant lorsqu'il répondit :

1. Dieu punisse l'Angleterre, Victoire et Vengeance. L'Autrichien a une patrie. Il l'aime et a aussi des raisons de se battre pour elle.

— A vos ordres, mon lieutenant, c'est pour vous. Seulement, je ne sais pas où se trouve votre compartiment et puis je ne sais pas si le commandant n'aura pas d'objections à ce que je vous accompagne. C'est un vrai salaud, lui.

Le lieutenant Lucas regardait Chvéïk d'un air interrogateur, mais celui-ci continua gentiment, en confiance :

— Oui, pour un salaud, c'en est un vrai, mon lieutenant. Quand il est venu faire l'inspection du train, moi je lui ai tout de suite fait rapport comme quoi il était onze heures et que j'avais purgé ma peine et que donc ma place était dans le wagon à bestiaux ou bien avec vous et il m'a envoyé promener très brutalement. Il a dit que je reste où je suis, que là au moins, mon lieutenant, je ne vous ferai pas honte pendant le voyage.

Chvéïk prit un air de martyr :

— Comme si je vous avais jamais fait honte, mon lieutenant.

Le lieutenant Lucas soupira.

— Je vous en ai jamais fait, de honte, poursuivit Chvéïk et s'il est arrivé quelque chose, c'était le hasard, la volonté de Dieu tout simplement, comme le disait le vieux Vanicek de Pelhrimov lorsqu'il était en train de purger sa trente-sixième peine. Jamais je n'ai rien fait exprès, mon lieutenant, je voulais toujours faire tout le contraire, quelque chose de bien et j'y peux rien si tous les deux on n'en a pas tiré de profit, si ça nous a seulement apporté la souffrance et le martyre.

— Pleurez donc pas tant, Chvéïk, dit le lieutenant Lucas d'une voix douce tout en se dirigeant vers le wagon d'état-major. Je vais régler tout ça et vous serez de nouveau avec moi.

— A vos ordres, mon lieutenant, je ne pleure pas. Seulement, ça me fait de la peine de penser que nous sommes tous les deux les êtres les plus malheureux de cette guerre et sur cette terre et que tous deux on n'y est pour rien. C'est un destin atroce quand je me dis que depuis toujours je fais tellement attention !

— Calmez-vous, Chvéïk !

— A vos ordres, mon lieutenant. Si ce n'était pas contraire au règlement hiérarchique, je vous dirais que je ne peux absolument pas me calmer, mais je suis obligé de vous dire qu'en exécution de vos ordres je suis maintenant parfaitement calme.

— C'est bon, Chvéïk, montez.

— A vos ordres, mon lieutenant, je monte.

Le calme de la nuit régnait sur le camp de Brück. Dans les baraquements pour les hommes, les soldats tremblaient de froid, dans ceux des officiers on ouvrait les fenêtres parce qu'ils étaient surchauffés.

Des pas résonnaient de temps à autre près des bâtiments gardés par les sentinelles : les hommes marchaient pour chasser le sommeil.

En bas, dans la ville de Brück-sur-Leitha, l'usine impériale et royale de conserves brillait de tous ses feux ; l'usine qui tournait nuit et jour traitait des déchets de toute espèce. Comme le vent soufflait de l'usine vers les allées du camp militaire, il y apportait la puanteur des tendons, des sabots, des pieds et des os en décomposition qui entraient dans la fabrication des conserves de soupe.

D'un petit pavillon abandonné où, autrefois en temps de paix, un photographe photographiait les soldats qui passaient leur jeunesse sur ce champ de tir, on voyait briller en bas, dans la vallée de la Leitha, les lampes rouges du bordel *A l'épi de maïs* que l'archiduc Stéphane avait honoré de sa visite lors des grandes manœuvres de Sopron en 1908 et où les officiers se retrouvaient tous les jours.

C'était le meilleur bordel du lieu, interdit aux simples soldats et aux volontaires.

Ceux-là se rendaient à *La Maison Rose* dont on apercevait également les lumières vertes des fenêtres du pavillon photographique désert.

Il régnait ici une stricte hiérarchie comme plus tard au front lorsque l'Empire ne pouvait plus rien faire pour ses armées que de leur offrir des bordels ambulants, attachés à l'état-major des brigades et dénommés « pouffs ».

Il y avait ainsi le pouff impérial et royal des officiers, le pouff impérial et royal des sous-officiers et le pouff impérial et royal des hommes de troupe.

Brück, la ville cisleithane, brillait de tous ses feux, tout comme brillait de l'autre côté du pont sa jumelle transleithane[1], Kiralyhyda. Dans les deux villes, l'autrichienne et la hongroise, jouaient des orchestres tziganes, brillaient les fenêtres des cafés et des restaurants, on chantait et on buvait. Les bourgeois et les fonctionnaires du cru venaient dans les cafés avec leurs dames et leurs filles à marier et Brück-sur-Leitha et

1. Dans l'empire austro-hongrois, la rivière Leitha séparait la Cisleithanie de la Transleithanie, c'est-à-dire la partie autrichienne de la partie hongroise.

Kiralyhyda n'étaient qu'un seul et immense bordel.

Cette nuit-là, dans un des baraquements des officiers du camp, Chvéïk attendait son lieutenant Lucas qui était allé au théâtre et n'était pas encore rentré. Chvéïk était assis sur le lit ouvert du lieutenant et, face à lui, l'ordonnance du major Wenzel se tenait sur la table.

Le major était revenu au régiment après avoir trouvé sa totale incompétence en Serbie, lors des combats sur la Drina. On racontait qu'il avait fait démonter et démolir un pont de pontons alors que la moitié de son bataillon était encore sur l'autre rive. Maintenant, il avait été affecté au champ de tir de Kiralyhyda comme commandant et il s'occupait aussi de l'intendance du camp. Les officiers disaient que maintenant le major Wenzel allait pouvoir se sucrer. Les chambres de Lucas et de Wenzel donnaient sur le même couloir.

L'ordonnance du major Wenzel, Mikulasek, un petit homme rabougri, marqué par la petite vérole, balançait ses jambes et disait :

— Ça m'étonne qu'il soit pas encore rentré, mon vieux bougre. Je me demande bien où il peut traîner toute la nuit, le vieux. Si au moins il m'avait laissé les clés de la chambre, je pourrais me coucher et me la couler douce. J'ai du vin en quantité là-bas.

— Paraît qu'il vole, remarqua Chvéïk qui fumait tout tranquillement les cigarettes de son maître puisque celui-ci lui avait interdit d'empester la chambre avec sa pipe. Toi, tu dois être au courant, d'où est-ce qu'il vient, ce vin-là ?

— Moi, je vais là où il me dit d'aller, dit Mikulasek d'une petite voix. Il me donne un papier et voilà, je vais toucher des provisions pour l'hôpital et je les rapporte chez nous.

— Et s'il t'ordonnait de voler la caisse du régiment, demanda Chvéïk, tu le ferais ? Dans son dos, tu rouspètes, mais devant lui, tu trembles comme une feuille.

Mikulasek clignota de ses petits yeux :

— Là, il faudrait que je réfléchisse.

Chvéïk se mit à crier mais s'arrêta net car la porte s'ouvrit et le lieutenant entra. Ils purent immédiatement constater qu'il était d'excellente humeur car il portait son képi à l'envers.

— A vos ordres, mon lieutenant, tout est en règle, annonça Chvéïk, très droit, en posture militaire, tout en gardant la cigarette à la bouche.

Mais le lieutenant Lucas ne remarqua rien et avança tout droit vers Mikulasek qui suivait, les yeux exorbités, les mouvements du lieutenant. Il continuait à le saluer tout en restant assis sur la table.

— Lieutenant Lucas, dit-il en s'approchant de Mikulasek d'un pas plutôt incertain. Et comment vous appelez-vous ?

Mikulasek se taisait. Lucas mit une chaise face à Mikulasek, toujours assis sur la table, s'assit, le fixa et dit à Chvéïk :

— Chvéïk, prenez mon revolver de service et apportez-le-moi.

Pendant tout le temps que Chvéïk cherchait dans la valise, Mikulasek se taisait et se contentait de regarder le lieutenant d'un air terrifié. Si, à ce moment-là, il se rendit compte qu'il était sur une table, cela ne fit qu'ajouter à son désespoir car ses pieds touchaient les genoux du lieutenant assis en face de lui.

— Que diable, comment vous appelez-vous, mon

vieux ? cria le lieutenant en levant la tête vers Mikulasek.

Celui-ci continuait à se taire. Plus tard, il expliquait que l'arrivée inattendue du lieutenant lui avait donné une sorte de paralysie. Il avait voulu sauter de la table, impossible. Il avait voulu répondre, impossible. Il voulait cesser de saluer, impossible aussi.

— A vos ordres, mon lieutenant, remarqua Chvéïk, le revolver n'est pas chargé.

— Alors, chargez-le, Chvéïk.

— A vos ordres, mon lieutenant, nous n'avons pas de cartouches et il serait difficile de le descendre de la table d'une balle. Je me permets de vous faire remarquer, mon lieutenant, que c'est Mikulasek, le tampon du major Wenzel. Il perd toujours l'usage de la parole quand il voit MM. les officiers. Faut vous dire qu'il est, comme qui dirait, un pauvre petit morveux, fatigué, avec ça. M. le major Wenzel le laisse toujours dans le couloir quand il s'en va en ville, alors le pauvre il fait la tournée des autres tampons du baraquement. Encore, s'il avait une raison de prendre peur comme ça, mais la vérité, c'est qu'il a rien fait de mal.

Chvéïk cracha par terre et à sa voix, à sa façon de parler de Mikulasek comme d'un objet, on sentait son profond mépris pour la lâcheté du tampon du major Wenzel et pour son comportement si peu militaire.

— Permettez-moi, poursuivit Chvéïk, de le flairer.

Chvéïk tira Mikulasek qui continuait à fixer stupidement le lieutenant de sa table, et, le posant sur le sol, il flaira son pantalon.

— Pas encore, dit-il, mais ça va venir. Je le mets dehors ?

— Mettez-le dehors, Chvéïk.

Chvéïk conduisit Mikulasek qui tremblait de tous ses membres dans le couloir ; referma la porte derrière lui et lui dit :

— Voilà, espèce de nigaud, je viens de te sauver la vie. Quand le major Wenzel rentrera, tu vas m'apporter une bouteille de vin. Sans faire de bruit. C'est sérieux. Je t'ai vraiment sauvé la vie. Quand mon lieutenant est bourré, ça va mal. Y a que moi et personne d'autre qui sache s'y prendre avec lui.

— Moi, je...

— T'es une buse, dit Chvéïk avec mépris, assieds-toi sur le pas de la porte et attends le retour de ton major Wenzel.

— Vous voilà enfin, c'est pas trop tôt, l'accueillit le lieutenant Lucas, j'ai à vous parler. C'est pas la peine de rester là, planté au garde-à-vous, imbécile. Asseyez-vous, Chvéïk, et ne vous fatiguez pas à dire : à vos ordres. Bouclez-la et écoutez bien. Savez-vous où est la rue Sopronyi à Kiralyhyda ? Mais laissez donc tomber votre sempiternel « à vos ordres, mon lieutenant, je ne sais pas ». Vous ne savez pas, alors dites : je ne sais pas, un point, c'est tout. Ecrivez sur un bout de papier : Sopronyi utca, numéro 16. Dans cette maison, il y a une quincaillerie. Vous savez ce que c'est une quincaillerie. Bon sang, ne dites pas « à vos ordres ». Dites : je sais ou je ne sais pas. Donc, vous savez ce que c'est une quincaillerie. Vous le savez, c'est bon. Ce magasin appartient à un Hongrois, un certain Kakonyi. Vous savez ce que c'est un Hongrois ? Alors, bon sang de bon sang, vous savez ou vous ne savez pas ? Vous savez, c'est bon. Au-dessus du magasin, il y a le premier étage et c'est là qu'il habite. Vous le savez ? Vous dites que vous ne le savez pas, eh bien, puisque je vous dis qu'il y habite ! Ça vous suffit ? Ça suffit, alors c'est bon. Si ça ne vous suffisait pas, je vous ferais enfermer. Vous avez noté que ce type s'appelle Kakonyi ? Bon, alors demain, vers dix heures, vous descendrez en ville, vous trouverez cette maison, vous monterez au premier et vous remettrez cette lettre à Mme Kakonyi.

Le lieutenant Lucas ouvrit son portefeuille et, tout en bâillant, remit à Chvéïk une enveloppe blanche, sans adresse.

— C'est une affaire de la plus haute importance, Chvéïk, continua-t-il à expliquer, on n'est jamais trop prudent et c'est pourquoi, comme vous voyez, l'enveloppe ne porte pas d'adresse. Notez encore que cette dame s'appelle Estelle, oui, marquez Mme Estelle Kakonyi. Je vous dirai encore qu'il faut, quoi qu'il arrive, remettre discrètement cette lettre et attendre la réponse. C'est écrit dans la lettre, vous devez attendre la réponse. Que voulez-vous encore ?

— Mon lieutenant, si on ne me donnait pas de réponse, qu'est-ce que je dois faire ?

— Alors vous direz que vous devez obtenir une réponse, coûte que coûte, répondit le lieutenant en bâillant à nouveau à se décrocher la mâchoire. Mais maintenant, je vais dormir, je suis vraiment fatigué aujourd'hui. Qu'est-ce que nous avons pu boire ! Je crois qu'après une nuit pareille, n'importe qui serait fatigué.

En fait, le lieutenant Lucas n'avait pas eu l'intention de s'arrêter pour boire. Le soir, il avait quitté le camp pour aller à la ville simplement pour se rendre au théâtre hongrois de Kiralyhyda où se donnait une opérette hongroise avec, dans les premiers rôles, des

Juives hongroises, bien en chair, qui présentaient un merveilleux avantage : en dansant, elles lançaient les jambes en l'air et ne portaient ni collant ni culotte ; pour attirer encore davantage MM. les officiers, elles se rasaient en bas comme les Tatares — ce qui bien sûr n'apportait aucun plaisir au public des galeries mais ajoutait par contre à celui des officiers d'artillerie qui occupaient l'orchestre et qui, pour mieux voir toutes ces beautés, venaient au théâtre avec leurs jumelles d'artillerie.

Mais le lieutenant Lucas ne prenait pas goût à ces intéressantes cochonneries parce que les jumelles de théâtre qu'il avait empruntées n'étaient pas achromatiques et qu'au lieu de voir des cuisses, il ne voyait que des taches violettes en mouvement.

Par contre, au premier entracte, son attention fut attirée par une dame qui, accompagnée d'un monsieur quadragénaire, essayait de l'entraîner vers le vestiaire en déclarant qu'elle rentrait immédiatement à la maison, qu'elle n'allait pas regarder des choses pareilles. Elle parlait assez fort, en allemand, sur quoi son compagnon lui répondit en hongrois :

— Oui, mon ange, d'accord, nous rentrons. C'est vraiment dégoûtant.

— *Es ist ekelhaft*[1], répondit la dame indignée, alors que le monsieur lui tendait son manteau du soir.

Ses yeux brillaient de colère devant cette obscénité, de grands yeux noirs qui allaient fort bien avec ses jolies formes. En regardant le lieutenant Lucas, elle répéta encore une fois avec la même indignation :

1. C'est dégoûtant.

« *Ekelhaft, wirklich ekelhaft*[1] ! » C'est ainsi que se noua un petit roman.

S'étant informé auprès de la dame du vestiaire, il apprit qu'il s'agissait des époux Kakonyi, que le monsieur possédait une quincaillerie au 16 de la rue Sopronyi.

— Et il habite au premier étage avec Mme Estelle, dit la dame du vestiaire fournissant des détails telle une vieille entremetteuse, elle c'est une Allemande de Sopron, lui c'est un Hongrois. Ici, c'est tout mélangé.

Le lieutenant Lucas prit également son pardessus au vestiaire et s'en alla en ville ; dans la grande brasserie-café *A l'archiduc Albrecht* il rencontra plusieurs officiers du 91e régiment.

Il ne parla pas beaucoup mais n'en but que davantage, en cherchant ce qu'il allait bien pouvoir écrire à cette dame sévère, vertueuse et jolie qui l'attirait décidément bien plus que toute cette ménagerie de singes sur la scène, comme disaient les autres officiers.

Se sentant de très belle humeur, il se rendit dans un petit café *A la croix de Saint-Stéphane* où il se fit conduire dans un petit salon, en chassant une Roumaine qui lui proposa de se mettre toute nue et de lui laisser faire tout ce qu'il voulait. Il se fit apporter de l'encre, une plume et du papier à lettre, une bouteille de cognac et, après mûre réflexion, écrivit la lettre suivante, qui lui semblait être la plus jolie qu'il ait jamais écrite.

Madame,

Hier au Théâtre municipal, j'ai assisté à une pièce qui

1. C'est dégoûtant, vraiment dégoûtant.

vous a indignée. Je vous ai observée, vous-même et monsieur votre mari, pendant tout le premier acte. Comme je l'ai constaté...

« Tapons-lui dessus, se dit le lieutenant Lucas, de quel droit un pareil individu a-t-il une femme aussi charmante ! Ma parole, il a l'air d'un babouin rasé. »

Il continua à écrire :

Monsieur votre mari a regardé avec la plus grande sympathie toutes les obscénités présentées sur la scène dans une pièce qui a suscité votre répulsion, Madame, car ce n'était pas de l'art, mais une façon ignoble d'agir sur les sentiments les plus intimes de l'homme.

« Elle a une gorge, cette femme ! se dit le lieutenant Lucas. Allons-y gaiement. »

Pardonnez-moi, Madame, car vous ne me connaissez pas mais, malgré cela, je vous parle avec sincérité. J'ai vu bien des femmes dans ma vie mais aucune ne m'a impressionné autant que vous car votre jugement et votre attitude devant la vie corrrespondent aux miens. Je suis convaincu que votre mari est un parfait égoïste qui vous traîne avec lui...

« Ça ne va pas », se dit Lucas et il barra les mots " *schleppt mit*[1] " et écrivit :

... qui, dans son égoïsme, vous conduit, Madame, à des pièces de théâtre qui correspondent à son seul goût. J'aime

1. Traîne avec.

la sincérité et je ne veux en aucune façon me mêler de votre vie privée et j'aimerais avoir avec vous un entretien en tête à tête sur l'art pur...

« Ici, ça n'ira pas dans les hôtels, il va falloir que je l'emmène à Vienne, se dit le lieutenant. Je vais me faire envoyer en mission là-bas. »

C'est pourquoi, Madame, je me permets de solliciter une entrevue afin que nous puissions honorablement faire plus ample connaissance, chose que vous ne refuserez certainement pas à un soldat qu'attendent bientôt de pénibles campagnes et qui, au cas où vous auriez la bonté d'accepter, conservera dans la fureur des combats le radieux souvenir d'une âme qui l'a compris tout comme il l'a comprise. Votre décision sera un ordre pour moi, votre réponse sera un moment décisif de ma vie.

Il signa, finit le cognac, commanda une deuxième bouteille et, buvant un verre après l'autre, relut ses dernières lignes, versant de vraies larmes presque à chaque phrase.

Il était neuf heures du matin quand Chvéïk réveilla le lieutenant Lucas.

— A vos ordres, mon lieutenant, vous avez manqué votre service et moi, il faut maintenant que j'aille à Kiralyhyda avec votre lettre. Moi, j'ai bien essayé de vous réveiller à sept heures, ensuite à sept heures et demie, ensuite à huit heures quand les autres passaient déjà sous les fenêtres pour aller à l'exercice, et vous, vous êtes retourné de l'autre côté. Mon lieutenant... Bon sang, mon lieutenant !

En effet, le lieutenant Lucas voulait se retourner à nouveau sur le côté en grognant quelque chose et Chvéïk le secoua brutalement et hurla :

— Mon lieutenant, moi alors je m'en vais porter cette lettre à Kiralyhyda !

Le lieutenant bâilla :

— La lettre ? Ah, oui, la lettre, c'est une affaire qui demande de la discrétion, vous comprenez, un secret entre nous. *Abtreten*[1]...

Le lieutenant s'enveloppa à nouveau dans la couverture d'où Chvéïk l'avait tiré et continua à dormir alors que Chvéïk s'en allait à Kiralyhyda.

Trouver le numéro 16 de la rue Sopronyi n'aurait pas été chose trop difficile s'il n'avait pas rencontré, par hasard, le vieux sapeur Vodicka, affecté au régiment de Styrie dont la caserne se trouvait au bas du camp. Autrefois, à Prague, Vodicka avait habité la rue du Champ-de-Bataille et c'est pourquoi cette rencontre les mena fatalement à la taverne *Au Bélier noir* où travaillait une serveuse de leur connaissance, Ruzenka, une Tchèque à qui tous les volontaires tchèques du camp devaient quelque argent.

Depuis quelque temps, le sapeur Vodicka, un vieux roué, tenait auprès d'elle le rôle de chevalier servant : il avait la liste de tous les bataillons de marche qui quittaient le camp et, le moment venu, il allait rappeler aux volontaires tchèques de ne pas se perdre dans l'ouragan de la guerre sans rembourser d'abord leur écot.

— Mais en fait où vas-tu ? demanda Vodicka quand ils eurent vidé un premier verre de bon vin.

1. Rompez !

— C'est un secret, répondit Chvéïk, mais toi, tu es un vieux camarade, alors je vais te le dire.

Il lui expliqua tout par le menu et Vodicka déclara qu'en vieux sapeur il ne pouvait abandonner Chvéïk et qu'ils iraient porter la lettre ensemble.

Ils se racontaient avec entrain de vieilles histoires et lorsque, vers midi, ils quittèrent le *Bélier noir,* tout leur semblait naturel et facile.

De plus, ils croyaient dur comme fer qu'ils n'avaient peur de personne. Pendant tout le trajet jusqu'au 16 de la rue Sopronyi, Vodicka manifesta une haine farouche à l'égard des Hongrois. Sans arrêt, il racontait comment il se battait partout avec eux, où il se battait avec eux et ce qui, tel ou tel jour, l'avait empêché de se battre avec eux.

— Un jour, on tenait déjà une de ces espèces de Hongrois par la gueule, c'était à Pausdorf où nous autres, les sapeurs, on était allé boire du vin et on voulait le rosser à coups de ceinturon sur la citrouille, dans le noir, parce que, quand ça a commencé, on a tout de suite pété la suspension avec une bouteille. Et voilà t'y pas qu'il se met à crier :

— Mais, Toni, c'est moi, Purkrabek du 16e de la Landwehr !

— Oui, pour un peu on aurait fait erreur. Mais par contre, on leur a bien réglé leur compte à ces pantins de Hongrois, au lac Nezider qu'on est allé visiter il y a trois semaines. Dans le village à côté campe une espèce de section de mitraillettes de je ne sais quels Honveds et, par hasard, on s'est tous retrouvés à la même taverne. Eux, ils dansaient leur czardas comme des dingues et ils se fendaient la gueule avec leur « *Uram,*

uram, biro, uram » ou « *lanok, lanok a fabula*[1] ». Nous, on s'installe en face d'eux. A peine qu'on a mis nos ceinturons devant nous, sur la table, et qu'on se dit « espèces de coquins, on va vous en donner du lanok », et voilà qu'un nommé Mejstrik qui a des pattes aussi larges que le champ de bataille de la Montagne Blanche propose d'aller danser et de prendre la fille d'un de ces salopards qui faisaient la ronde. Les filles, là-bas, elles étaient drôlement bien tournées, du mollet, de la fesse, de la cuisse et des yeux et quand ces fripouilles de Hongrois se serraient contre elles, on voyait que ces filles avaient de gros seins bien durs, comme des moitiés de melons, que ça leur faisait beaucoup de bien et que pour le pelotage, elles en connaissaient un rayon. Alors, notre Mejstrik il saute dans la ronde, il veut prendre la plus belle fille de toutes à un de ces Honveds qui commmence à bafouiller quelque chose et tout de suite Mejstrik lui en colle une, l'autre tombe, nous on attrape tout de suite nos ceinturons, on les roule autour des bras pour ne pas perdre les baïonnettes, on saute sur eux et on crie : coupables ou pas, prenez-les à tour de rôle. Et puis, tout a marché comme sur des roulettes. Ils ont commencé à sauter par la fenêtre et nous, sous les fenêtres, on leur attrapait les jambes et on les ramenait dans la salle. Ceux qui étaient pas des nôtres, ils en ont pris pour leur grade ; et puis, leur maire et un gendarme sont venus se mêler de l'affaire et tout de suite, ils en ont reçu sur la façade, seigneur ! L'aubergiste, on l'a battu aussi, parce qu'il s'est mis à gueuler en allemand qu'on

1. Monsieur, monsieur le maire, monsieur, il y a des filles, des filles, des filles dans le village.

lui gâchait sa soirée. Et après encore, dans le village, on a fait la chasse à ceux qui voulaient se planquer. Comme un de leurs caporaux, on l'a trouvé caché dans la paille du grenier d'une ferme, tout à fait dans le bas du village. C'est sa petite amie qui l'a donné parce qu'il avait dansé avec une autre. Elle s'est entichée de notre Mejstrik et est allée avec lui sur le chemin de Kiralyhyda, dans la forêt où il y a des séchoirs pour la paille. Elle l'a entraîné dans un de ces séchoirs et après, elle lui a demandé cinq couronnes et il lui a foutu sur la gueule. Il nous a rattrapés tout en haut, juste à côté du camp et il a dit qu'il avait toujours pensé que les Hongroises, elles étaient ardentes mais que cette salope-là était restée couchée comme un soliveau, sauf qu'elle était tout le temps en train de bafouiller quelque chose.

— Bref, les Hongrois, c'est des voyous, termina le vieux sapeur Vodicka, sur quoi Chvéïk remarqua :

— Il y a des Hongrois qui n'y sont pour rien qu'ils soient Hongrois.

— Comment, qu'ils n'y sont pour rien ? Tout le monde y est pour quelque chose. C'est une bêtise. Je souhaiterais seulement qu'ils te mettent un jour le grappin dessus, comme ça m'est arrivé à moi, le premier jour que je suis arrivé au cours. Ce jour-là, l'après-midi, on nous mène à l'école comme un troupeau de bêtes et un de ces imbéciles se met à faire des dessins et à expliquer ce que c'est un blindage et comment on fait des fondations, comment ça se mesure et le matin, qu'il dit, ceux qui n'auront pas fait les dessins comme il explique, ils seront enfermés et enchaînés. « Bon sang, que je me dis, pourquoi au front tu t'es inscrit à ces cours ? Pour te tirer du front et te retrouver le soir en train de faire des petits dessins dans des cahiers comme un gamin ? » Alors, voilà que la colère m'a pris, je ne tenais plus en place, je ne pouvais plus voir ce crétin qui nous faisait les explications, j'étais tellement furieux que j'avais envie de tout casser. Je n'ai même pas attendu le café, je suis sorti du baraquement pour aller à Kiralyhyda et dans ma colère, je n'avais qu'une chose en tête : trouver dans la ville un petit bistrot bien tranquille, me saouler la gueule, faire un scandale, foutre une raclée à quelqu'un et rentrer à la maison, calmé. L'homme propose, Dieu dispose. Là-bas, au bord de la rivière, entre les jardins, je trouve l'établissement rêvé, silencieux comme une chapelle, fait pour le scandale. Il n'y a que deux clients dans la salle, ils discutent en hongrois, ça me fait monter la moutarde au nez, je me retrouve saoul plus vite et plus saoul que je ne pensais et dans cette saoulerie, je ne remarque même pas qu'à côté il y a un autre établissement et que, pendant que je suis en train de boire, il est arrivé dans les huit hussards hongrois.

Quand je me suis mis à foutre sur la gueule aux deux premiers clients, les hussards se sont jetés sur moi et ils m'ont tellement cogné et ils m'ont chassé à travers les jardins que je n'ai retrouvé le chemin de la maison que le matin. Il a tout de suite fallu que j'aille à l'infirmerie où je leur ai raconté que j'étais tombé dans une briqueterie et pendant toute une semaine, ils m'ont enveloppé dans un drap humide pour que mon dos ne suppure pas. Oui, vieux, je te souhaite pas de tomber sur des crapules pareilles. C'est pas des hommes, c'est des bêtes.

— Qui vit par l'épée périra par l'épée, dit Chvéïk.

Faut pas s'étonner qu'ils se mettent en colère s'ils sont obligés de laisser tout leur vin sur la table pour te courir après dans les jardins, dans le noir. Ils auraient dû te régler ton affaire sur place, dans l'établissement, puis te ficher dehors. Ça aurait mieux valu pour eux et pour toi aussi s'ils t'avaient réglé ton compte à table. Moi, j'ai connu un certain Paroubek, marchand de vin à Liben. Un jour, un rétameur s'est saoulé chez lui, au genièvre et il s'est mis à rouspéter comme quoi la boisson était faible, qu'on l'avait baptisée et que s'il rétamait pendant cent ans et que s'il n'achetait rien que de ce genièvre avec tout ce qu'il aurait gagné et que s'il le buvait tout à la fois, il serait encore capable de marcher sur une corde raide et de le porter à bout de bras, lui Paroubek. Et puis, il a encore traité Paroubek de rustre et de monstre du Lochness. Alors ce brave Paroubek l'a empoigné, il lui a foutu sur la tête avec ses souricières et ses fils de fer, il l'a jeté dehors et dans la rue il l'a cogné avec le bâton pour baisser le rideau, il l'a poursuivi jusqu'au bas de la ville, jusqu'aux Invalides. Et puis, comme un vrai sauvage, il lui a encore couru après à travers les Invalides, jusqu'à Karlin, puis dans le haut de Zizkov et de là à travers les Fours aux Juifs jusqu'à Malesice où enfin il a cassé son bâton et ainsi il a pu retourner à Liben. Oui, mais excité comme il était, il avait oublié qu'il y avait encore du monde dans son débit et que ces coquins-là, ils s'en donnaient sans doute à cœur joie. Et c'est bien ce qu'il a constaté quand il est revenu dans son débit de boisson : le rideau du débit était à moitié baissé et devant il y avait deux agents de police, aussi drôlement bourrés à force d'avoir voulu mettre de l'ordre à l'intérieur. Des bouteilles à moitié vides, un tonneau de rhum vide dans la rue et, sous le comptoir, Paroubek a trouvé deux gars ivres que les agents n'avaient pas vus et quand il les a tirés de là, ils voulaient chacun lui payer deux hellers en prétendant qu'ils n'avaient pas bu plus de gnôle que ça. Voilà comment la précipitation est punie. C'est comme dans l'armée. D'abord on bat l'ennemi, ensuite on le poursuit, on le poursuit encore et en fin de compte on n'a pas le temps de se sauver soi-même.

— Je me souviens bien de ces types-là, reprit Vodicka, si je rencontrais un de ces hussards sur mon chemin, je lui ferais son affaire. Nous autres sapeurs, on n'est pas comme les gars de la Landwehr, ceux qu'on appelle les « mouches de fer ». Quand on était au front, près de Premysl, il y avait avec nous un commandant Jetzbacher, un cochon comme on n'en trouverait pas deux dans le monde. Lui, il savait si bien nous chicaner qu'un nommé Bitterlich de notre compagnie, un Allemand mais vraiment un brave homme, s'est tiré une balle dans la tête à cause de lui. Alors, on s'est dit que quand ça se mettrait à siffler du côté russe, c'en serait fait de notre commandant Jetzbacher. Et en effet, quand les Russes ont commencé à nous canarder, pendant qu'on échangeait des coups de feu, on lui a collé cinq balles dans la peau. Il avait la vie dure comme un matou, le monstre, il a fallu l'achever de deux coups, pour qu'on nous fasse pas d'histoires ; il a seulement marmonné quelque chose, mais d'une drôle de façon, c'était vraiment comique.

Vodicka se mit à rire.

— Au front, il y a toujours des histoires comme ça. Un de mes camarades, il est aussi avec nous maintenant, m'a raconté que quand il était comme fantassin devant Belgrade, sa compagnie a aussi abattu son lieutenant dans un combat, c'était encore une espèce de chien qui avait lui-même tué deux soldats pendant la marche parce qu'ils n'en pouvaient plus. Celui-là, pendant qu'il était en train de clamecer, tout à coup, il s'est mis à siffler le signal de la retraite. Il paraît que tous ceux qui étaient là se tordaient de rire.

Pendant que se déroulait cette conversation aussi passionnante qu'instructive, Chvéïk et Vodicka trouvèrent enfin la quincaillerie de M. Kakonyi, au 16 de la rue Sopronyi.

— Il vaudrait quand même mieux que tu attendes ici, dit Chvéïk à Vodicka devant la porte cochère de la maison, je vais juste monter au premier, donner la lettre, attendre la réponse et je redescends tout de suite.

— Moi, t'abandonner ? s'étonna Vodicka. Tu ne connais pas les Hongrois, je me tue à te le dire. Ici, faut se méfier d'eux. Je vais lui foutre une baffe.

— Ecoute, Vodicka, dit gravement Chvéïk, ici, s'agit pas d'un Hongrois, il s'agit de sa dame. Je t'ai tout expliqué tout à l'heure quand on était à table avec cette serveuse tchèque : je t'ai dit que je portais une lettre de mon lieutenant, que c'était un secret absolu ; mon lieutenant, il m'a bien recommandé qu'il faut pas qu'âme qui vive connaisse cette affaire et ta serveuse elle a bien dit que c'était tout à fait juste, que c'était une affaire qui veut de la discrétion. Et toi-même, tu étais d'accord et tu as opiné du bonnet. Je t'ai bien expliqué que j'exécute à la lettre les ordres de mon lieutenant et tout à coup tu veux à tout prix monter là-haut avec moi.

— Tu ne me connais pas encore, Chvéïk, répondit tout aussi grave le vieux sapeur Vodicka. J'ai dit que je ne t'abandonnerais pas, alors souviens-toi que je suis un homme de parole. A deux, c'est toujours plus sûr.

— Ça, Vodicka, je vais te prouver le contraire. Tu sais où se trouve la rue Neklan, à Vysehrad. Un serrurier nommé Vobernik avait son atelier là-bas. C'était un juste et un jour qu'il revenait de faire la noce, il a ramené un autre noceur dormir chez lui. Après, il a dû longtemps, longtemps garder son lit et tous les jours, quand sa femme refaisait le pansement sur sa tête, elle lui disait : « Vois-tu, Toni, si vous n'étiez pas venus à deux, je t'aurais bien réchauffé et je ne t'aurais pas lancé un poids à la tête. » Et lui, après, quand il a de nouveau pu parler, il disait : « Tu as raison, la mère, la prochaine fois que j'irai quelque part, je ne ramènerai personne. »

— Y manquerait plus que ça, s'excita Vodicka, que ce Hongrois veuille nous jeter quelque chose à la tête. Moi, je vais le prendre par le cou et je vais le balancer de son premier étage par l'escalier, il volera comme un schrapnel. Ces espèces de Hongrois, faut les mener à la trique. Faut pas leur faire de mamours.

— Mais enfin, Vodicka, tu n'as pas bu tant que ça. Moi, j'ai pris deux quarts de plus que toi. Dis-toi seulement que nous ne devons pas faire de scandale. J'en suis responsable. Après tout, il s'agit d'une femme.

— La femme aussi, je lui donnerai une baffe, Chvéïk, ça m'est égal, tu ne connais pas encore le vieux Vodicka. Un jour à Zabehlice, à *L'Ile Rose,* il y avait une de ces coquines qui ne voulait pas danser avec moi, elle disait que j'avais la gueule bouffie. J'avais, c'est vrai, la gueule enflée parce que je venais de rentrer d'un bal à Hostivar, mais imagine un peu l'injure qu'elle me fait, cette traînée. « En voilà une pour vous aussi, très chère Mademoiselle, que je lui dis, comme ça, il y aura pas de regrets. » Quand je lui ai collé celle-là, toute la table de la guingette s'est effondrée avec les verres aussi : c'était la table où elle était assise avec papa, maman et ses deux frères. Mais moi, toute *L'Ile Rose* ne me faisait pas peur. Il y avait là-bas des gars de Vrsovice que je connaissais et ils m'ont aidé. On a roué de coups quelque chose comme cinq familles avec leurs enfants. On devait nous entendre jusqu'à Michle et ensuite, dans le journal, on en a parlé de ce bal dans la guinguette donné par une sorte d'association de bienfaisance des natifs de je ne sais trop quelle ville. C'est pourquoi, je te le dis, comme les autres m'ont aidé, moi j'aide toujours tous mes camarades quand il y a quelque chose en l'air. Pour rien au monde, je ne les quitte d'une semelle. Toi, tu ne connais pas les Hongrois... Tu ne peux pas me faire ça, tu peux pas me chasser alors qu'on s'est retrouvé après tant d'années et de plus dans une telle situation.

— Bon, alors viens avec moi, décida Chvéïk, mais il faut être prudent pour qu'on n'ait pas d'ennuis.

— T'inquiète pas, camarade, dit Vodicka tout bas, dans l'escalier, je vais lui donner une baffe.

Et il ajouta plus bas encore :

— Tu vas voir, cette espèce de Magyar, on n'en fera qu'une bouchée.

Et s'il y avait eu sous la porte cochère quelqu'un sachant le tchèque, il aurait entendu, venant déjà du haut de l'escalier et énoncé avec plus de force, le slogan de Vodicka : « Tu ne connais pas les Hongrois... », cette vérité première découverte par lui dans le calme établissement au-dessus de la rivière Leitha, au milieu des jardins de la glorieuse ville de Kiralyhyda dont les soldats se souviendront toujours pour la maudire en songeant à tous ces exercices avant la guerre mondiale et pendant la guerre mondiale où on apprenait en théorie à massacrer et à égorger en pratique.

Chvéïk et Vodicka se trouvaient devant la porte de l'appartement de Mme Kakonyi. Avant d'appuyer sur le bouton de la sonnette, Chvéïk remarqua :

— As-tu jamais entendu dire que prudence est mère de sûreté ?

— C'est pas mes oignons, répondit Vodicka, faut même pas lui laisser le temps d'ouvrir la gueule...

— Moi non plus, je ne suis pas là pour discuter, Vodicka.

Chvéïk sonna et Vodicka dit tout haut :

— *Eins, zwei* et il sera au bas de l'escalier.

La porte s'ouvrit, une servante apparut et demanda en hongrois ce qu'ils voulaient.

— *Nem tudom*[1], dit Vodicka avec mépris, apprends le tchèque, ma fille.

— *Verstehen Sie deutsch*[2] ? demanda Chvéïk.

— *A pischen*[3].

— *Also, sagen Sie der Frau, ich will die Frau sprechen, sagen Sie dass ein Brief ist von einem Herr, draussen im Kong*[4].

— Tu m'étonnes, dit Vodicka, pénétrant dans l'en-

1. Je ne comprends pas.
2. Comprenez-vous l'allemand ?
3. Un petit peu.
4. Alors dites à la dame que je veux parler à la dame, dites qu'il a une lettre d'un monsieur, là-bas, dans le camp.

trée derrière Chvéïk, comment peux-tu parler à une ordure pareille ?

Ils se tenaient dans l'entrée, fermèrent la porte sur le palier et Chvéïk se contenta de dire :

— C'est pas mal aménagé ici, ils ont même deux parapluies sur le portemanteau et cette image de notre seigneur ne fait pas mauvais effet.

La bonne ressortit d'une des pièces d'où venait un tintement de cuillers et d'assiettes et dit à Chvéïk :

— *Frau hat gesagt sa hat ka Zeit, wenn was ist dass mir geben und sagen*[1].

— *Also,* dit solennellement Chvéïk, *der Frau ein Brief, aber halten Küsschen*[2].

Il sortit la lettre du lieutenant Lucas.

— *Ich,* dit-il en se montrant du doigt. *Antwort warten hier in die Vorzimmer*[3].

— Pourquoi ne t'assieds-tu pas ? demanda Vodicka déjà installé sur une chaise près du mur, voilà une chaise. Tu vas pas rester debout comme un mendiant. Faut pas t'humilier devant ce Hongrois. Tu vas voir qu'il nous cherchera des crosses, mais moi, je vais lui donner une baffe.

— Dis-moi, reprit-il au bout d'un moment, où est-ce que tu as appris l'allemand ?

— Ça m'est venu tout seul, répondit Chvéïk.

De nouveau, il y eut un moment de silence. Puis, de la pièce où la bonne avait porté la lettre, leur parvinrent des cris et un grand bruit. Quelqu'un lança un objet lourd par terre, puis on put distinguer clairement

1. Dame dit elle avoir pas temps si quelque chose alors donner et dire à moi.

2. Alors, une lettre à la dame, mais tenir museau.

3. Moi attendre réponse, ici dans antichambre.

des verres qui volaient, des assiettes qui se brisaient et à ces bruits se mêlaient des hurlements : « *Baszom az anyat, baszom as istnet, baszom a Kristus Marjat, Baszom as atyadot, baszom a vilagot !*[1] »

La porte s'ouvrit violemment et un monsieur dans la force de l'âge se précipita dans l'entrée avec une serviette nouée autour du cou, agitant en l'air la lettre qui venait de lui être remise.

Comme le vieux sapeur Vodicka était assis le plus près de la porte, c'est à lui que le monsieur en colère s'adressa tout d'abord.

— *Was soll das heissen, wo ist der verfluchter Kerl, welcher dieses Brief gebracht hat*[2] ?

— Doucement, dit Vodicka, toi faut pas trop crier ici, sans quoi tu risques de prendre la porte et si tu veux savoir qui a apporté la lettre, alors ça demande-le à mon camarade que voici. Mais parle-lui poliment, sans quoi tu passeras par la porte en moins d'une...

Ce fut maintenant au tour de Chvéïk de goûter à la savoureuse éloquence du monsieur en colère avec sa serviette autour du cou qui s'embrouillait dans ses phrases, insistant sur le fait qu'ils étaient en train de déjeuner.

— Nous avons entendu que vous étiez en train de déjeuner, acquiesça Chvéïk dans son allemand biscornu et il ajouta en tchèque : C'est vrai que nous aurions pu nous dire que nous allions vous déranger pour rien pendant le déjeuner.

— Ne t'humilie pas ! s'écria Vodicka.

1. Je baise ta mère, je baise Dieu, je baise la Marie du Christ, je baise ton père, je baise le monde entier !

2. Qu'est-ce que ça veut dire ? Où est le maudit galopin qui a apporté cette lettre ?

Le monsieur en colère dont la serviette ne tenait plus que par un bout en raison de la vivacité de ses gestes, continua en expliquant qu'il avait d'abord pensé que la lettre concernait la réquisition pour l'armée de certaines pièces de la maison dont sa femme était propriétaire.

— Ici, il y aurait encore de la place pour beaucoup de militaires, dit Chvéïk, mais ce n'est pas de ça qu'il était question dans la lettre comme vous avez pu le voir vous-même.

Le monsieur prit sa tête dans ses mains en lâchant un torrent de reproches : lui aussi avait été lieutenant de réserve, il ne demandait pas mieux que de servir maintenant mais il avait une maladie de reins. De son temps, les officiers n'étaient pas dévoyés au point de troubler la paix des ménages. Il allait envoyer la lettre au commandement du régiment, au ministère de la Guerre, la faire publier dans les journaux.

— Monsieur, dit Chvéïk avec dignité, l'auteur de cette lettre c'est moi. *Ich geschrieben, kein Oberleutnant.* La signature, elle est là comme ça, c'est un faux. *Unterschrift, Name, falsch.* Moi, votre dame elle me plaît beaucoup. *Ich liebe Ihre Frau.* Moi, je suis amoureux fou de votre femme, comme dirait le poète Vrchlicky. *Kapitales Frau*[1].

Le monsieur en colère voulut se jeter sur Chvéïk qui se tenait devant lui calme et tranquille, mais le vieux sapeur Vodicka, qui suivait son moindre mouvement, lui fit un croche-pied, lui arracha de la main la lettre qu'il continuait à brandir, la fourra dans sa poche et

1. Moi écrit, aucun lieutenant. — Signature, nom, faux. — J'aime votre femme. Une femme extra.

quand M. Kakonyi se releva, Vodicka le saisit, le traîna jusqu'à la porte, qu'il ouvrit d'une main. On entendit quelque chose rouler dans l'escalier.

Cela s'était passé très vite, comme dans un conte de fées quand le diable vient pour chercher un homme.

Il ne restait du monsieur en colère que la serviette. Chvéïk la ramassa, frappa poliment à la porte de la pièce dont M. Kakonyi était sorti cinq minutes plus tôt et d'où venaient les sanglots d'une femme.

— Je vous apporte la serviette, dit Chvéïk avec douceur à la dame qui chialait sur le divan, on pourrait marcher dessus. Mes hommages.

Il fit claquer ses talons, salua et sortit. Dans l'escalier, aucune trace de combat. Là, comme Vodicka l'avait prédit, tout s'était passé avec la plus grande facilité. Ce ne fut qu'en bas, près de la porte, que Chvéïk trouva un col arraché. C'était là sans doute, lorsque M. Kakonyi s'était désespérément accroché à la porte de la maison pour ne pas être traîné dans la rue, que s'était déroulé l'acte ultime de la tragédie.

Par contre, une grande animation régnait dans la rue. On avait transporté M. Kakonyi sous la porte cochère de la maison d'en face, on versait de l'eau sur lui et au milieu de la chaussée le sapeur Vodicka se battait comme un lion contre plusieurs Honveds et hussards honveds venus au secours de leur compatriote. Vodicka jouait magistralement de sa ceinture comme d'un fléau. Et il n'était pas seul. A ses côtés se battaient plusieurs soldats de divers régiments tchèques qui passaient par là.

Chvéïk, ainsi qu'il l'affirma par la suite, ne savait pas lui-même comment il se trouva mêlé à la bagarre et pourquoi il n'avait plus de baïonnette. Il ne savait pas non plus comment il s'est retrouvé brandissant la canne d'un badaud effaré.

Tout cela dura un bon moment, mais les meilleures choses ont une fin. Une patrouille arriva et ramassa tout le monde.

Chvéïk était à côté de Vodicka, portant la canne que le commandant de la patrouille considéra comme un *corpus delicti.*

Chvéïk avançait tranquillement, la canne sur l'épaule comme un fusil.

Le vieux sapeur Vodicka se tut obstinément pendant tout le trajet. Ce ne fut qu'en entrant au poste de garde principal, qu'il dit sombrement à Chvéïk :

— Je t'avais bien dit que tu ne connaissais pas les Hongrois.

IV

Nouvelles souffrances

Le colonel Schröder considérait avec satisfaction le visage pâle du lieutenant Lucas qui, très gêné, de grands cernes sous les yeux, ne regardait pas le colonel mais portait furtivement son regard, comme s'il étudiait quelque chose, sur le plan de répartition des effectifs dans le camp militaire. C'était d'ailleurs le seul ornement du bureau du colonel.

Sur la table, devant le colonel Schröder, il y avait quelques journaux avec des articles entourés au crayon bleu que le colonel relut encore une fois, rapidement, pour dire, en regardant le lieutenant Lucas.

— Donc, vous savez déjà que votre ordonnance Chvéïk se trouve en prison et qu'il sera sans doute déféré au tribunal de la division.

— Oui, mon colonel.

— Bien sûr, dit le colonel avec emphase, en se repaissant de la pâleur du lieutenant Lucas, cela ne met pas un point final à toute l'affaire. Il est hors de doute que la population locale a été indignée par les agissements de votre ordonnance Chvéïk et, à propos de cette affaire, on cite aussi votre nom, lieutenant. Nous avons déjà reçu certains documents du commandement de la division. J'ai ici plusieurs publications qui traitent de l'affaire. Vous pouvez me les lire à haute voix.

Il tendit au lieutenant Lucas les journaux avec les articles soulignés et celui-ci se mit à lire d'une voix monotone comme s'il avait déchiffré dans un livre d'enfant la phrase : « Le miel est beaucoup plus nourrissant et plus digeste que le sucre. »

« Où est la garantie de notre avenir ? »

— C'est dans le *Pester Lloyd ?* demanda le colonel.

— Oui, mon colonel, répondit le lieutenant Lucas. Et il poursuivit sa lecture : « La conduite de la guerre exige la collaboration de toutes les couches de la population de l'Empire austro-hongrois. Si nous voulons garantir la sécurité de l'Etat, toutes les nationalités doivent s'entraider et la garantie de notre avenir réside précisément dans ce respect inné d'une nation envers l'autre. Le sacrifice suprême de nos valeureux soldats au front où ils avancent sans relâche serait impossible sans les arrières, si ces artères nourricières et politiques de nos glorieuses armées n'étaient pas unies, si dans le dos de nos armées se manifestaient des éléments destructeurs de la cohésion de l'Etat qui, par leur agitation et leur volonté de nuire, minaient l'autorité de l'Etat, en tant qu'entité et faisaient régner la confusion dans la famille des nations de notre Empire. En ces heures historiques, nous ne pouvons garder le silence devant cette poignée de gens qui voudraient tenter, pour des raisons nationalistes locales, de troubler le travail et la lutte unie de toutes les nations de notre Empire pour le juste châtiment des misérables qui ont attaqué notre Empire sans raison pour le priver de toutes les conquêtes de la civilisation et de la culture. Nous ne pouvons passer sous silence ces manifestations répugnantes, ces explosions d'une âme morbide qui n'aspire qu'à décomposer l'unanimité de cœur des nations. Nous avons déjà eu l'occasion plus d'une fois d'attirer dans nos pages l'attention sur ce phénomène qui oblige les autorités militaires à intervenir avec une rigueur extrême contre certains individus des régiments tchèques qui, insoucieux des glorieuses traditions de ces régiments, sèment, dans leur déchaînement dément, dans nos villes hongroises la colère contre tout le peuple tchèque qui, en tant que peuple, n'est nullement coupable et qui a toujours fermement soutenu les intérêts de notre Empire, ce qui est démontré par toute la pléiade de célèbres chefs militaires tchèques et nous pensons à la glorieuse figure du maréchal Radecky et à d'autres défenseurs de l'Empire austro-hongrois. Mais face à ces rayonnantes figures, nous voyons quelques vauriens sortis des bas-fonds corrompus de la Bohême qui ont profité de la guerre mondiale pour se porter volontaires afin de semer la confusion dans l'unanimité des peuples de la Monarchie, sans oublier pour autant de satisfaire leur instincts les plus vils. Nous avons déjà une fois attiré l'attention sur les menées du régiment N... à Debrecen dont les débordements ont été discutés et condamnés par la diète de Budapest et dont, par la suite, au front, le drapeau régimental a été CENSURÉ. Qui a sur la conscience cet abominable péché ? CENSURÉ. Qui a poussé les soldats tchèques CENSURÉ. Ce que se permettent ces étrangers dans notre patrie hongroise est illustré d'une façon éclatante par l'affaire de Kiralyhyda, cette pointe avancée de la Hongrie au-dessus de la Leitha. Quelle était donc la nationalité des soldats du camp militaire qui se trouve non loin de là, à Brück-sur-Leitha, qui ont attaqué et malmené un commerçant de la ville, M. Guyla Kakonyi ? Il est bien entendu du devoir des autorités d'enquêter sur ce crime et de demander au commandement militaire qui s'occupe déjà très certainement de l'affaire, quel est le rôle joué dans cette persécution sans précédent des ressortissants du royaume de Hongrie par le lieutenant Lucas dont le nom est cité dans la ville à propos des événements de ces jours derniers, comme nous le fait savoir notre correspondant sur place qui a déjà rassemblé une ample documentation sur cette affaire, affaire vraiment scandaleuse à l'époque grave où nous vivons. Les lecteurs du *Pester Lloyd* suivront sans nul doute avec intérêt le déroulement de l'enquête et nous pouvons les assurer que nous les renseignerons plus en détail sur cette affaire de la plus haute importance. Cependant, nous attendons aussi un communiqué officiel sur le crime de Kiralyhyda, perpétré contre la population hongroise. Il est évident que la diète de Pest se penchera sur cette affaire pour qu'il soit enfin clair que les soldats tchèques qui passent par le royaume de Hongrie pour aller au front ne doivent pas considérer le pays de la couronne de saint Stéphane comme une colonie. Si certains ressortissants de ce peuple qui, à Kiralyhyda, a donné un si bel exemple de la fraternité entre toutes les nations de l'Empire n'ont pas encore compris la situation, qu'ils prennent gare car en temps de guerre une balle, la corde, la prison et la baïonnette apprendront à de tels individus à obéir et à se soumettre aux intérêts suprêmes de notre commune patrie. »

— Qui a signé cet article, lieutenant ?

— Bela Barabas, rédacteur et député, mon colonel.

— Il est connu pour être une brute, celui-là, mais avant que ça ne passe dans le *Pester Lloyd,* le même article a déjà paru dans le *Pesti Hirlap.* Maintenant, veuillez me lire la traduction officielle du hongrois de l'article du journal de Sopron, le *Sopronyi Naplo.*

Le lieutenant Lucas lut tout haut un article où le rédacteur avait fait de son mieux pour placer un mélange de locutions telles que les « impératifs d'une sage politique », l' « ordre dans l'Etat », la « bassesse humaine », la « dignité et les sentiments humains piétinés », « festin de cannibales », les « société humaine massacrée », une « bande de Mameluks », « on sent leurs manœuvres derrière les coulisses ». Et cela continuait sur le même ton comme si, sur leur propre territoire, les Hongrois devaient échapper à toutes les poursuites, comme si les soldats tchèques étaient venus, avaient jeté le rédacteur à terre, lui avaient piétiné le ventre de leurs gros souliers pendant qu'une sténographe notait ses hurlements de douleur.

Le journal de Sopron, le *Sopronyi Naplo,* écrivait :

« Il est inquiétant de voir que certaines choses importantes sont passées sous silence et que personne n'écrit mot à leur sujet. Chacun sait ce que sont les soldats tchèques, en Hongrie et au front. Nous sommes tous au courant des actes qu'ils commettent, nous savons qui est à l'œuvre, ce qui se passe chez eux et qui en est responsable. Naturellement, la vigilance des autorités est accaparée par d'autres problèmes importants qui devraient pourtant être envisagés dans leurs rapports nécessaires avec la surveillance globale, afin qu'il ne puisse se reproduire ce qui s'est dernièrement produit à Kiralyhyda. Notre article d'hier a été censuré à quinze endroits. Il ne nous reste donc rien d'autre à faire que de proclamer encore aujourd'hui que pour des raisons techniques nous ne pouvons pas entrer dans les détails des événements de Kiralyhyda. Le correspondant que nous avons envoyé sur place a constaté que les autorités font preuve d'un zèle réel dans cette affaire et qu'elles mènent efficacement l'enquête. La seule chose qui nous paraît étrange c'est que certains individus qui ont pris part au massacre restent toujours en liberté. Il s'agit en particulier d'un monsieur qui, selon la rumeur, évolue encore dans le camp militaire, n'ayant fait l'objet d'aucune sanction et portant encore les insignes de son régiment, individu dont le nom a également été publié hier dans le *Pester Lloyd* et le *Pesti Naplo*. Il s'agit du chauviniste tchèque bien connu, Lucas, dont les menées feront l'objet d'une interpellation de la part de notre député Gez Savanyi qui représente le district de Kiralyhyda.

— On trouve des choses tout aussi flatteuses à votre sujet, dit le colonel Schröder, dans l'hebdomadaire de Kiralyhyda, ainsi que dans les journaux de Presbourg. Mais cela ne vous intéressera pas, c'est tout dans la même veine. Politiquement, cela s'explique puisque nous, les Autrichiens, que nous soyons Allemands ou Tchèques, nous sommes encore très hostiles aux Hongrois... Comprenez-moi, lieutenant. Il y a là une tendance nette. Peut-être seriez-vous davantage intéressé par le journal du soir de Komarno qui affirme que vous avez tenté de violer Mme Kakonyi dans sa propre salle à manger, pendant le déjeuner, en présence de son mari que vous avez menacé de votre épée et obligé à bâillonner sa femme avec une serviette pour l'empêcher de crier. Ce dont les dernières nouvelles à votre sujet, lieutenant.

Le colonel rit et continua :

— Les autorités n'ont pas fait leur devoir. La censure préventive des journaux d'ici est aussi entre les mains des Hongrois. Ils font de nous ce qu'ils veulent. Nos officiers n'ont aucune protection contre les insultes d'un de ces cochons de rédacteurs hongrois, un civil, et ce n'est qu'à la suite de notre énergique intervention, plus précisément du télégramme de notre tribunal de division, que le juge d'instruction de Pest a pris des mesures pour que soient effectuées certaines arrestations dans ces rédactions. Celui qui va en baver le plus, c'est le rédacteur du journal du soir de Komarno : lui et son journal du soir, ils s'en souviendront jusqu'à la mort. Quant à moi, le tribunal de la division m'a chargé, en qualité de votre supérieur, de vous entendre et il m'envoie actuellement tous les documents au sujet de l'enquête. Tout se serait bien passé s'il n'y avait pas votre malheureux Chvéïk. Il y a avec lui un certain sapeur Vodicka sur lequel on a trouvé, après la bagarre, au poste de garde principal, la lettre que vous avez envoyée à Mme Kakonyi. Lors de l'enquête, ce sacré Chvéïk a affirmé que ce n'était pas votre lettre, qu'il l'avait écrite lui-même et quand on lui a présenté la lettre en l'invitant à la recopier pour pouvoir comparer les écritures, il a bouffé votre lettre. Le bureau du régiment a ensuite envoyé au tribunal du régiment vos rapports pour qu'on les compare à l'écriture de Chvéïk et voici ce que ça a donné.

Le colonel feuilleta ses documents et montra au lieutenant Lucas le passage suivant :

« L'accusé Chvéïk a refusé d'écrire les phrases qui

lui étaient dictées alléguant que pendant la nuit il avait perdu la faculté d'écrire. »

— En ce qui me concerne, lieutenant, je n'attache aucune importance à ce que votre Chvéïk ou bien l'autre, le sapeur, peuvent raconter au tribunal de la division. Chvéïk et le sapeur disent qu'il ne s'agissait que d'une farce innocente qui a été mal comprise et qu'ils ont été eux-mêmes attaqués par des civils et qu'ils se sont défendus pour sauver l'honneur de l'armée. L'enquête a montré que votre Chvéïk, c'est vraiment un joli coco. Par exemple, selon le procès-verbal, quand on lui a demandé pourquoi il n'avouait pas, il a répondu : « Je suis exactement dans la situation dans laquelle s'est trouvé un jour le domestique du peintre Panuska, diplômé des Beaux-Arts, à cause de certaines images de la Vierge Marie. Lui aussi, quand on l'a interrogé sur certains tableaux qu'il devait escamoter, il n'a pu répondre rien d'autre que : " Vous voulez peut-être que je dégueule du sang ? " » Bien sûr, au nom du commandement du régiment, j'ai fait le nécessaire pour qu'une rectification au sujet de tous les ignobles articles des journaux d'ici soit publiée au nom du tribunal de la division. Ça va être expédié aujourd'hui et j'espère avoir fait le possible pour réparer les dégâts provoqués par le comportement éhonté de ces ordures de civils, les journalistes hongrois.

« Je crois avoir bien tourné la chose :

« " Le tribunal de la division n° … et le commandement du régiment n° … font savoir que l'article publié dans la presse locale au sujet de prétendus excès commis par les hommes du régiment n° … n'est en rien fondé, qu'il est inventé de toutes pièces et que l'enquête ouverte contre ces publications aboutira au rigoureux châtiment des coupables. "

« Dans sa note au commandement de notre régiment, poursuivit le colonel, le tribunal de la division arrive à la conclusion que nous sommes à nouveau en présence d'un exemple de la persécution systématique dont font l'objet les unités militaires passant de Cisleithanie en Transleithanie.

« Et pourtant, voyez un peu combien de soldats sont partis au front de chez eux et de chez nous. Je préfère les soldats tchèques à ce ramassis de Hongrois, ça je peux vous le dire. Quand je pense que devant Belgrade, les Hongrois ont tiré sur notre deuxième bataillon de marche qui ne savait pas que c'étaient des Hongrois qui tiraient, ce qui l'a amené à ouvrir le feu sur les " *Deutschmeister*[1] " de l'aile droite et les " *Deutschmeister* " ont à leur tour embrouillé les choses et ont fait feu sur le régiment de Bosnie qui se trouvait à côté. La situation était terrible. Moi, je me trouvais justement à déjeuner à l'état-major de la brigade, la veille on avait dû se contenter de jambon et de soupe en conserve et ce jour-là on avait une bonne poule au pot, du filet au riz et des profiteroles au chaudeau. La veille, nous avions pendu un marchand de vin serbe et nous avions trouvé dans sa cave du vin vieux de trente ans. Imaginez comme nous attendions ce déjeuner !

« Et voilà, nous avons terminé le bouillon, nous attaquons la poule et soudain éclatent des coups de feu de notre artillerie qui ne se doutait pas que c'étaient nos unités qui se tiraient dessus et qui se met à faire feu sur nos lignes et une grenade tombe tout près de l'état-

1. Nom d'un régiment autrichien.

major de notre brigade. Les Serbes croient sans doute qu'une rébellion a éclaté dans nos rangs, alors ils commencent à nous massacrer de tous les côtés et à traverser le fleuve pour nous attaquer. On appelle le général de brigade au téléphone et le général de division se met à hurler, à demander qu'est-ce que c'est que cette connerie dans le secteur de notre brigade, qu'il vient juste de recevoir de l'état-major de l'armée l'ordre d'attaquer les positions serbes à 2 h 25 mn, la nuit, sur l'aile gauche. Que nous autres, nous sommes des troupes de réserve et que nous devons immédiatement arrêter le tir. Mais comment voulez-vous, dans une situation pareille, " *Feuer einstellen*[1] " ? Le central téléphonique de la brigade annonce qu'il ne peut joindre personne sauf l'état-major du 75e régiment qui, lui, annonce que la division voisine vient de lui donner l'ordre de *ausharren*[2], qu'il ne peut pas communiquer avec la division, que les Serbes viennent d'occuper la cote 212, 213 et 327 et qu'on demande l'envoi d'un bataillon de liaison et le rétablissement des communications téléphoniques avec notre division. Nous repassons la ligne à la division mais nous sommes coupés car, entre-temps, les Serbes sont arrivés dans les arrières, sur les deux flancs et ont découpé notre centre en un triangle où tout était pris, les régiments, l'artillerie, le train avec toute la colonne blindée, les magasins et l'infirmerie de campagne. J'ai passé deux jours en selle et le général de division a été fait prisonnier avec notre général de brigade. Et tout ça, c'était la faute des Hongrois qui avaient tiré sur notre

1. Arrêter le tir.
2. Tenir bon.

deuxième bataillon de marche. Et bien sûr, ensuite ils ont prétendu que la faute incombait à notre régiment. »

Le colonel cracha :

— Vous avez pu voir vous-même, lieutenant, l'habileté avec laquelle ils ont exploité votre aventure à Kiralyhyda.

Le lieutenant Lucas eut un toussotement gêné.

— Lieutenant, dit le colonel sur le ton de la confidence, entre vous et moi, combien de fois avez-vous couché avec Mme Kakonyi ?

Ce jour-là, le colonel Schröder était d'excellente humeur.

— Ne me racontez pas, lieutenant, que vous veniez de lui écrire votre première lettre. Moi, quand j'avais votre âge, j'ai passé trois semaines à Jager, pour des cours de topographie et vous auriez dû me voir : pendant trois semaines j'ai passé tout mon temps à coucher avec des Hongroises. Tous les jours avec une autre. Jeunes, demoiselles, mûres, mariées, enfin tout ce qui me tombait sous la main. J'ai tant baisé que quand je suis revenu au régiment, je tenais à peine debout sur mes jambes. Celle qui m'a le plus vidé, c'était la femme d'un avocat. Elle, elle m'a montré ce que les Hongroises savent faire. Et elle m'a mordu le nez, j'en ai pas fermé l'œil de la nuit.

— Une première lettre, dit le colonel, en donnant une tape amicale sur l'épaule du lieutenant, on connaît ça. Ne me dites rien, j'ai mon avis sur la question. Vous étiez occupé avec elle, le mari est arrivé, et votre imbécile de Chvéïk...

— Mais savez-vous, lieutenant, votre Chvéïk a quand même du caractère, il n'y a qu'à voir ce qu'il a fait de votre lettre. Ce serait dommage de perdre un homme pareil. Moi, je dis que c'est une affaire d'éducation. Ce qu'il a fait, le gars, ça me plaît. Il est évident qu'il faut arrêter l'enquête sur cet aspect de la chose. Vous, lieutenant, vous avez été mis au pilori dans les journaux. Votre présence ici est entièrement superflue. D'ici une semaine, un bataillon de marche sera prêt à partir pour le front russe. Vous êtes le plus ancien officier de la 11e compagnie, vous partirez comme commandant de compagnie. C'est déjà d'accord avec la brigade. Vous direz au sergent-major de vous trouver une autre ordonnance à la place de Chvéïk.

Le lieutenant Lucas lança un regard reconnaissant au colonel qui poursuivit :

— Chvéïk sera détaché auprès de vous comme ordonnance de la compagnie.

Le colonel se leva, tendit la main au lieutenant qui avait blêmi et dit :

— Donc, tout est en règle. Bonne chance. Distinguez-vous sur le front oriental. Et si jamais nous nous rencontrons encore, alors qu'on vous voie parmi nous. Il ne faut pas nous fuir, comme à Budejovice...

Tout le long du chemin de retour, le lieutenant Lucas se répéta : commandant de compagnie, ordonnance de compagnie...

Et la figure de Chvéïk se dessinait nettement devant lui.

Quand le lieutenant Lucas ordonna au sergent-major de lui trouver un nouveau tampon pour remplacer Chvéïk, celui-ci dit :

— Je croyais, mon lieutenant, que vous étiez content de votre Chvéïk.

Et apprenant que le colonel avait nommé Chvéïk ordonnance de la 11e compagnie, il s'écria :

— Que Dieu nous vienne en aide !

Dans la baraque munie de barreaux qui se trouvait près du tribunal de la division, on se levait à sept heures, conformément au règlement, et on rangeait les paillasses qui traînaient par terre, dans la poussière. Il n'y avait pas de lits. Derrière l'une des cloisons qui divisaient la longue pièce, on empilait, toujours de façon réglementaire, les couvertures sur les paillasses et, ce travail terminé, les hommes s'asseyaient sur des bancs le long du mur : ceux qui venaient du front cherchaient leurs poux, les autres faisaient passer le temps en se racontant des histoires.

Chvéïk et le sapeur Vodicka étaient assis sur un banc près de la porte avec plusieurs autres soldats de différents régiments et unités.

— Regardez un peu, les gars, déclara Vodicka, ce galopin de Magyar près de la fenêtre, comme il fait des prières pour que son affaire se termine bien. Ça vous dirait pas de lui déchirer la gueule d'une oreille à l'autre ?

— Mais c'est un brave type, dit Chvéïk, il est ici parce qu'il n'a pas voulu devenir militaire. Il est contre la guerre, il fait partie d'une espèce de secte et il est sous clé parce qu'il ne veut tuer personne, i' s'en tient aux commandements de Dieu. Avant la guerre, il y avait un M. Nemrava qui vivait en Moravie et lui, il ne voulait même pas porter le fusil sur l'épaule quand on l'a appelé sous les drapeaux, il a dit comme quoi c'était contre son principe de porter un fusil. On l'a enfermé pour ça, jusqu'à ce qu'il en puisse plus et puis on l'a fait sortir pour qu'il aille prêter serment. Mais lui, il n'a pas voulu prêter serment, que c'était contre son principe et il a tenu bon.

— C'était un imbécile, dit le sapeur Vodicka, il aurait bien pu prêter serment et ensuite chier sur tout ça, y compris le serment.

— Moi, dit un fantassin, j'ai déjà prêté serment trois fois et ça fait trois fois que je suis ici pour cause de désertion et si j'avais pas un certificat médical comme quoi il y a quinze ans j'ai tué ma tante dans un accès de folie, on m'aurait sans doute déjà fusillé au front puisque c'était la troisième fois. Mais comme ça, feu ma tante, elle m'aide toujours à me tirer d'affaire et peut-être qu'un jour j'arriverai à me sortir de cette guerre sans dommage.

— Et pourquoi tu l'as assommée ta tante, camarade ? demanda Chvéïk.

— Eh ben, pourquoi on assomme les gens, répondit cet homme avenant, tout le monde sait ça, pour de l'argent. Cette bonne femme elle avait cinq livrets de caisse d'épargne et on venait de lui envoyer les intérêts quand je suis venu en visite chez elle, tout fourbu et en loques. J'avais qu'elle dans ce bas monde. Alors, je suis allé lui demander de s'occuper de moi, et la salope elle m'a dit d'aller travailler, que j'étais, comme elle disait, jeune, fort et en bonne sangé. Enfin, on a eu des mots et alors je l'ai frappée plusieurs fois sur la tête avec le tisonnier et je lui ai si bien arrangé la bouille que je ne savais plus, c'est-y ma tante ou c'est-y pas ma tante ? Alors, je suis resté là, assis par terre, près d'elle et je me disais tout le temps : c'est-y ma tante ou c'est-y pas ma tante ? Et c'est comme ça que les voisins m'ont trouvé assis près d'elle, le lendemain. Après, j'ai été à l'asile de Slupy et ensuite quand le conseil de révision est passé avant la guerre à Bochnice[1] on m'a reconnu comme guéri et il a fallu tout de suite que j'aille rattraper mon service pour les années que j'avais manquées.

Un soldat maigre et long, l'air dégoûté, passa près d'eux avec un balai.

— Ça, c'est un instituteur de notre dernier bataillon de marche, dit un chasseur assis à côté de Chvéïk. C'est un homme tout ce qu'il y a de bien. Il est ici à cause d'un poème qu'il a composé.

— Viens par ici, l'instit' ! appela-t-il l'homme au balai qui s'approcha du banc, l'air grave.

— Raconte-nous l'affaire des poux.

Le soldat au balai toussa puis se mit à réciter :

Le front se gratte, les poux sont partout
Un énorme pou se promène sur nous
Le général se vautre dans des draps frais
Et met un caleçon propre tous les jours que Dieu fait.
Les poux prospèrent dans l'armée
Ils ont même pris goût aux gradés.
Dame pou de Prusse s'accouple ravie
Avec ce vieux pouilleux d'Autriche-Hongrie.

L'instituteur accablé s'assit sur le banc et soupira :

— Voilà. Et c'est pour cela que j'ai déjà eu quatre interrogatoires chez M. le juge d'instruction.

— Vraiment, c'est peu de chose, dit posément Chvéïk. Il s'agit seulement de savoir pour qui le

1. L'asile d'aliénés le plus connu de Prague.

tribunal prendra ce vieux pouilleux d'Autriche-Hongrie. Mais c'est bien que vous ayez mis ce truc sur l'accouplement, ça va les embrouiller, ils en seront chèvres. Dites-leur simplement que le pouilleux c'est le mâle, que seul un mâle pouilleux peut couvrir un pou femelle. Autrement, vous n'en sortirez pas. Pour sûr que vous n'avez pas écrit ça pour insulter qui que ce soit, c'est clair. Dites seulement à M. le juge d'instruction que vous avez écrit pour votre propre plaisir et que tout comme le mâle de la truie est un verrat, on appelle partout le mâle du pou un pouilleux.

L'instituteur soupira :

— C'est que ce juge ne comprend pas très bien le tchèque. Je lui ai déjà expliqué les choses un peu comme ça, mais il s'est fâché et il m'a dit qu'en tchèque, le mâle du pou c'était un poussin. Bas de pouilleux, a dit M. le juge, un boussin, *Femininum, sie gebildeter Kerl, ist le pou, also masculinum, le boussin. Wir kennen uns're Pappenheimer*[1].

— Bref, dit Chvéïk, ça ne sent pas bon pour vous, mais il ne faut pas perdre l'espoir, comme disait le tzigane Janecek à Plzen, tout peut encore finir pour le mieux lorsqu'en 1879 on lui mit la corde au cou à cause de ce double meurtre avec vol. Il avait bien deviné car au dernier moment, on vint le rechercher dessous la potence à cause de l'anniversaire de Sa Majesté l'Empereur qui tombait juste ce jour-là, où il devait être pendu. Alors, on l'a pendu le lendemain, lorsque l'anniversaire était passé et le gars a encore eu de la veine : le troisième jour, il a été gracié et on a dû

1. Le féminin vous, le gars cultivé, est le pou, alors le masculin est le boussin. On vous connaît, vous autres.

rouvrir le procès parce que tout indiquait que c'était un autre Janecek qui avait fait le coup. Alors, il a fallu le déterrer du cimetière de la prison et le réhabiliter au cimetière catholique de Plzen et c'est seulement ensuite qu'ils ont su qu'il était protestant, alors ils l'ont transféré au cimetière protestant et ensuite...

— Ensuite, tu auras une paire de gifles, s'écria le vieux sapeur Vodicka, c'est incroyable ce que ce gars ne va pas inventer. On a des soucis rapport au tribunal de la division et lui, ce galopin, quand on nous conduisait à l'interrogatoire, hier, il m'expliquait ce que c'est une rose de Jéricho.

— Mais c'étaient pas mes propres paroles, c'était ce que racontait Matej, le domestique du peintre Panuska, à une vieille qui lui avait demandé à quoi ressemblait une rose de Jéricho. Alors il lui dit : Prenez une bouse de vache séchée, mettez-la sur une assiette, versez de l'eau dessus, elle deviendra d'un beau vert et ça, c'est une rose de Jéricho, protesta Chvéïk. C'est pas moi qui ai inventé cette imbécillité et il fallait bien qu'on parle de quelque chose en allant à l'interrogatoire. Moi, je voulais seulement te faire plaisir, Vodicka...

— Tu appelles ça faire plaisir, dit Vodicka et il cracha avec mépris. On a des soucis plein la tête, comment sortir de ce bourbier pour aller régler leur compte à ces sales Hongrois et il veut vous faire plaisir en vous parlant d'une bouse de vache !

— Et comment je peux régler leur compte à ces sales Hongrois si je suis enfermé ici et qu'en plus il faut encore cacher son jeu et raconter au juge qu'on n'a aucune haine contre les Hongrois. Ça, bon sang, c'est une vie de chien. Mais quand je mettrai les pattes sur un de ces types, alors je vais l'étrangler comme un chiot, je vais lui donner du « *isten aldmeg a magyar*[1] », ça ne se passera pas comme ça, on entendra parler de moi.

— Faut pas s'en faire, dit Chvéïk, tout s'arrangera, la chose principale c'est de toujours mentir au tribunal. Celui qui se laisse étourdir et qui avoue, il est toujours perdu. Il n'ira pas loin. Un jour que je travaillais à Moravska Ostrava, il y a eu une histoire : un mineur a rossé un ingénieur. Ça se passait entre quatre yeux, personne n'a vu la chose. Et l'avocat qui le défendait lui disait tout le temps de nier, qu'il ne pouvait rien lui arriver, mais le président du tribunal le sermonnait tout le temps, comme quoi l'aveu était une circonstance atténuante mais lui, il répétait sans cesse qu'il ne pouvait pas avouer, alors il a été libéré parce qu'il a prouvé son alibi. Le même jour, Brno...

Sainte Mère de Dieu ! s'émut Vodicka, moi je n'en peux plus. Pourquoi i' raconte tout ça, je comprends pas. Hier à l'interrogatoire, il y avait avec nous un particulier tout à fait du même genre. Quand le juge d'instruction lui a demandé ce qu'il faisait dans le civil, il a dit : je souffle chez Croix. Il a fallu plus d'une demi-heure pour qu'il explique au juge d'instruction qu'il actionnait les soufflets chez un forgeron nommé Croix et quand on lui a demandé ensuite : Alors, dans le civil, vous êtes manœuvre ? Il a répondu : Manœuvre, vous n'y pensez pas. Le manœuvre c'est Franta Hybs.

Dans le couloir, on entendit des pas et la garde qui criait : *Zuwachs*[1] *!*

1. Dieu protège les Hongrois.
2. Un renfort.

— On va être encore plus nombreux ! s'écria Chvéïk. Espérons qu'il a caché de quoi en griller une.

La porte s'ouvrit et quelqu'un poussa à l'intérieur de la pièce le volontaire, celui qui avait été enfermé à Budejovice avec Chvéïk et qui était destiné à la cuisine de quelque bataillon de marche.

— Le seigneur Jésus-Christ soit loué, dit-il en entrant.

Sur quoi Chvéïk répondit au nom de tous :

— Pour les siècles des siècles, amen.

Le volontaire regarda Chvéïk d'un air satisfait, posa par terre la couverture qu'il avait apportée et vint s'asseoir sur le banc de la colonie tchèque, déroula ses bandes molletières et en sortit des cigarettes, habilement cachées sous les plis et les distribua. Puis, il sortit de ses souliers le grattoir d'une boîte d'allumettes et plusieurs allumettes astucieusement fendues en deux.

Il frotta une allumette, alluma avec précaution une cigarette, donna du feu aux autres et dit d'un ton flegmatique :

— Moi, je suis accusé de rébellion.

— C'est rien, lui dit Chvéïk d'un ton suave, c'est de la blague.

— Il est évident, dit le volontaire, que si on veut gagner la guerre de cette façon-là, avec toute sorte de procès, c'est de la blague. S'ils veulent absolument me faire un procès, qu'ils y aillent. Sur le plan général, un procès ne change en rien la situation.

— Et comment tu t'es mutiné ? demanda le vieux

sapeur Vodicka, regardant le volontaire avec sympathie.

— J'ai refusé de nettoyer les chiottes du poste de garde principal, répondit-il, alors on m'a conduit chez le colonel. C'est un joli cochon, celui-là. Il s'est mis à crier que j'étais, paraît-il, enfermé sur décision au rapport du régiment, que j'étais un vulgaire détenu, qu'il était surpris de voir que la terre me portait et qu'elle ne s'arrêtait pas de tourner de honte de voir dans l'armée un être ayant les privilèges d'un volontaire, ayant droit à la dignité d'officier mais dont la conduite ne pouvait qu'éveiller le dégoût et le mépris de ses supérieurs. J'ai répondu que la rotation du globe terrestre ne saurait être interrompue par un pauvre volontaire comme moi, que les lois de la nature sont plus fortes que les galons de volontaire et que j'aimerais bien voir qui pourrait me forcer à nettoyer des chiottes dans lesquelles moi je n'ai pas chié partout, bien que j'en aurais le droit après cette tambouille de cochons qu'on nous sert au régiment, après les choux pourris et le mouton détrempé. Après, j'ai dit au colonel que je m'étonnais encore de l'entendre se demander pourquoi la terre me portait car, après tout, ma personne n'est pas de taille. Pendant tout mon discours, M. le colonel n'a fait que claquer des dents comme une jument quand on lui donne des betteraves gelées qui lui font froid à la langue, puis il a hurlé :

« — Alors, vous allez nettoyer les chiottes, oui ou non ?

« — A vos ordres, je ne vais pas nettoyer les chiottes.

« — Vous allez les nettoyer, vous le volontaire !

« — A vos ordres, je ne les nettoierai pas.

« — Sacrebleu, ce n'est pas une chiotte que vous nettoierez, mais cent !

« — A vos ordres, ni une chiotte ni cent.

« Et c'était tout le temps comme ça : Allez-vous les nettoyer ? — Non, je ne les nettoierai pas. Les chiottes valsaient dans tous les sens comme dans une comptine pour enfants écrite par Mme Pavla Moudra. Le colonel arpentait le bureau comme un dément. Enfin, il s'est assis et il a dit :

« — Réfléchissez bien, je vais vous faire déférer au tribunal de la division pour mutinerie. Ne croyez pas que vous serez le premier volontaire passé par les armes au cours de cette guerre. En Serbie, nous avons pendu deux volontaires de la 10e compagnie et un volontaire de la 9e s'est fait fusiller comme un agneau. Et pourquoi ? A cause de leur entêtement. Les deux qui ont été pendus hésitaient à poignarder la femme et le fils d'un Serbe du côté de Sabac et le volontaire de la 9e a été fusillé parce qu'il avait les jambes enflées et les pieds plats. Alors, vous allez nettoyer les chiottes, oui ou non ?

« — A vos ordres, je ne vais pas les nettoyer.

« Le colonel me regarda et me dit :

« — Ecoutez un peu, vous ne seriez pas slavophile ?

« — A vos ordres, je ne suis pas slavophile.

« Ensuite, ils m'ont emmené et ils m'ont annoncé que j'étais accusé de rébellion.

— Ce que tu as de mieux à faire, dit Chvéïk, c'est de te faire passer pour un crétin. Quand j'étais enfermé à la garnison, il y avait avec nous un homme drôlement intelligent, instruit aussi, il était professeur à l'Académie commerciale. Il avait déserté du champ de bataille et on devait lui faire un procès tout ce qu'il y a de plus glorieux, pour qu'il soit condamné pour l'exemple et puis pendu. Mais lui, il s'en est tiré très simplement. « Il s'est mis à jouer celui qui a des tares héréditaires et quand le médecin d'état-major l'a examiné, il a dit qu'il n'avait pas déserté, que depuis sa jeunesse il aimait les voyages, qu'il avait toujours aspiré à disparaître quelque part, au loin. Comme quoi, un matin, il s'était réveillé à Hambourg et puis un autre jour à Londres et qu'il ne savait pas du tout comment il y était arrivé. Comme quoi son père avait été alcoolique et qu'il s'était suicidé avant sa naissance, sa mère une prostituée qui buvait et était morte de *delirium tremens*. Comme quoi, sa sœur cadette s'était noyée, l'aînée s'était jetée sous un train, son frère avait sauté du pont de chemin de fer à Vysehrad, son grand-père avait été assassiné, sa grand-mère s'était arrosée de pétrole et brûlée ; quant à son autre grand-mère, elle vagabondait avec des tziganes et s'était empoisonnée en prison en avalant des allumettes, que son cousin avait été plusieurs fois jugé comme pyromane et qu'il s'était tranché les veines du cou avec un morceau de verre à Kartouzy, que sa cousine du côté paternel s'était jetée d'un sixième étage à Vienne, que lui-même avait été très négligé dans son enfance, qu'à l'âge de dix ans il ne savait pas encore parler parce qu'à six mois, un jour qu'on le changeait sur une table, on l'avait laissé seul : le chat l'avait tiré de la table et il s'était cogné la tête en tombant. Comme quoi il avait de temps en temps de violentes migraines et qu'à ces moments-là, il ne savait pas ce qu'il faisait et que c'était dans un état comme ça qu'il avait quitté le front pour aller à Prague et qu'il n'avait repris conscience qu'au moment où la police militaire l'avait arrêté dans la taverne *U Fleku*. Là alors, seigneur, vous auriez dû voir comme ils ont été encore tout contents de le démobiliser et les cinq types qui étaient dans la piaule avec lui avaient tous noté une sorte de liste, sur un papier, au cas où ça pourrait servir : père alcoolique, mère prostituée, première sœur (noyée), deuxième sœur (train), frère (sauté du pont), grand-père + femme pétrole, mis feu, deuxième grand-mère (tziganes, allumettes) + etc.

Et un de ces gars, quand il a commencé à réciter ça au médecin d'état-major, il n'est même pas arrivé jusqu'au cousin et le médecin d'état-major — c'était la troisième fois qu'il entendait la chose — lui a dit : « Toi, mon bonhomme, on te connaît. Ta cousine du côté paternel a sauté d'un sixième étage à Vienne, tu as été atrocement négligé pendant ton enfance et tout ça, on en viendra à bout avec quelques bonnes corrections. » Alors, ils l'ont conduit au trou, ils l'ont garrotté et son éducation atrocement négligée, son père alcoolique et sa mère prostituée lui sont tout de suite passés et il a préféré se porter volontaire pour partir au front.

— De nos jours, même dans l'armée, dit le volontaire, personne ne croit plus aux tares héréditaires, parce que, s'ils y croyaient, il faudrait enfermer tout l'état-major à l'asile.

On entendit le bruit de la clé dans la porte grillagée et le taulier entra :

— Le fantassin Chvéïk et le sapeur Vodicka doivent se rendre chez M. le juge d'instruction.

Ils se levèrent et Vodicka dit à Chvéïk :

— Tu les vois, les fripouilles, des interrogatoires tous les jours et pas le moindre résultat. Bonté divine, qu'ils nous jugent donc au lieu de nous houspiller comme ça. On reste là, affalé toute la sainte journée et pendant ce temps-là, il en court dans les rues, de ces galopins de Hongrois...

Chemin faisant, car le bureau du tribunal de la division se trouvait dans un baraquement de l'autre côté du camp, le sapeur Vodicka et Chvéïk se demandaient quand ils allaient enfin passer devant un vrai tribunal.

— Rien que des interrogatoires, maugréait Vodicka, et si au moins il en sortait quelque chose. Ils gaspillent des montagnes de papier et toujours pas de tribunal. On nous laisse pourrir derrière les barreaux. Dis-moi franchement, la soupe est-elle mangeable ? Et ces choux avec des patates gelées ? Sang de Dieu, j'ai jamais bouffé une aussi méchante guerre mondiale. Moi, j'imaginais ça tout autrement.

— Moi, au contraire, je suis plutôt content, dit Chvéïk. Il y a des années, quand je servais encore dans l'active, alors notre juteux Solper il a dit que dans l'armée chacun doit être conscient de son devoir et il accompagnait ça d'une baffe sur la gueule comme je ne l'oublierai jamais. Ou bien, feu le lieutenant Kajser, quand il venait inspecter les flingues, alors il nous faisait toujours un discours comme quoi chaque soldat doit manifester la plus grande fermeté d'âme car les soldats sont du bétail que l'Etat nourrit, il leur donne à bouffer, il leur fait boire du café et pour ça, eux, ils doivent faire les bêtes de somme.

Le sapeur Vodicka réfléchit et au bout d'un moment il dit :

— Chvéïk, quand tu seras chez ce juge d'instruction, faut pas t'embrouiller, faut répéter ce que tu as dit au dernier interrogatoire, sans quoi on va être dans la mélasse. Surtout, donc, que tu as vu que ces galopins de Hongrois m'ont attaqué. Après tout, on était dans le coup moitié moitié.

— Ne crains rien, Vodicka, le rassura Chvéïk, du calme, pas d'énervement, enfin qu'est-ce que c'est de passer devant un quelconque tribunal de division. Tu aurais dû voir dans le temps ces tribunaux militaires n'y allaient pas de main morte. Chez nous, dans l'active, y avait un instituteur nommé Heral et un jour, sur son lit, il nous a raconté — toute la chambrée était aux arrêts de caserne — que dans le musée de Prague il y a un registre d'un tribunal militaire du temps de Marie-Thérèse. Chaque régiment avait son propre bourreau qui exécutait les soldats de son régiment, à la pièce, moyennant un de ces ducats du temps de Thérèse. Et d'après le registre, il y avait des jours où le bourreau empochait cinq ducats.

— Bien sûr, ajouta Chvéïk d'un ton judicieux, à l'époque les régiments étaient nombreux et on complétait les effectifs dans les villages.

— Quand j'étais en Serbie, dit Vodicka, alors il y avait dans notre brigade des volontaires pour pendre des Serbes, pour des cigarettes. Le soldat qui pendait un gars, il touchait dix cigarettes Sport, pour une femme ou un enfant y en avait que cinq. Ensuite, l'intendance a voulu faire des économies, alors on les fusillait en masse. Il y avait un tzigane qui servait avec moi et pendant longtemps on n'a rien su. Seulement, on s'étonnait parce que la nuit, on l'appelait toujours dans le bureau. On était alors sur la Drina. Et une nuit qu'il était parti, quelqu'un a eu l'idée de fouiller dans ses affaires et le salaud il avait trois boîtes entières de cent cigarettes dans son sac à dos. Puis, au matin, il est revenu dans notre grange et on lui a vite réglé son compte. On l'a jeté à terre et un certain Beloun l'a étranglé avec sa ceinture. Il avait la vie dure, la fripouille, comme un matou.

Le vieux sapeur Vodicka cracha :

— Pas moyen de l'étrangler celui-là, il avait déjà fait dans son froc, il avait les yeux qui lui sortaient de la tête et il était toujours vivant comme un coq auquel on a mal tranché le cou. Alors on l'a écartelé comme un chat. Deux par la tête, deux par les pieds et on lui a cassé la nuque. Ensuite, on lui a enfilé son sac à dos avec les cigarettes dedans et on l'a gentiment balancé dans la Drina. Qui est-ce qui s'amuserait à fumer des cigarettes pareilles ? Le matin, on le cherchait partout.

— Vous auriez dû faire rapport comme quoi il avait déserté, souligna Chvéïk toujours avisé, qu'il s'y préparait déjà et qu'il disait tous les jours qu'il allait se tirer.

— C'est pas possible de penser à tout, répondit Vodicka, nous on a fait notre boulot et on ne s'est pas occupé du reste. Là-bas, c'était facile. Il disparaissait quelqu'un tous les jours et on ne retirait même plus les corps de la Drina. Il y avait des Serbes tout bouffis qui flottaient à côté de gardes de la Landwehr drôlement mis en pièces, tout le long de la Drina jusqu'au Danube. Certains gars qui étaient encore des bleus attrapaient une petite fièvre quand ils voyaient ça pour la première fois.

— Aurait fallu leur donner de la quinine, dit Chvéïk.

Ils entraient justement dans le baraquement avec les bureaux du tribunal de la division et la patrouille les conduisit tout de suite au bureau n° 8 où Ruller, le juge d'instruction, se tenait assis derrière une longue table couverte de piles de papiers.

Devant lui se trouvait un volume du code sur lequel il avait posé un verre de thé à moitié vide. Sur le côté droit de la table il y avait un crucifix en imitation ivoire, avec un Christ tout poussiéreux qui regardait avec désespoir le socle de sa croix tout jonché de cendres et de mégots.

Le juge d'instruction Ruller venait justement de remettre de la cendre sur le socle, inspirant de nouveaux regrets au Christ, tandis que de l'autre main il prenait son verre de thé qui avait un peu collé au code.

Libérant son thé de l'étreinte du code, il continua à feuilleter un livre qu'il avait emprunté au cercle des officiers.

C'était un ouvrage de Fr. S. Kraus avec le titre alléchant de *Forschungen zur Entwicklungsgeschichte der geschlechtlichen Moral*[1].

Il regardait les reproductions de dessins naïfs d'organes sexuels masculins et féminins accompagnés de vers que le savant Fr. S. Kraus avait découverts dans les toilettes de la gare de Berlin-Ouest et il ne prêta aucune attention aux nouveaux arrivés.

Il ne s'arracha à la contemplation des reproductions que lorsque Vodicka toussota.

— *Whas geht los*[2] ? demanda-t-il, en continuant à feuilleter et en cherchant la suite des dessins naïfs, des esquisses et des diagrammes.

— A vos ordres, monsieur le juge d'instruction,

1. Recherches sur l'évolution de la morale sexuelle.
2. Qu'est-ce qui arrive ?

répondit Chvéïk, mon camarade Vodicka a pris froid et maintenant il tousse.

Alors seulement le juge d'instruction Ruller leva les yeux sur Chvéïk et Vodicka.

Il essaya de prendre une expression sévère.

— Vous voilà donc enfin, les gars, dit-il en farfouillant dans le tas de documents sur la table. Je vous ai fait convoquer pour neuf heures et il n'est pas loin d'onze heures.

— Comment te tiens-tu, espèce de veau, demanda-t-il à Vodicka qui s'était permis de se mettre au repos. Quand je te dirai repos tu pourras faire ce que tu veux de tes guibolles.

— A vos ordres, monsieur le juge d'instruction, intervint Chvéïk, c'est qu'il a des rhumatismes.

— Toi, boucle-la, dit le juge d'instruction Ruller, quand je te demanderai quelque chose, alors tu pourras me répondre. Tu es déjà venu trois fois à l'interrogatoire chez moi et pas moyen de te sortir quelque chose. Alors, je le trouve ou je le trouve pas ? Ah, le travail que vous me donnez, garnements que vous êtes. Mais vous verrez que ça ne vous vaudra rien de bon de déranger le tribunal pour des bêtises.

— Voilà, espèce de bâtards, dit-il en tirant d'une pile une chemise épaisse marquée : Schwejk — Woditschka.

« Ne croyez pas que vous allez continuer à vous la couler douce au tribunal de la division pour une stupide histoire de rixe et que ça vous permettra d'éviter quelque temps le départ au front. J'ai été obligé de téléphoner jusqu'au tribunal de l'armée à cause de vous autres, couillons ! »

Il soupira :

— Ne prends pas cet air grave, Chvéïk, au front ça te passera de vouloir te bagarrer avec des Honveds, reprit-il. Les poursuites contre vous sont arrêtées et vous allez rejoindre vos unités ; là, vous serez punis au rapport et ensuite vous allez partir au front avec un bataillon de marche ; si jamais je mets encore la main sur vous, espèces de fripons, alors je vous en ferai voir de toutes les couleurs. Voilà votre feuille de décharge et tenez-vous bien. Conduisez-les au bureau n° 2.

— A vos ordres, monsieur le juge d'instruction, dit Chvéïk, vous pouvez être sûr que nous prendrons vos paroles à cœur et nous vous remercions mille fois de votre bonté. Si nous étions dans le civil, je vous dirais même que vous êtes un ange. En même temps, faut qu'on vous demande pardon tous les deux de vous avoir tellement dérangé. Vraiment, on ne valait pas cette peine.

— Alors, allez enfin au diable ! s'écria le juge d'instruction. Si le colonel Schröder n'avait pas intercédé pour vous, alors je ne sais pas ce qui vous serait arrivé.

Ce ne fut que dans le couloir, alors qu'ils se rendaient au bureau n° 2 accompagnés de la patrouille, que Vodicka redevint lui-même.

L'escorte avait peur d'être en retard pour le déjeuner et il dit :

— Alors, un peu de mouvement, les gars, on dirait des tortues.

Alors Vodicka lui dit de ne pas l'ouvrir trop grande et qu'il avait de la chance d'être tchèque. S'il avait été hongrois, il l'aurait mis en pièces comme un hareng fumé.

Comme les gratte-papier du bureau étaient partis

chercher leur soupe, l'escorte fut obligé en attendant de les reconduire dans la prison du tribunal de la division. Ce qui ne se passa pas sans force malédictions de sa part, malédictions adressées à la race invisible des scribes de l'armée.

— Camarades, ils vont tout me prendre le dessus de la soupe, clamait-il d'un ton tragique, et en fait de viande ils ne me laisseront que des tendons. Hier aussi, j'en ai escorté deux au camp et quelqu'un m'a bouffé la moitié du pain que les autres avaient touché pour moi.

— On voit bien que vous autres, au tribunal de la division, vous ne pensez qu'à bouffer, dit Vodicka, qui avait déjà repris du poil de la bête.

Quand ils annoncèrent la nouvelle au volontaire, celui-ci s'exclama :

— Alors, c'est le bataillon de marche, les amis ! Crions donc avec la revue des touristes tchèques : Bon vent ! Les préparatifs du voyage sont déjà faits, tout a été réglé et exécuté par notre glorieuse administration militaire. Et on vous invite à vous joindre à une excursion en Galicie. Partez gaiement en voyage, le cœur léger et joyeux. Aimez d'un amour passionné ces paysages où se profilent des tranchées. Le pays là-bas est beau et fort intéressant. Vous vous sentirez comme chez vous dans ces contrées lointaines, oui, comme dans un paysage familier, oui, presque comme dans votre chère patrie. L'âme emplie d'ardeur, entreprenez ce voyage vers des pays dont le vieil Humboldt a déjà dit : « Dans le monde entier, je n'ai rien vu d'aussi grandiose que cette affreuse Galicie. » Les nombreuses et précieuses expériences acquises par notre glorieuse armée pendant sa retraite de Galicie au cours de son premier voyage seront certainement pour vous et pour nos nouvelles expéditions militaires des guides bienvenus dans l'élaboration du programme du second voyage. Allez droit devant vers la Russie et de joie tirez toutes vos cartouches en l'air.

Avant que Chvéïk et Vodicka ne repartent au bureau après le déjeuner, le malheureux instituteur, l'auteur du poème sur les poux, s'approcha d'eux et, les ayant entraînés à l'écart, leur dit dans le plus grand secret :

— Dès que vous serez du côté russe, n'oubliez pas de dire immédiatement aux Russes : *zdravstvoujtie rouskije bratja, my bratja tschechy my niet Avstrijtsi*[1].

Quand ils sortirent de la prison, Vodicka, voulant de toute évidence manifester sa haine des Hongrois, montrer que la prison n'avait pas ébranlé ses convictions, marcha sur le pied du Hongrois qui avait refusé le service militaire et lui cria :

— T'as qu'à te chausser, sauvage !

— Il aurait pu me dire quelque chose, dit ensuite le sapeur Vodicka très mécontent à Chvéïk, il aurait dû ouvrir son bec et alors je lui aurai déchiré sa hure hongroise d'une oreille à l'autre. Et lui, le crétin, il se tait et il se laisse marcher sur le pied. Bonté divine, Chvéïk, qu'est-ce que je suis furieux de ne pas avoir été condamné ! Vraiment, on dirait qu'ils se sont moqués de nous, que notre histoire avec les Hongrois n'était qu'une broutille. Et pourtant, on s'est battu comme des lions. C'est ta faute, s'ils nous ont pas condamnés, qu'ils nous ont donné cette espèce de certificat qu'on est pas capable de se battre comme il faut. Qu'est-ce

1. Bonjour, frères russes, nous sommes des frères tchèques et pas des Autrichiens.

qu'ils doivent penser de nous ? Et pourtant, comme conflit, c'était pas mal.

— Cher vieux, dit Chvéïk avec bonhomie, je ne comprends pas bien pourquoi tu n'es pas content que le tribunal ait reconnu que nous étions des gens tout à fait convenables, contre lesquels on ne peut rien dire. C'est vrai qu'à l'interrogatoire, j'ai raconté toutes sortes d'histoires. Il faut le faire, c'est un devoir de mentir comme le disait à ses clients M. Bass, l'avocat. Quand M. le juge m'a demandé pourquoi nous nous sommes introduits dans l'appartement de ce M. Kakonyi, alors je lui ai dit tout net que c'était à mon avis la meilleure façon de faire connaissance avec M. Kakonyi que de lui rendre visite. Ensuite, M. le juge d'instruction ne m'a plus rien demandé, il en avait déjà assez.

Chvéïk poursuivait ses réflexions :

— Souviens-toi qu'il ne faut jamais avouer devant un tribunal militaire. Quand j'étais enfermé au tribunal de la garnison, il y avait dans la chambre à côté un gars qui avait avoué. Quand les autres l'ont su, alors ils l'ont passé à tabac et ils lui ont conseillé de se rétracter.

— Si j'avais fait quelque chose de malhonnête, je n'avouerais pas, dit le sapeur Vodicka, mais lorsque ce petit juge d'instruction m'a demandé comme ça : « Vous vous êtes battus ? » Alors j'ai dit : « Oui, je me suis battu. — Est-ce que vous avez brutalisé quelqu'un ? — Certainement, monsieur le juge. — Est-ce que vous avez blessé quelqu'un ? — Bien sûr, monsieur le juge. » Qu'il sache au moins à qui il a affaire. Et c'est justement pour ça que c'est une honte qu'ils nous aient libérés. C'est comme s'ils ne voulaient pas croire que j'ai cassé ma ceinture sur ces coquins de Hongrois, que je les ai débités en lanières, couvert de bosses et de bleus. Mais toi tu étais là, tu as bien vu qu'à un moment j'avais trois de ces coquins sur moi et qu'en un instant, tout ce monde était par terre et que je les piétinais ? Et après tout ça, ce morveux de juge arrête les poursuites. C'est comme s'il disait : Vous battre, vous ? Vous chiez plus haut que vos fesses ! Après la guerre, quand je serai dans le civil, je le trouverai bien quelque part ce bon à rien et alors il verra si oui ou non je sais me battre. Après, je viendrai ici, à Kiralyhyda, et je leur ferai un cirque comme on n'en a encore jamais vu dans ce bas monde et les gens, ils iront se cacher dans les caves quand ils sauront que je suis venu les regarder de près, ces fripouilles de Kiralyhyda, ces gueux, ces galopins.

Dans le bureau, tout fut réglé très rapidement. Un juteux, la bouche encore toute grasse, le visage très sérieux, remit leurs papiers à Chvéïk et à Vodicka et ne laissa pas passer l'occasion de leur adresser à tous deux un discours où il faisait appel à leur esprit militaire, en y mêlant, car c'était un Polonais de Galicie occidentale, diverses jolies expressions de son patois comme « *marekvium* », « *gloupi rolmopsi* », « *krajcova sedmina* », « *svina porypana* » et « *dum vam bane mjesjnuckovy vasi gzichty*[1] ».

Comme on les reconduisait chacun à son unité, Chvéïk fit ses adieux à Vodicka :

— Quand la guerre sera finie, viens me rendre visite. Tu me trouveras tous les soirs à partir de six heures au *Calice*, dans la rue du Champ-de-Bataille.

1. Croque-morts, stupides harengs saurs, cochons au groin sale, je vais vous taper sur vos bouilles pleines de graisse.

— Pour sûr que je vais venir, répondit Vodicka, est-ce qu'on va rigoler ?

— Oh, il arrive tous les jours quelque chose, lui promit Chvéïk, et si c'est par hasard trop calme, on organisera une petite affaire.

Ils se quittèrent et de nombreux pas les séparaient déjà quand le vieux sapeur Vodicka cria à l'adresse de Chvéïk :

— Surtout n'oublie pas d'organiser une rigolade quand je viendrai.

Sur quoi Chvéïk cria à son tour :

— Mais n'oublie pas de venir quand cette guerre sera finie.

Ils s'éloignèrent encore et au bout d'un moment, derrière le coin de la deuxième baraque, on entendit la voix de Vodicka :

— Chvéïk, dis Chvéïk, et la bière au *Calice* comment est-elle ?

Et comme un écho on entendit la réponse de Chvéïk :

— C'est de la bière de la brasserie Volkopopovicka.

— Moi je croyais que c'était de la bière de Smichov, cria au loin le sapeur Vodicka.

— Il y a aussi des filles là-bas, cria Chvéïk.

— Alors, après la guerre, à six heures du soir, cria Vodicka, déjà arrivé en bas de la côte.

— Viens plutôt à six heures et demie, si jamais j'étais en retard, répondit Chvéïk.

Puis on entendit encore, de très loin, Vodicka qui criait :

— Et tu peux pas venir à six heures ?

— Bon, je serai là à six heures, entendit Vodicka dans le lointain.

Et c'est ainsi que le brave soldat Chvéïk quitta le vieux sapeur Vodicka.

Wenn die Leute auseinander gehen, da sagen Sie aufwiedersehen[1].

1. Quand les gens se séparent, ils se disent au revoir.

V

De Brück-sur-Leitha à Sokal

Le lieutenant Lucas, très excité, arpentait le bureau du 11e bataillon de marche. C'était un trou sombre dans la baraque du bataillon, séparé du couloir par une cloison de planches : une table, deux chaises, une lampe à pétrole et un lit de camp.

Devant lui se tenait le sergent-major Vanek. C'était ici qu'il préparait les papiers de la solde, faisait la comptabilité de la popote, en somme il était le ministre des Finances du bataillon. Il passait toute la journée dans ce bureau et y dormait aussi.

Près de la porte se trouvait un gros fantassin, barbu comme un bouc. C'était Baloun, la nouvelle ordonnance du lieutenant Lucas, dans le civil meunier du côté de Česky Krumlov.

— Vraiment, vous m'avez choisi un tampon sensationnel, disait le lieutenant Lucas au sergent-major, je vous remercie de tout cœur de cette bonne surprise. C'est le premier jour que je l'envoie me chercher à déjeuner au mess et il m'en bouffe la moitié.

— Pardon, je l'ai renversé, dit le gros géant.

— Bien, tu l'as renversé. Tu aurais pu renverser la soupe ou bien la sauce mais pas le rôti. Tu ne m'en as apporté qu'une miette. Et où as-tu mis le gâteau aux pommes ?

— Moi, je...

— Inutile de nier. Tu l'as bouffé.

Le lieutenant Lucas énonça ces derniers mots d'un ton si grave, d'une voix si sévère que Baloun recula involontairement de deux pas.

— Je me suis informé à la cuisine pour savoir ce qui était au menu. Il y avait un potage avec des boulettes au foie. Où sont-elles passées, ces boulettes ? Tu les a pêchées dans le potage en chemin, c'est indiscutable. Puis il y avait du bœuf avec des cornichons. Qu'en as-tu fait ? Tu l'as bouffé aussi. Deux tranches de rôti. Et tu m'en as apporté une demi-tranche, hein ? Deux parts de gâteau ! Où sont-elles ? Tu t'es empiffré, misérable, ignoble cochon que tu es. Parle, qu'as-tu fait du gâteau ? Il est tombé dans la boue, hein ? Un chien est arrivé juste au bon moment qui l'a attrapé et emporté ? Jésus-Christ, je vais te gifler la gueule, t'en auras la tête comme un tonneau ! Et en plus le cochon se permet de nier. Sais-tu qui t'a vu ? Le sergent-major Vanek en personne. Il est venu me trouver et il m'a dit : « A vos ordres, mon lieutenant. Votre cochon de Baloun est en train de bouffer votre déjeuner. Je regarde par la fenêtre et je le vois s'en mettre plein la panse comme s'il n'avait pas bouffé depuis une semaine. » Ecoutez-moi, vous le sergent-major, vous n'auriez vraiment pas pu me trouver un autre couillon que celui-là ?

— A vos ordres, mon lieutenant. J'ai pensé que Baloun était l'homme le plus sérieux de toute notre compagnie de marche. C'est un tel ballot qu'il est incapable d'apprendre le maniement du fusil et si on lui met un flingue entre les mains, il fera sûrement un malheur. Au dernier exercice avec des cartouches à blanc, il a failli crever l'œil de son voisin. J'ai pensé qu'au moins comme ordonnance il ferait l'affaire.

— Et bouffer tout le déjeuner de son maître, dit Lucas, comme si sa propre ration ne lui suffisait pas. Aurais-tu faim ?

— A vos ordres, mon lieutenant, j'ai tout le temps faim. Quand il reste du pain à quelqu'un, alors je lui achète avec des cigarettes et ça ne suffit toujours pas. C'est ma nature qui veut ça. Je crois toujours que j'ai mangé à ma faim et puis non, rien. Au bout d'un moment, c'est comme avant un repas, j'ai l'estomac qui commence à grogner et le voilà, le chameau, qui réclame à manger. Parfois je pense que vraiment j'ai déjà assez, que rien ne peut plus rentrer, mais pas du tout. Je vois quelqu'un qui mange ou simplement je sens une odeur et tout de suite, c'est comme si j'avais l'estomac récuré. Il se met à réclamer son dû et moi je serais capable d'avaler des clous. A vos ordres, mon lieutenant, j'ai déjà demandé à toucher une double ration, j'ai été voir le médecin du régiment à Budejovice à cause de ça et lui, au lieu de la double ration, il m'a envoyé pour trois jours à l'infirmerie et m'a ordonné en tout et pour tout une tasse de bouillon clair pour la journée. Je t'apprendrai à avoir faim, canaille, qu'il me dit. Si jamais tu reviens, tu vas voir, tu sortiras d'ici maigre comme un piquet à houblon. Mon lieutenant, j'ai même pas besoin de voir des bons plats, même l'ordinaire ça m'excite et tout de suite je me mets à baver. A vos ordres, mon lieutenant, je demande respectueusement qu'on m'attribue une double ration. S'il reste pas de viande, alors au moins la garniture, les pommes de terre, les boulettes, la sauce, il en reste toujours un peu...

— C'est bon, j'ai écouté tes insolences, Baloun, répondit le lieutenant Lucas. Vous, le sergent-major, avez-vous jamais vu un soldat aussi impertinent ? Il bouffe mon déjeuner et il vient encore me demander qu'on lui attribue une double portion. Ne t'en fais pas, Baloun, je vais te faire digérer.

— Vous, le sergent-major, dit-il à Vanek, conduisez-le chez le caporal Weidenhofer, dites-lui de l'attacher dans la cour, près de la cuisine, pendant deux heures quand on va distribuer le goulasch ce soir. Qu'il l'attache bien haut, qu'il tienne juste sur la pointe des pieds et qu'il voie le goulasch cuire dans la marmite. Et faites en sorte que ce monstre soit encore attaché quand on va distribuer le goulasch dans la cuisine, pour qu'il bave comme une chienne affamée qui tourne autour d'un étal de charcutier... Dites au cuisinier de distribuer sa portion aux autres.

— A vos ordres, mon lieutenant. Venez, Baloun !

Comme ils partaient, le lieutenant les retint à la porte et, regardant le visage horrifié de Baloun, il s'écria triomphalement :

— Là, tu as fait une bonne affaire, Baloun. Bon appétit ! Et si tu recommences, je serai impitoyable. Je t'enverrai à la cour martiale.

Lorsque Vanek revint pour annoncer qu'on avait attaché Baloun, le lieutenant Lucas dit :

— Vous me connaissez, Vanek, je n'aime pas faire des choses pareilles, mais je n'y peux rien. D'abord, vous admettrez que quand on prend son os à un chien, il grogne. Je ne veux pas avoir un type aussi vil dans mon entourage. *Secundo*, le fait même que Baloun soit attaché a une grande importance morale et psychologique pour tous les hommes. Ces temps derniers, depuis qu'ils sont au bataillon de marche et qu'il savent que demain ou après-demain ils vont monter au front, les hommes font ce qu'ils veulent.

Le lieutenant Lucas, l'air très abattu, poursuivit à mi-voix :

— Avant-hier, pour l'exercice de nuit nous devions, comme vous le savez, manœuvrer contre l'école des volontaires, derrière la raffinerie de sucre. La première escouade, l'avant-garde, n'a pas fait de bruit sur la route parce que je la conduisais moi-même, mais la deuxième qui devait aller à gauche et envoyer des patrouilles avancées au-dessus de la raffinerie, on aurait dit des gens qui reviennent d'une excursion. Ils chantaient, ils tapaient des pieds, on a dû les entendre jusque dans le camp. Ensuite, sur l'aile droite, la troisième escouade est allée reconnaître le terrain sous le bois, c'était à dix bonnes minutes de l'endroit où nous étions et à cette distance-là on voyait encore que les gars fumaient, rien que des points incandescents dans le noir. Et la sixième escouade devait assurer l'arrière-garde et, au diable si je sais comment la chose est arrivée, tout à coup elle s'est présentée devant notre avant-garde et alors, on les a pris pour des ennemis et j'ai dû battre en retraite devant ma propre arrière-garde qui avançait sur moi. C'est ça, ce 11ᵉ bataillon de marche dont j'ai hérité. Qu'est-ce que je peux faire d'eux ? Comment se comporteront-ils dans un véritable engagement ?

En tenant ces propos, le lieutenant Lucas avait joint les mains et pris un air de martyr ; le bout de son nez s'était allongé.

— Ne vous en faites pas, mon lieutenant, dit le sergent-major Vanek d'un ton rassurant, j'ai déjà fait partie de trois compagnies de marche et à chaque coup le bataillon a été mis en pièces et il a fallu le reformer. Et ces bataillons de marche étaient tous pareils au vôtre à un poil près, mon lieutenant. Le pire, c'était le 9ᵉ. Ces gars-là ont entraîné tous les gradés en captivité avec eux, y compris le commandant de la compagnie. Moi, si je m'en suis tiré, c'était que j'étais allé au train toucher du vin et du rhum pour la compagnie et ils ont réglé l'affaire sans moi. Et vous ne savez pas, mon lieutenant, pendant ce dernier exercice de nuit dont vous avez parlé, l'Ecole des volontaires qui devait cerner notre compagnie s'est retrouvée au lac Nezider. Ils ont marché, marché, jusqu'au matin et les avant-postes se sont retrouvés dans les marécages. Et c'était le commandant Sagner en personne qui les conduisait. Ils seraient peut-être allés jusqu'à Sopron si le jour ne s'était pas levé, poursuivit le sergent-major d'un ton confidentiel car il se complaisait dans ce genre d'histoires et les avait toutes cataloguées.

— Et savez-vous, mon lieutenant, dit-il avec un clin d'œil familier, que c'est le commandant Sagner lui-même qui doit être nommé commandant de notre bataillon de marche ? D'abord, d'après ce que dit le sergent d'état-major Hegner, on a pensé que vous seriez le commandant du bataillon puisque vous êtes le plus ancien officier chez nous et ensuite, paraît-il, la division a fait savoir à la brigade que M. le commandant Sagner était nommé.

Le lieutenant Lucas se mordit les lèvres et alluma une cigarette. Il était au courant et était persuadé qu'on lui avait fait une injustice : deux fois déjà le commandant Sagner l'avait supplanté dans l'avancement. Mais il se contenta de dire :

— Eh oui, le commandant Sagner...

— Moi, ça ne me fait pas plaisir, dit le sergent-major d'un ton confidentiel. Le sergent d'état-major Hegner raconte qu'au début de la guerre, en Serbie, M. le commandant Sagner a voulu se distinguer quelque part dans le Monténégro, dans la montagne, et il a expédié une compagnie après l'autre dans les mitrailleuses des positions serbes alors que c'était parfaitement inutile et que l'infanterie là-bas ne valait pas un sou : il n'y avait que l'artillerie pour déloger les Serbes de ces rochers. De tout le bataillon, il n'est resté que quatre-vingts hommes, M. le commandant Sagner lui-même a reçu une balle dans la main ; après, à l'hôpital, il a encore attrapé la dysenterie et puis on l'a revu au régiment, à Budejovice. Il paraît que hier soir, au cercle, il a raconté qu'il était impatient de retourner au front, qu'il y laissera tout le bataillon de marche mais qu'il montrera ce qu'il sait faire, qu'il va avoir le *signum laudis,* qu'on l'avait engueulé pour la Serbie mais cette fois-ci que soit il tombera avec le bataillon, soit il sera nommé lieutenant-colonel : de toute façon, le bataillon doit y passer. Je crois, mon lieutenant, qu'il faudra nous méfier. Récemment, le sergent d'état-major Hegner a raconté qu'il n'y avait pas beaucoup d'atomes crochus entre vous et le commandant Sagner et que c'est justement notre 11e compagnie qu'il enverra au combat la première et dans les endroits les plus terribles.

Le sergent-major poussa un soupir.

— Je suis d'avis que dans une guerre comme celle-ci, avec tellement de soldats et un front si long, on aurait intérêt à des manœuvres en bonne et due forme plutôt que d'entreprendre Dieu sait quelles attaques désespérées. Je m'en suis rendu compte au-dessous de Dukla, quand j'étais avec le 10e bataillon de marche. Là, tout s'est très bien passé, on a reçu l'ordre « *nicht schiessen*[1] » et alors on n'a pas tiré et on a attendu que les Russes se rapprochent de nous. On les aurait faits prisonniers sans mal, seulement à ce moment on avait sur notre flanc gauche les gars de la Landwehr, ceux qu'on appelle les mouches de fer, et ces idiots ont eu si peur de voir les Russes approcher qu'ils ont commencé à descendre du coteau dans la neige, comme s'ils faisaient des glissades et nous, on nous a annoncé que les Russes avaient percé notre flanc gauche, et qu'il fallait qu'on cherche à rejoindre la brigade. Moi, justement, j'étais à la brigade pour faire viser le registre des rations de la compagnie, parce que je n'arrivais pas à trouver le train du régiment ; tout à coup, je vois les premiers gars du 10e qui arrivent à la brigade. Il en est arrivé 120, jusqu'au soir, il paraît que les autres, ceux qui se sont perdus pendant la retraite, ont glissé dans les positions russes comme sur un toboggan. C'était terrible, là-bas, mon lieutenant. Dans les Carpates, les Russes avaient des positions en haut et en bas. Ensuite, mon lieutenant, le commandant Sagner…

— Laissez-moi enfin tranquille avec M. le commandant Sagner, dit le lieutenant Lucas, je connais toutes ces histoires et n'allez pas penser que s'il y a une attaque et un engagement vous allez encore vous retrouver quelque part au régiment pour toucher du rhum et du vin. On m'a fait savoir que vous buvez

1. Ne pas tirer.

comme un trou et quand on regarde votre nez rouge, on comprend tout de suite à qui on a affaire.

— C'est à cause des Carpates, mon lieutenant. Là-bas, il fallait boire, la soupe nous arrivait là-haut toute froide, les tranchées étaient pleines de neige, on n'avait pas le droit de faire du feu, alors on tenait seulement grâce au rhum. Et si je n'avais pas été là, les choses se seraient passées comme dans les autres compagnies, il n'y aurait même pas eu de rhum et les gens auraient gelé. Nous, au contraire, on avait tous le nez rouge à cause du rhum ; le seul inconvénient c'était que le bataillon avait donné l'ordre d'envoyer en patrouille seulement les hommes qui avaient le nez rouge.

— Maintenant, l'hiver est fini, dit le lieutenant d'un ton significatif.

— Le rhum, mon lieutenant, est indispensable au front en toute saison, tout comme le vin. Il vous met, comme qui dirait, de bonne humeur. Pour une demi-cantine de vin et un quart de rhum, les gens se battront avec n'importe... Quel est l'animal qui frappe encore à la porte, pourtant il y a bien écrit « *nicht klopfen*[1] ». *Herein*[2]...

Le lieutenant Lucas pivota sur sa chaise et vit la porte qui s'ouvrait lentement et sans bruit. Et tout aussi silencieusement le brave soldat Chvéïk fit son entrée dans le bureau de la 11e compagnie de marche, en saluant déjà dans l'embrasure de la porte ; il avait sans doute commencé à saluer pendant qu'il frappait à la porte, en regardant l'inscription « *nicht klopfen* ».

Son salut complétait harmonieusement son visage

1. Ne pas frapper.
2. Entrez.

infiniment satisfait et placide. On aurait dit le dieu grec des voleurs vêtu du modeste uniforme d'un fantassin autrichien. Le lieutenant Lucas ferma un instant les yeux devant le regard de Chvéïk, regard qui le caressait et l'embrassait.

Ce fut sans doute avec la même joie que le fils prodigue, perdu et retrouvé, regarda son père tournant sur la broche le mouton qu'il avait tué en son honneur.

— A vos ordres, mon lieutenant, me revoilà, dit Chvéïk dans la porte, d'un ton si sincère et si familier que le lieutenant Lucas reprit immédiatement ses esprits.

Depuis que le colonel Schröder lui avait annoncé qu'il allait de nouveau avoir Chvéïk sur le dos, le lieutenant Lucas avait chaque jour, en esprit, cherché à différer cette rencontre. Tous les matins, il se disait : « Il ne va pas venir aujourd'hui. Il a peut-être fait une bêtise là-bas et ils vont le garder encore. »

Et Chvéïk, par son entrée si pleine de gentillesse et de simplicité, avait d'un seul coup aboli toutes ces conjectures.

Maintenant Chvéïk regarda le sergent-major Vanek et, se tournant vers lui, lui tendit avec un doux sourire les papiers qu'il sortit de la poche de sa capote :

— A vos ordres, sergent-major, on m'a dit que ces papiers qu'on m'a fait au bureau du régiment, c'est à vous que je dois les remettre. C'est rapport à la solde et pour qu'on m'inscrive pour les rations.

Chvéïk évoluait dans le bureau de la 11e compagnie de marche avec une parfaite aisance, comme si Vanek avait été son meilleur camarade, à quoi le sergent-major réagit en disant seulement :

— Posez ça sur la table.

— Vous feriez bien, vous le sergent-major, de me laisser seul avec Chvéïk, dit le lieutenant Lucas en poussant un soupir.

Vanek sortit et resta devant la porte pour entendre ce que ces deux-là allaient se dire.

D'abord, il n'entendit rien, car Chvéïk et le lieutenant Lucas se taisaient. Ils se regardèrent longuement, s'observèrent. Lucas fixait Chvéïk comme s'il avait voulu l'hypnotiser, comme un coq devant une poule sur laquelle il s'apprête à sauter.

Chvéïk, comme toujours, enveloppait le lieutenant Lucas d'un regard chaud et tendre, comme pour lui dire : « Nous voilà de nouveau réunis, ma chère âme, maintenant, plus rien ne peut nous séparer, ma colombe. »

Et, comme le lieutenant se taisait toujours, les yeux de Chvéïk parlèrent avec une tendresse navrée : « Dis quelque chose, parle, mon amour ! »

Le lieutenant Lucas rompit ce silence pesant avec des paroles dans lesquelles il voulut mettre une dose considérable d'ironie :

— Soyez le bienvenu, Chvéïk. Merci de votre visite. C'est vraiment inattendu.

Mais il ne put se retenir et la rage de ces derniers jours explosa en un grand coup de poing sur la table qui fit sauter l'encrier et éclaboussa le registre des soldes.

Au même moment, le lieutenant bondit de sa chaise, fonça sur Chvéïk et hurla :

— Espèce de couillon !

Puis il se mit à arpenter le bureau exigu en crachant chaque fois qu'il passait devant Chvéïk.

— A vos ordres, mon lieutenant, dit Chvéïk,

comme le lieutenant Lucas ne cessait d'arpenter la pièce et de lancer rageusement des boules de papier froissées, papier qu'il allait sans cesse prendre sur la table, j'ai bien remis votre lettre. J'ai réussi à trouver Mme Kakonyi et je puis dire que c'est une très jolie femme bien que je ne l'aie vue qu'en larmes...

Le lieutenant Lucas s'assit sur le lit de camp du sergent-major et s'écria d'une voix rauque :

— Quand cela finira-t-il, Chvéïk ?

Chvéïk répondit comme s'il n'avait pas entendu :

— Après, j'ai eu un petit ennui, mais j'ai tout pris sur moi. C'est vrai qu'ils n'ont pas voulu croire que je correspondais avec cette dame, alors j'ai préféré avaler la lettre pendant l'interrogatoire pour brouiller toutes les pistes. Ensuite, je ne sais comment, par un pur hasard, la chose ne s'explique pas autrement, je me suis trouvé mêlé à une petite bagarre, tout à fait sans importance. Là aussi, je m'en suis sorti et ils ont reconnu mon innocence et ils m'ont envoyé au rapport du régiment et ils ont arrêté toute l'enquête au tribunal de la division. Je ne suis resté que quelques minutes dans le bureau de la division, jusqu'à ce qu'arrive M. le colonel et lui, il m'a un peu grondé et il m'a dit de me présenter immédiatement chez vous, mon lieutenant, comme ordonnance, et il m'a donné ordre de vous annoncer que vous devez vous présenter chez lui, immédiatement. Ça fait déjà plus d'une demi-heure, mais M. le colonel ne pouvait pas savoir qu'on allait encore me traîner au bureau du régiment où je suis encore resté assis plus d'un quart d'heure parce qu'on m'a retenu ma solde pour tout ce temps-là et elle doit m'être versée par le régiment et non par la compagnie parce que j'étais inscrit comme détenu du régiment.

De toute façon, là-bas, tout est embrouillé et enchevêtré, on en deviendrait chèvre...

En apprenant qu'il aurait dû se présenter chez le colonel Schröder depuis une demi-heure déjà, le lieutenant Lucas dit, en s'habillant rapidement :

— Ça, Chvéïk, vous m'avez encore fait une fleur !

Il dit cela d'une voix si triste, si désespérée que Chvéïk essaya de le consoler, en lançant amicalement, pendant que le lieutenant Lucas se précipitait dehors :

— Il vous attendra bien, M. le colonel, de toute façon il n'a rien à faire !

Quelques instants après le départ du lieutenant, le sergent-major Vanek entra dans le bureau.

Chvéïk était assis sur une chaise et s'occupait du feu dans le petit poêle de fonte : il avait ouvert la porte et lançait des morceaux de charbon à l'intérieur. Le petit poêle fumait et puait et Chvéïk poursuivait son jeu sans prêter attention à Vanek. Celui-ci observa un moment Chvéïk, puis ferma la porte du poêle d'un coup de pied et dit à Chvéïk de se tirer de là.

— Monsieur le sergent-major, déclara dignement Chvéïk, je me permets de vous annoncer qu'avec la meilleure volonté du monde, je ne peux disparaître, faut bien que je reste au camp, car j'obéis à des ordres supérieurs. Voyez-vous, ajouta-t-il fièrement, je suis ordonnance ici. M. le colonel Schröder m'a affecté ici, à la 11e compagnie de marche, à M. le lieutenant Lucas dont je fus le tampon mais grâce à mon intelligence naturelle, j'ai été promu ordonnance de la compagnie. On est des vieilles connaissances, M. le lieutenant et moi. Et qu'est-ce que vous faisiez dans le civil, monsieur le sergent-major ?

Le sergent-major fut tellement pris au dépourvu par

le ton familier du brave soldat Chvéïk qui lui parlait en bon voisin qu'il en oublia son rang que pourtant il aimait mettre en valeur devant les soldats de la compagnie. Et il répondit comme s'il avait été, lui, aux ordres de Chvéïk :

— Moi, comme qui dirait, je suis Vanek, le droguiste de Kralupy.

— Moi aussi, j'ai été apprenti marchand de couleurs, dit Chvéïk, chez un certain M. Kokoska, dans la rue Perstyn, à Prague. Ça, c'était un original et un jour que, par erreur, j'ai mis le feu à un tonneau d'essence qui a brûlé, alors il m'a chassé et la corporation n'a plus voulu me reprendre nulle part, ce qui fait qu'à cause de ce malheureux tonneau d'essence, j'ai pas pu terminer mon apprentissage. Est-ce que vous fabriquiez aussi des drogues pour les vaches ?

Vanek secoua la tête.

— Chez nous on fabriquait des drogues pour les vaches avec des images pieuses. C'est que notre patron, M. Kokoska, c'était un homme très dévot et un jour il a lu que saint Pelegrin vient en aide au bétail gonflé. Alors, quelque part à Smichov, il a fait imprimer des Saint-Pelegrin et il les a fait bénir au couvent d'Emmaüs, moyennant deux cents florins. Ensuite, on mettait les images dans nos paquets de drogue pour les vaches. Les vaches, on leur mélangeait les drogues dans de l'eau chaude, on leur faisait boire dans l'abreuvoir et en même temps on leur disait la prière de saint Pelegrin, prière composée par M. Tauchen, notre commis. Parce que, quand les images de saint Pelegrin ont été imprimées, il fallait encore imprimer une prière sur l'autre côté. Alors le soir notre vieux Kokoska appelle M. Tauchen et lui dit qu'il faut, d'ici le matin, qu'il ait fabriqué une petite prière pour cette image et pour les drogues, qu'il devait l'apporter à la boutique à dix heures, qu'il fallait que ce soit prêt pour l'imprimerie, que les vaches elles attendaient déjà leur prière, qu'il avait le choix : soit il composait gentiment la prière et il aurait un florin ou bien on lui donnait ses quinze jours. M. Tauchen a sué toute la nuit et il est arrivé le matin, sans avoir fermé l'œil, pour ouvrir la boutique et il n'avait rien d'écrit ; même, il avait oublié le nom de ce saint pour les vaches. Alors, c'est Ferdinand, le valet, qui l'a sorti de sa misère. Il savait tout faire, le Ferdinand. Quand on faisait sécher de la camomille au grenier, eh bien, il montait toujours là-haut, il se déchaussait et il nous disait que, comme ça, on ne transpire plus des pieds. Il attrapait aussi des pigeons dans le grenier et il savait ouvrir le tiroir caisse car il nous a appris encore d'autres trucs avec la marchandise. Eh bien lui, il a aidé M. Tauchen. Il a seulement dit : « Donnez-moi ça, monsieur Tauchen, que je regarde un peu » et Tauchen a tout de suite envoyé quelqu'un chercher de la bière à Ferdinand. Le temps qu'on tire la bière, Ferdinand avait déjà à moitié fini et il nous a lu l'œuvre :

Je viens du royaume des cieux
Porteur d'une bonne nouvelle :
La vache, le veau et tous les bœufs
Ont besoin, autant que de sel,
De la drogue par Kokoska préparée
Qui va leurs maux chasser.

« Puis, après avoir bu toute sa bière et pris une bonne gorgée de bitter, il se sentit inspiré et, en un tournemain il composa une bien jolie fin :

Ce fut inventé par saint Pelegrin
Un paquet pour deux florins.
Saint Pelegrin, protège nos bêtes !
Boire cet élixir leur est une fête.
Le fermier reconnaissant chante des ave,
Saint Pelegrin, empêche nos vaches de crever !

« Ensuite, lorsque M. Kokoska est arrivé, M. Tauchen l'a suivi dans son bureau et lorsqu'il est sorti il nous a montré deux florins et non pas un seul comme on lui avait promis et il a voulu partager moitié moitié avec M. Ferdinand. Mais le valet Ferdinand, quand il a vu les deux florins, la soif de l'or s'est emparée de lui. Il a dit non, que ce serait tout ou rien. Alors, M. Tauchen lui a rien donné, il a gardé les deux florins pour lui, moi, il m'a entraîné dans l'entrepôt, à côté de la droguerie, il m'a donné une gifle et m'en a promis cent pareilles si jamais j'osais dire à quelqu'un que ce n'était pas lui qui avait composé la prière et que même si Ferdinand allait se plaindre à notre vieux, fallait que je dise qu'il était un menteur. Alors, notre valet, il s'est mis à se venger sur les drogues pour les vaches. On les mélangeait dans de grandes caisses au grenier et lui il ramassait partout où il pouvait des crottes de souris et il les mélangeait à nos drogues. Après, il cherchait du crottin de cheval dans la rue, il le séchait à la maison, le broyait dans un mortier et le jetait aussi dans les drogues avec l'image de saint Pelegrin. Et ça ne lui suffisait toujours pas : il s'est mis à pisser dans les caisses, il chiait dedans et il mélangeait le tout, on aurait dit de la bouillie de son... »

Le téléphone sonna. Le sergent-major se précipita sur l'écouteur puis le reposa d'un air mécontent :

— Faut que j'aille au bureau du régiment. Comme ça, tout à coup, ça me dit rien qui vaille.

Chvéïk resta à nouveau seul.

Au bout d'un moment, le téléphone sonne une fois de plus.

Chvéïk commença à s'expliquer :

— Vanek ? Il est allé au bureau du régiment. Qui est au téléphone ? L'ordonnance de la 11ᵉ compagnie de marche. Qui parle ? L'ordonnance de la 12ᵉ ? Salut, collègue. Comment je m'appelle ? Chvéïk. Et toi ? Braun ? Tu n'aurais pas un parent nommé Braun à Karlin, sur l'avenue Pobrezni, un chapelier ?... Ah, tu n'en as pas, tu ne le connais pas... Moi non plus, je ne le connais pas, c'est seulement que je suis passé devant un jour, en tramway, alors cette enseigne m'a sauté aux yeux. Quoi de neuf ? Moi, je ne sais rien. Quand est-ce qu'on part ? J'ai encore parlé du départ avec personne. Où c'est qu'on doit aller ?

— Espèce d'andouille, au front, avec le bataillon de marche.

— Ça, j'en ai pas encore entendu parler.

— Tu parles d'une ordonnance, va ! Tu ne sais pas si ton sous-lieutenant...

— Le mien, c'est un lieutenant...

— Ça fait rien, bon alors si ton lieutenant est allé chez le colonel pour une réunion ?

— C'est lui qui l'a fait venir.

— Tu vois, le nôtre aussi y est allé et celui du 13ᵉ *idem*. Je viens juste d'avoir leur ordonnance au téléphone. Moi, ça me dit rien de bon, cette agitation. Et tu ne sais rien, tu sais pas si la fanfare est en train de faire ses bagages ?

— Moi, j' sais rien.

— Fais pas le con. N'est-ce pas que vot' sergent-major a déjà reçu un avis avec le numéro des wagons. Vous avez combien d'hommes ?

— Je ne sais pas.

— Imbécile, va, tu crois que je vais te bouffer tout cru ?

(On entend l'homme au bout du fil parler à quelqu'un dans la pièce : « Prends l'autre écouteur, Franta, faut que tu voies comme il est bête, l'ordonnance de la 11e compagnie de marche. »)

— Allô, tu dors ou quoi ? Alors réponds, on est entre collègues, quoi. Alors, tu ne sais encore rien ? Ne dis pas le contraire. Le sergent-major vous a pas dit que vous alliez toucher des conserves ? Tu dis que tu n'as pas parlé de ces choses avec lui ? Espèce de couillon. Que ça ne te regarde pas ? (On entend des rires.) T'es vraiment tombé sur la tête. Bon, quand tu sauras quelque chose, téléphone-nous à la 12e compagnie de marche, adorable petit innocent que tu es. D'où t'es ?

— De Prague.

— Alors, tu devrais être plus malin que ça... Encore une chose : quand est-ce qu'il est allé au bureau, votre sergent-major ?

— Ils l'ont appelé il y a un moment.

— Tu vois bien, tu aurais pas pu le dire tout de suite. Le nôtre aussi y est allé il y a un moment, alors il y a quelque chose dans l'air. Tu n'as pas parlé à ceux du train ?

— Non.

— Sainte mère ! et il dit qu'il est de Prague ! Tu ne t'occupes de rien. Où t'es-tu balladé tous ces jours-ci ?

— Je suis arrivé de la prison de la division y a juste une heure.

— Ça, l'ami, c'est une autre paire de manches. Je passe te voir aujourd'hui même. Maintenant, sonne deux fois.

Chvéïk s'apprêtait à allumer une pipe quand le téléphone sonna à nouveau.

« Allez au diable avec votre téléphone, se dit-il, j'ai pas envie de discuter avec vous. »

Mais sans pitié le téléphone continuait à sonner et Chvéïk perdit enfin patience, prit l'écouteur et hurla :

— Allô, qui est là ? Ici Chvéïk, ordonnance de la 11ᵉ compagnie de marche.

Puis Chvéïk reconnut la voix à l'autre bout du fil. C'était celle du lieutenant Lucas.

— Qu'est-ce que vous fabriquez là-bas ? Où est Vanek ? Appelez-moi tout de suite Vanek au téléphone.

— A vos ordres, mon lieutenant. Ça fait pas longtemps que le téléphone s'est mis à sonner.

— Ecoutez, Chvéïk, je n'ai pas le temps de discuter avec vous. Les conversations téléphoniques dans l'armée ce ne sont pas des bavardages par téléphone, comme quand on invite quelqu'un à venir déjeuner à la maison. Les conversations téléphoniques doivent être claires et brèves. Dans les conversations téléphoniques on supprime aussi votre : à vos ordres, mon lieutenant. Alors je vous demande, Chvéïk, avez-vous Vanek sous la main ? Qu'il vienne tout de suite au téléphone.

— Je ne l'ai pas sous la main, mon lieutenant, à vos

ordres. On l'a appelé au bureau il y a un moment, il ne doit pas y avoir plus d'un quart d'heure, au bureau du régiment.

— Quand je serai de retour, Chvéïk, je vous réglerai votre compte. Vous n'êtes pas capable d'être bref ? Faites bien attention à ce que je vous dis, maintenant. M'entendez-vous bien pour que tout à l'heure vous ne veniez pas me dire que ça grésillait dans le téléphone ? Immédiatement, dès que vous aurez raccroché...

Une pause. Nouvelle sonnerie. Chvéïk prend l'écouteur et les injures pleuvent :

— Espèce de veau, de garnement, de salaud ! Qu'est-ce que vous faites ? Pourquoi avez-vous coupé ?

— Mais vous m'avez dit de raccrocher.

— Je rentre dans une heure, Chvéïk, et alors vous verrez... Allez immédiatement dans le baraquement, trouvez un caporal, Fuchs par exemple, dites-lui de prendre tout de suite dix hommes et d'aller avec eux au magasin toucher des conserves. Répétez-moi ça. Qu'est-ce qu'il doit faire ?

— Aller au magasin avec dix hommes toucher des conserves pour la compagnie.

— Enfin, pour une fois que vous ne faites pas l'imbécile. Entre-temps, moi, je vais retéléphoner à Vanek au bureau du régiment pour qu'il aille au magasin et qu'il prenne les conserves en charge. S'il arrive à la baraque entre-temps, dites-lui de tout laisser tomber et de se rendre au magasin au pas de course. Et maintenant, raccrochez.

Il fallut un bon moment à Chvéïk pour trouver le caporal Fuchs et aussi les autres gradés. Ils étaient près de la cuisine, ils nettoyaient des os de côtelettes et s'amusaient à regarder Baloun attaché à un poteau. Il avait les pieds bien par terre parce qu'ils avaient eu pitié de lui, mais il offrait quand même un spectacle intéressant. Un des cuisiniers lui avait apporté un manche de côtelette et le lui avait mis dans la bouche ; l'énorme Baloun, enchaîné, ne pouvant manœuvrer avec ses mains, déplaçait avec précaution l'os dans sa bouche, le maintenant en équilibre avec ses dents et ses gencives tout en grignotant la viande avec l'expression d'un troglodyte.

— Lequel d'entre vous est le caporal Fuchs ? demanda Chvéïk quand il les eut enfin trouvés.

Le caporal Fuchs ne jugea pas utile de se faire connaître voyant qu'un simple fantassin le cherchait.

— Mince alors, dit Chvéïk, combien de temps je vais encore le demander. Qui est le sergent Fuchs ?

Le caporal Fuchs se présenta et, plein de dignité, se mit à injurier Chvéïk, disant qu'il n'était pas le caporal mais M. le caporal, qu'il ne fallait pas dire : « Où est le caporal ? » mais : « A vos ordres, où est M. le caporal ? » Dans mon escouade, dit-il, celui qui oublie de dire « *ich melde gehorsam*[1] » reçoit tout de suite une baffe sur la gueule.

— Doucement, dit Chvéïk avec placidité, partez tout de suite, allez dans le baraquement, prenez-y dix hommes et filez avec eux au magasin au pas de course, vous allez toucher des conserves.

Dans sa surprise, le caporal Fuchs fut seulement capable de crier :

— Quoi ?

— Pas de « quoi » qui tienne, répondit Chvéïk, je

1. « Je vous déclare avec obéissance », formule employée par les subordonnés dans l'armée autrichienne.

suis l'ordonnance de la 11e compagnie de marche et je viens de parler au téléphone avec M. le lieutenant Lucas. Et il a dit : « Au pas de course avec dix hommes, au magasin. » Si vous n'y allez pas, monsieur le caporal Fuchs, alors moi je retourne tout de suite au téléphone. M. Le lieutenant désire expressément que ce soit vous qui y alliez. Inutile de discuter. Une conversation téléphonique, dit M. le lieutenant, doit être brève et claire. Quand on dit que le caporal Fuchs y va, alors il y va. Un ordre comme ça, c'est pas du bavardage au téléphone comme si on invitait quelqu'un à venir déjeuner à la maison. Dans l'armée, surtout en temps de guerre, tout retard est un crime. Si ce caporal Fuchs n'y va pas tout de suite quand vous lui aurez communiqué mon ordre, alors téléphonez-moi sur-le-champ. Je lui réglerai son compte. Il n'en restera rien, du caporal Fuchs. Eh oui, l'ami, vous ne connaissez pas encore M. le lieutenant.

Chvéïk regarda les gradés d'un air triomphant. Son discours les avait vraiment surpris et démoralisés. Le caporal Fuchs grommela quelque chose d'incompréhensible et partit à grands pas, alors que Chvéïk lui lançait :

— Alors, je peux téléphoner à M. le lieutenant pour lui dire que tout est en ordre ?

— Je vais tout de suite au magasin avec dix hommes, cria Fuchs qui était déjà près du baraquement à Chvéïk et Chvéïk, sans dire un mot, s'éloigna du groupe des gradés, tous aussi surpris que Fuchs.

— Voilà que ça commence, dit le petit caporal Blazek, on va faire nos bagages.

Quand Chvéïk revint dans le bureau de la 11e compagnie de marche, une fois de plus il n'eut pas le temps d'allumer sa pipe car le téléphone sonna. C'était toujours le lieutenant Lucas qui parlait à Chvéïk.

— Où traînez-vous encore, Chvéïk ? Ça fait la troisième fois que j'appelle et personne ne répond.

— Je m'occupais de l'affaire, mon lieutenant.

— Alors, ils y sont allés ?

— Bien sûr qu'ils y sont allés, mais je ne sais pas encore s'ils sont arrivés. Vous voulez que j'y aille encore une fois ?

— Alors vous avez trouvé le caporal Fuchs ?

— Oui, mon lieutenant. D'abord, il m'a dit « quoi ? » et c'est seulement quand je lui ai expliqué que les conversations téléphoniques doivent être brèves et claires...

— Pas de bavardages, Chvéïk. Vanek n'est pas encore revenu ?

— Non, mon lieutenant.

— Ne hurlez pas dans le téléphone comme ça. Vous ne savez pas où il pourrait être, ce foutu Vanek ?

— Mon lieutenant, je ne sais pas où pourrait être ce foutu Vanek.

— Il était au bureau du régiment et il est parti quelque part. Je parie qu'il est à la cantine. Et encore une chose. Trouvez tout de suite le caporal Blazek et dites-lui de détacher immédiatement le nommé Baloun et Baloun vous me l'envoyez. Raccrochez !

Chvéïk commença vraiment à s'affairer. Quand il eut trouvé le caporal Blazek et lui eut transmis l'ordre du lieutenant concernant la libération de Baloun, le caporal Blazek grommela :

— Ils ont la trouille dès que ça commence à barder.

Chvéïk alla assister à la remise en liberté de Baloun

et le raccompagna car son chemin menait aussi à la cantine où il devait trouver le sergent-major Vanek.

Baloun voyait en Chvéïk son sauveur et lui promettait de partager avec lui tous les paquets qu'il recevrait.

— Chez nous, on va tuer le cochon maintenant, dit Baloun avec mélancolie, tu aimes mieux le boudin noir ou le boudin blanc ? T'as qu'à me dire, je vais écrire chez moi ce soir. Mon cochon, il aura dans les cent cinquante kilos. Il a une tête comme un bouledogue, c'est ces cochons-là les meilleurs. Ces cochons-là, c'est pas des dégonflés. C'est une bonne race, elle a de la résistance. Il aura huit doigts de lard. Quand j'étais chez moi, alors je faisais moi-même mes andouilles et je bourrais le boyau à le faire craquer. Le cochon de l'an dernier, il faisait cent soixante kilos.

— Ça, c'était un cochon, reprit-il avec enthousiasme en serrant la main de Chvéïk quand ils se séparèrent, je l'ai nourri seulement de pommes de terre et moi-même j'ai été étonné de voir comme il profitait bien. J'ai mis les jambons à mariner dans l'eau salée. Un beau rôti comme ça, sorti de la marinade, avec des boulettes aux pommes de terre toutes recouvertes de lardons, ça c'est du niam-niam. Après, on se boit une bonne petite bière et on se sent si bien. Et tout ça, la guerre nous l'a pris.

Le barbu poussa un profond soupir et se dirigea vers le bureau du régiment tandis que Chvéïk prit l'allée de grands et vieux tilleuls qui menait à la cantine.

Entre-temps, le sergent-major Vanek, tranquillement installé à la cantine, racontait à une de ses connaissances, un collègue de l'état-major, combien on pouvait gagner avant cette guerre en vendant des peintures à l'émail et des enduits au ciment.

Le sergent de l'état-major était déjà complètement rond. Un gros fermier des environs de Pardubice qui avait son fils au camp était arrivé le matin, lui avait donné un bon pot de vin puis l'avait fait boire en ville toute la matinée. Maintenant, il était là, tout désespéré de n'avoir plus goût à manger ni à boire. Il ne savait pas même de quoi il parlait et restait totalement indifférent aux propos sur les peintures à l'émail.

Il était plongé dans ses propres rêveries et marmonnait, la langue pâteuse, que l'omnibus devait aller de Trebon à Pelhrimov et retour.

Quand Chvéïk entra, Vanek essayait une fois de plus d'expliquer au sergent de l'état-major, chiffres à l'appui, combien rapportait la vente d'un kilo de ciment à un chantier, sur quoi l'autre répondit tout à fait hors de propos :

— Il est mort sur le chemin du retour. Il n'a laissé que des lettres.

Apercevant Chvéïk, il dut le confondre avec quelque ennemi et se mit à l'injurier et le traita de ventriloque.

Chvéïk s'approcha de Vanek, rond lui aussi, mais d'humeur souriante et joviale.

— Monsieur le sergent-major, lui annonça-t-il, il faut tout de suite aller au magasin, le caporal Fuchs vous attend là-bas avec dix hommes. On va toucher des conserves. Faut y aller au pas de course. Le lieutenant a déjà téléphoné deux fois.

Vanek éclata de rire :

— Je ne suis pas fou, mon petit. Alors, faudrait que je m'engueule moi-même, mon ange. Y a tout le temps, y a pas le feu au derrière, mon trésor. Quand le lieutenant Lucas aura expédié au front autant de bataillons de marche que moi, alors là, on pourra causer et il viendra pas déranger les gens pour rien avec son pas de course. Au bureau du régiment j'ai déjà reçu les ordres : on part demain, il faut faire les bagages et aller tout de suite toucher la ration pour la route. Et qu'est-ce que j'ai fait ? Je suis gentiment venu ici prendre un quart de vin et je laisse tout courir. Les conserves resteront des conserves, la ration sera toujours la ration. Je connais le magasin mieux que M. le lieutenant et je sais bien ce qui se raconte chez le colonel quand il convoque MM. les officiers. Le colonel, il s'imagine seulement qu'il y a des conserves dans notre magasin. Le magasin du régiment n'a jamais eu de conserves en stock, il les a reçues pour telle ou telle occasion de la brigade ou les a empruntées à d'autres régiments avec lesquels il les a eu des contacts. Il y a un régiment de Benesov auquel on doit plus de trois cents conserves ! Ha ! ha ! Qu'ils racontent ce qu'ils veulent à la réunion, on n'a pas le feu au derrière. De toute façon le magasinier, quand il verra arriver les nôtres, il se chargera bien de leur dire qu'ils sont devenus dingues. Y a pas un seul bataillon de marche qui ait touché des conserves pour la route.

— Tu vois, vieille patate, dit-il à l'adresse du sergent d'état-major, mais celui-ci, en train de s'endormir ou de délirer légèrement, répondit :

— Elle s'avançait, tenant au-dessus d'elle un parapluie ouvert.

— Ce que vous avez de mieux à faire, reprit le sergent-major Vanek, c'est de tout laisser courir. Aujourd'hui on a dit au bureau du régiment que nous partons demain, mais il faudrait être le dernier des imbéciles pour y croire. Est-ce qu'on peut partir sans wagons ? J'étais encore là quand on téléphonait à la gare. Y a pas un seul wagon de libre là-bas. C'est exactement comme pour le dernier bataillon de marche. Là, on est resté deux jours à la gare et on attendait que quelqu'un nous prenne en pitié et nous envoie un train. Et puis après, on ne savait pas où aller. Même le colonel n'en savait rien et on avait déjà traversé toute la Hongrie et personne savait encore si on partait sur le front serbe ou sur le front russe. A toutes les gares, on était en communication directe avec l'état-major de la division. Et nous, on était seulement une sorte de bouche-trou. Enfin, on nous a casés en dessous de Dukla, là on s'est fait mettre en charpie et puis on est parti pour reformer le bataillon. Alors pas de zèle. Avec le temps, on verra venir, pas la peine de se presser. *Jawohl* et *rejawohl.*

— Aujourd'hui, ils ont du très bon vin ici, continua Vanek, sans même écouter le sergent d'état-major qui marmonnait :

— *Glauben Sie mir, ich habe bisher wenig von meinem Leben gehabt. Ich wundere mich über diese Frage*[1].

— Pourquoi se tracasser pour rien pour le départ du bataillon de marche ? Pour le premier bataillon avec lequel je suis parti tout était en règle en deux heures de temps. Après, pour les autres départs du bataillon de marche où j'étais à l'époque, on mettait déjà deux journées entières à se préparer. Mais on avait comme commandant de compagnie le lieutenant Prenosil, un joli cœur, et lui il nous disait : vous pressez pas, les gars, et tout marchait comme sur des roulettes. On n'a commencé à faire les bagages que deux heures avant le

1. Croyez-moi, jusqu'à présent j'ai peu profité de la vie. Cette question m'étonne.

départ du train. Vous feriez bien de vous asseoir aussi...

— Je ne peux pas, dit le brave soldat Chvéïk en faisant un héroïque effort sur lui-même, faut que j'aille au bureau, quelqu'un pourrait téléphoner.

— Ben allez-y, mon trésor, mais si j'ai un conseil à vous donner dans la vie, souvenez-vous que c'est pas joli ce que vous faites là et qu'une vraie ordonnance ne doit jamais être là où on en a besoin. Faut pas faire de zèle dans le service. Vraiment, y a rien de plus laid, qu'une ordonnance en folie, qui voudrait bouffer toute l'armée, la pauvre petite âme.

Mais Chvéïk avait déjà refermé la porte, pressé de rejoindre le bureau de sa compagnie de marche.

Vanek resta tout seul, car vraiment on ne pouvait prétendre que le sergent de l'état-major était une compagnie.

Celui-ci était complètement replié sur lui-même et, caressant son quart de vin, il marmonnait des choses étranges, sans suite, en tchèque et en allemand :

— Souvent je suis passé par ce village sans même me douter de son existence. *In einem halben Jahr habe ich meine Staatsprüfung hinter mir und meinen Doktor gemacht*[1]. Me voilà devenu un vieil éclopé, merci, Lucie. *Erscheinen sie in schön ausgestatteten Bänden*[2] — peut-être l'un d'entre vous s'en souvient-il.

Le sergent-major qui s'ennuyait tambourinait une marche militaire sur la table, mais son ennui fut de courte durée : la porte s'ouvrit et laissa passer Jurajda,

1. Dans six mois j'aurais passé mon examen d'Etat et fait mon doctorat.

2. S'ils paraissent dans des volumes bien présentés...

le cuisinier du mess des officiers qui s'affala sur une chaise.

— Aujourd'hui, dit-il la langue pâteuse, nous avons reçu l'ordre d'aller toucher du cognac pour la route. Comme la dame-jeanne de rhum n'était pas vide, il a fallu la vider. C'était pas une petite affaire. Les hommes de la cuisine sont complètement par terre. J'ai mal calculé les portions, M. le colonel est arrivé en retard et il ne lui restait rien. Alors, ils sont en train de lui faire une omelette. Quelle rigolade.

— Charmante aventure, remarqua Vanek à qui le vin donnait immanquablement le goût des tournures recherchées.

Le cuisinier Jurajda se mit à philosopher, habitude qui lui venait d'ailleurs de son ancien métier. En effet, avant guerre, il publiait une revue d'occultisme et une collection intitulée « Les énigmes de la vie et de la mort ».

A l'armée, il s'était planqué dans le mess des officiers et souvent, plongé dans la lecture d'une traduction des anciens sutras indiens Pragma-Paramita (la sagesse incarnée), il lui arrivait de brûler le rôti.

Le colonel Schröder appréciait la note originale qu'il donnait au régiment : aucun mess d'officiers ne pouvait se vanter d'avoir un cuisinier occultiste qui, pénétrant les énigmes de la vie et de la mort, vous faisait la surprise d'un bœuf mariné ou d'un ragoût si savoureux qu'à Komarno, l'officier Dufek, blessé à mort, n'avait cessé d'appeler Jurajda.

— Oui, dit tout à coup Jurajda qui tenait à peine sur sa chaise et empestait le rhum à dix lieues à la ronde, aujourd'hui quand M. le colonel a vu qu'il ne lui restait rien que des pommes de terre à l'eau, alors il est tombé dans l'état gaki. Savez-vous ce que c'est le gaki ? L'état des esprits affamés. Et moi, j'ai dit : « Mon colonel, avez-vous la force de surmonter la prédestination qui veut qu'il ne reste pas de rognons de veau pour vous ? La karma, mon colonel, a prévu que ce soir vous aurez une magnifique omelette farcie d'un hachis de foie de veau. »

— Cher ami, dit-il au bout d'un moment au sergent-major en faisant involontairement un geste de la main qui renversa tous les verres qui se trouvaient devant lui sur la table.

— Il y a non-existence de tous les phénomènes, de toutes les formes et de toutes les choses, dit sombrement le cuisinier après cet acte. La forme est néant et la non-existence est forme. Le néant n'est pas distinct de la forme, la forme n'est pas distincte du néant. Ce qui est néant est forme, ce qui est forme est néant.

Le cuisinier occultiste s'enveloppa dans un voile de silence, appuya sa tête sur ses mains et contempla la table maculée, mouillée.

Le sergent de l'état-major continuait à marmonner des choses sans queue ni tête :

— Les blés ont disparu des champs — *in dieser Stimmung erhielt er Einladung und ging zu ihr*[1] — les fêtes de la Pentecôte ont lieu au printemps.

Le sergent-major Vanek continuait à tambouriner sur la table et pensait de temps à autre aux dix hommes et au caporal qui l'attendaient au magasin.

A chaque fois ce souvenir provoquait un sourire et un geste désabusé de la main.

Fort tard, quand il revint dans le bureau de la

1. Dans cette humeur, il reçut invitation et alla chez elle.

11e compagnie de marche, il trouva Chvéïk près du téléphone.

— La forme est néant et le néant est la forme, énonça-t-il. Puis il s'étendit tout habillé sur le lit de camp et s'endormit.

Et Chvéïk resta assis près du téléphone car, il y avait deux heures de cela, le lieutenant Lucas l'avait appelé pour lui dire qu'il était toujours en réunion chez le colonel et il avait oublié de l'autoriser à quitter le téléphone.

Puis, il eut au bout du fil le caporal Fuchs qui pendant tout ce temps-là attendait en vain le sergent-major mais avait, de surcroît, constaté que le magasin était fermé.

Il finit par s'en aller et, l'un après l'autre, les dix hommes retournèrent dans leurs baraquements.

De temps en temps, Chvéïk s'amusait à décrocher le récepteur et écouter. C'était un téléphone d'un nouveau modèle dont on commençait tout juste à équiper l'armée. Il avait un avantage : on entendait clairement et distinctement toutes les conversations téléphoniques des autres sur la ligne.

Le train échangeait des injures avec les casernes des artilleurs, les sapeurs menaçaient la poste militaire, le champ de tir aboyait contre les mitrailleurs.

Et Chvéïk restait assis au téléphone.

La réunion chez le colonel se prolongeait.

Le colonel Schröder discourait sur les toutes dernières théories du service au front en insistant surtout sur les lance-mines.

Il sautait du coq à l'âne, expliquait où, deux mois auparavant, passait la ligne du front oriental, soulignait combien il était important de conserver la liaison entre les différentes unités, passait aux gaz toxiques, au tir sur les avions ennemis, au ravitaillement des hommes sur le front pour finir avec la situation interne dans l'armée.

Il parlait des rapports entre les officiers et les hommes, les hommes et les gradés ; de ceux qui, une fois au front, passaient à l'ennemi, des événements politiques et signala que 50 % des soldats tchèques étaient « *politisch verdächtig*[1] »,

— *Jawohl, meine Herren, der Kramarsch, Scheiner und Klofatsch*[2].

La plupart des officiers se demandaient quand le vieux allait s'arrêter de dégoiser, mais le colonel Schrôder continuait son discours sur les nouvelles tâches des nouveaux bataillons de marche, sur les officiers du régiment qui étaient tombés, sur les zeppelins, l'école espagnole, le serment.

Arrivé là, le lieutenant Lucas se souvint que lorsque tout le bataillon de marche avait prêté serment, le brave soldat Chvéïk n'avait pas assisté à la cérémonie car il se trouvait encore à la prison du tribunal de la division.

Et, tout à coup, la chose le fit rire. C'était comme un rire hystérique qui gagna de proche en proche les officiers assis près de lui. Ces rires attirèrent l'attention du colonel qui venait de passer aux expériences acquises lors de la retraite des armées allemandes dans les Ardennes. Il embrouilla tout et termina sur les mots :

1. Politiquement suspects.
2. Oui, messieurs, Kramar, Scheiner et Klofac (trois politiciens nationalistes tchèques).

— Messieurs, ce n'est pas drôle.

Puis tout le monde se rendit au cercle des officiers car l'état-major de la brigade appelait le colonel Schröder au téléphone.

Chvéïk continuait à somnoler près du téléphone lorsque la sonnerie le réveilla.

— Allô, entendit-il, ici le bureau du régiment.

— Allô, répondit-il, ici le bureau de la 11e compagnie de marche.

— Dépêche-toi, dit la voix, prends un crayon et écris. Tu vas prendre un téléphonogramme : « La 11e compagnie de marche... »

Suivirent des phrases dans un étrange chaos parce que la 12e et la 13e compagnie de marche parlaient à la fois et le message se perdit totalement dans cet affolement sonore. Chvéïk ne comprit pas un traître mot. Enfin, tout se calma et Chvéïk entendit :

— Allô, allô. Alors, relis-moi ça, dépêche-toi.

— Qu'est-ce que je dois relire ?

— Qu'est-ce que tu dois relire, couillon ? Le téléphonogramme.

— Quel téléphonogramme ?

— Sang de Dieu, t'es sourd ou quoi ? Le message que je t'ai dicté, imbécile.

— J'ai rien entendu, il y avait quelqu'un ici qui parlait en même temps.

— Espèce de singe, tu crois que j'ai tout mon temps à perdre avec toi ? Alors, tu le prends ce téléphonogramme ou non ? T'as un crayon et du papier ? Non, alors quoi, espèce de veau, tu me dis d'attendre que tu les trouves ? Et ça s'appelle des soldats ! Alors, ça vient ou non ? Tu dis que tu es prêt ? Eh ben, c'est pas trop tôt. J'espère que t'es pas allé te changer pour la circonstance, mon vieux. Alors, écoute : « La 11e compagnie de marche… » Répète.

— La 11e compagnie de marche…

— Le commandant de la compagnie… ça y est ? Répète.

— Le commandant de la compagnie…

— *Zur Besprechung morgen*[1]…

— *Zur Besprechung morgen…*

— *Um neun Uhr. — Unterschrift.* Tu sais ce que ça veut dire *Unterschrift,* espèce de singe. C'est une signature. Répète.

— *Um neun Uhr. Unterschrift*[2]. Tu sais ce que ça veut dire *Unterschrift,* espèce de singe ? C'est une signature.

— Crétin, va. Alors, signature : le colonel Schröder, ballot. Tu y es ? Répète.

— Le colonel Schröder, ballot.

— Ça va, abruti. Qui a pris le téléphonogramme ?

— Moi.

— Bon sang ! Qui ça, moi ?

— Chvéïk. C'est tout ?

— Dieu merci, c'est tout. Mais tu devrais t'appeler Du con. Quoi de neuf chez vous ?

— Rien. Il y a rien de neuf.

— Ça te fait plaisir, hein ? Paraît qu'aujourd'hui un de vos gars a été attaché au poteau ?

— C'était seulement le tampon de M. le lieutenant, il lui a bouffé son déjeuner. Tu ne sais pas quand est-ce qu'on part ?

1. A une réunion, demain.
2. A neuf heures. Signature.

— Quelle question, mon pote. Même le vieux ne sait pas. Vous avez des puces chez vous ?

Chvéïk posa le récepteur et se mit en devoir de réveiller le sergent-major Vanek qui se défendit furieusement et envoya un coup de pied sur le nez de Chvéïk qui s'était mis à le secouer. Puis il se retourna à plat ventre en donnant des coups de pied à son lit.

Pourtant, à la longue, Chvéïk réussit à réveiller un peu Vanek : celui-ci, se frottant les yeux, se retourna sur le dos et demanda d'une voix terrifiée ce qui s'était passé.

— Rien, jusqu'à présent, répondit Chvéïk, mais je voulais seulement vous consulter. Nous venons de recevoir un téléphonogramme comme quoi M. le lieutenant doit aller demain à neuf heures à une réunion chez M. le colonel. Dois-je lui transmettre tout de suite ou seulement le matin ? J'ai longtemps hésité à vous réveiller, vous étiez en train de roupiller si joliment, mais après je me suis dit, qu'importe, mieux vaut demander conseil...

— Pour l'amour du ciel, laissez-moi dormir, gémit Vanek, bâillant à se décrocher la mâchoire, n'y allez que le matin et ne me réveillez pas !

Il se retourna sur le côté et se rendormit aussitôt.

Chvéïk s'installa de nouveau près du téléphone et se mit à somnoler, la tête sur la table. Il fut réveillé par la sonnerie.

— Allô, la 11e compagnie de marche ?

— Oui, la 11e compagnie de marche. Qui est à l'appareil ?

— La 13e. Allô ? Tu as l'heure ? Je n'arrive pas à avoir le central. Ça fait un moment qu'on aurait dû venir me relever.

— Notre horloge s'est arrêtée.
— Comme quoi on est logé à la même enseigne. Tu sais quand on part ? Tu n'as pas parlé avec le bureau du régiment ?
— Ces enfoirés-là n'en savent pas plus que nous.
— Allons, mademoiselle, ne soyez pas grossière. Vous avez déjà touché des conserves ? Les nôtres y sont allés et ils n'ont rien rapporté. Le magasin était fermé.
— Les nôtres aussi sont revenus bredouilles.
— Tout cet affolement, c'est pour des prunes ! Où est-ce que tu crois qu'on va partir.
— Russie.
— Moi, je penche plutôt pour la Serbie. On verra ça à Pest. Si on nous fait aller à droite, ça sent la Serbie, à gauche, c'est la Russie. Vous avez déjà des musettes ? On dit que la solde va être augmentée ? Tu sais jouer aux tarots ? Oui ? Alors, viens nous voir demain. Nous, on tape la carte tous les soirs. Vous êtes combien au téléphone ? T'es seul ? Alors, laisse tomber et va te coucher. C'est bizarre votre organisation, là-bas. Tu dis que c'est pas ton rayon ? Ah, les voilà enfin qui viennent me relever. Roupille bien.

Et en effet, Chvéïk s'endormit paisiblement près du téléphone qu'il avait oublié de raccrocher. Ainsi, personne ne troubla son sommeil et le téléphoniste du bureau du régiment pestait parce qu'il ne pouvait pas joindre la 11e compagnie de marche pour dicter un nouveau téléphonogramme. Il fallait avant le lendemain midi donner au bureau du régiment la liste de ceux qui n'étaient pas encore vaccinés contre le typhus.

Cependant, le lieutenant Lucas était toujours au cercle des officiers avec le médecin militaire Sancler qui, assis à califourchon sur sa chaise, frappait à intervalles réguliers le plancher avec une queue de billard tout en débitant les phrases suivantes :

— C'est le sultan arabe Sala-Elidin qui le premier a reconnu la neutralité du corps sanitaire.

— Il faut soigner les blessés des deux camps.

— On doit payer leurs médicaments et leurs soins en compensation des dépenses encourues par l'autre camp.

— On doit être autorisé à leur envoyer des médecins et leurs auxiliaires munis de passeports de généraux.

— Les blessés doivent être reconduits ou échangés sous la protection et la garantie des généraux. Mais par la suite, ils peuvent reprendre du service.

— Les malades des deux camps ne doivent pas être faits prisonniers ou exécutés mais doivent être mis à l'abri dans des hôpitaux et on doit avoir le droit de leur laisser des gardes qui, tout comme les malades, doivent revenir avec des passeports de généraux. Cela s'applique également aux aumôniers, aux médecins, aux chirurgiens, aux pharmaciens, aux infirmiers, aux auxiliaires et autres personnes affectées aux soins de malades qui ne doivent pas être faits prisonniers mais doivent être reconduits dans les mêmes conditions.

En tenant ces discours, le docteur Sancler avait déjà cassé deux queues de billard et il n'avait toujours pas terminé son étrange litanie sur les soins aux blessés en temps de guerre, litanie à laquelle il mêlait sans cesse une histoire de passeports de généraux.

Le lieutenant Lucas termina son café noir et rentra chez lui. Il trouva Baloun, le géant barbu, occupé à se faire griller sur une lampe à alcool un bout de saucisson dans une timbale.

— Je me suis permis, balbutia Baloun, j'ai eu l'audace, à vos ordres...

Lucas le regarda. Tout à coup il vit en lui un grand enfant, un naïf et il eut des remords de l'avoir fait attacher au poteau à cause de sa grande faim.

— Ne t'en fais pas, Baloun, dit-il, fais ta cuisine. Demain, je te ferai donner une double ration de pain.

Le lieutenant Lucas s'assit à sa table et, étant d'humeur sentimentale, il se mit à écrire une lettre à sa tante.

Chère tata,

Je viens de recevoir l'ordre de me préparer à partir au front avec mon bataillon de marche. Il se peut que ce soit la dernière lettre que tu reçoives de moi, car au front, il y a partout de violents combats et nos pertes sont grandes. C'est pourquoi, il m'est difficile de terminer cette lettre par les mots au revoir. Je crois que mieux vaut te dire un dernier adieu !

J'écrirai le reste demain matin, se dit le lieutenant Lucas et il alla se coucher.

Quand Baloun vit que le lieutenant s'était profondément endormi, il recommença à farfouiller dans la chambre comme les cafards la nuit. Il ouvrit la valise du lieutenant, mordit dans une tablette de chocolat, puis prit peur lorsque le lieutenant s'agita dans son sommeil. Il reposa rapidement la tablette entamée dans la valise et chercha à ne faire aucun bruit.

Puis, tout doucement, il alla regarder ce que le lieutenant avait écrit.

Il lut la lettre tout ému, surtout par ce « dernier adieu ».

Il alla s'étendre sur sa paillasse et se mit à penser au jour où on tuait le cochon chez lui, à la ferme.

Il n'arrivait pas à se défaire d'une image particulièrement vivante : il était là, en train de piquer le fromage de tête pour faire partir les bulles d'air et l'empêcher d'éclater à la cuisson.

Et, se souvenant comment un jour, chez les voisins, tout un chapelet de saucisses au lard avait éclaté dans l'eau de cuisson, il s'endormit d'un sommeil inquiet.

Il rêva qu'on avait fait venir un charcutier empoté qui faisait éclater les boyaux en bourrant les andouilles. Ensuite, ce charcutier avait oublié de faire les boudins, avait perdu la tête du porc, puis on manquait de bâtonnets pour les andouilles. Dans un autre rêve, il passait en cour martiale pour s'être fait prendre en train de voler un morceau de viande à la cuisine. Enfin, il se vit lui-même pendu à un tilleul de l'allée du camp militaire de Brück-sur-Leitha.

Lorsque Chvéïk se réveilla au petit jour qui se levait dans l'odeur du café qui chauffait dans toutes les cantines de toutes les compagnies, il raccrocha mécaniquement le téléphone comme si une communication venait de prendre fin et entreprit en chantant une petite promenade matinale dans le bureau.

Il entonna sa chanson au beau milieu : c'était l'histoire d'un soldat déguisé en fille qui va rejoindre sa bonne amie au moulin. Le meunier le fait coucher auprès de sa fille, mais appelle d'abord la meunière :

Apporte à dîner la meunière
Que cette fille fasse bonne chère.

La meunière sert à manger au fourbe. Puis, c'est la tragédie familiale :

Le meunier et femme au lever
Trouvent ces mots sur la porte gravés :
Votre fille, Annette la belle
N'est plus une honnête demoiselle.

Chvéïk mit tant d'âme dans ce dernier couplet que le bureau s'anima : le sergent-major Vanek se réveilla et demanda l'heure.

— On a sonné le réveil il y a un moment.

— Bon, je ne me lèverai qu'après le café, décida Vanek qui n'était jamais pressé. De toute façon, ils vont encore nous embêter aujourd'hui et nous bousculer. Ils vont nous faire courir pour rien, comme hier avec leurs conserves.

Vanek bâilla et demanda s'il avait fait beaucoup de discours, le soir en rentrant.

— Vous avez juste un petit peu déraillé, dit Chvéïk. Vous parliez tout le temps de j'sais pas quelles formes, comme quoi la forme n'est pas la forme et que ce n'est pas la forme qui est la forme et que cette forme c'est encore pas la forme. Mais vous avez pas tenu longtemps, vous vous êtes bientôt mis à ronfler, on aurait dit une scie qui marche.

Chvéïk se tut, alla jusqu'à la porte ; puis revint vers le lit du sergent-major devant lequel il s'arrêta pour ajouter :

— En ce qui me concerne, mon sergent-major, quand je vous ai entendu parler de ces formes, je me suis souvenu d'un certain Zatek, un gazier ; il travaillait à l'usine de gaz de Letna et il allumait et éteignait les réverbères. Il avait des lumières, cet homme, et il fréquentait tous les bistrots possibles et imaginables du quartier de Letna parce que le temps entre le moment où on allume les réverbères et où on les éteint est long et ensuite, le matin, à l'usine de gaz, il faisait des discours exactement comme vous, sauf qu'il disait : un os c'est un angle parce qu'un os c'est anguleux. Je l'ai entendu de mes propres yeux lorsqu'un flic saoul qui m'avait arrêté pour avoir souillé la voie publique m'a conduit par erreur à l'usine de gaz au lieu du commissariat.

« Et ensuite, dit Chvéïk en baissant la voix, les choses se sont mal terminées pour ce Zatek. Il s'est mis dans la congrégation mariste, il allait avec les bigotes écouter les sermons du père Jemelka à Saint-Ignace, sur la place Charles et un beau jour il a oublié d'éteindre ses réverbères : il y avait des missionnaires à Saint-Ignace, sur la place Charles et alors le gaz est resté allumé dans les rues pendant trois jours et trois nuits.

« C'est toujours mauvais ça, poursuivit Chvéïk, quand tout à coup quelqu'un se met à philosopher, ça sent le *delirium tremens.* Autrefois on avait muté chez nous un major Blüher qui venait du 75e. Ben lui, tous les mois, il nous faisait appeler, fallait se mettre en carré et il méditait avec nous sur l'autorité militaire. Lui, il ne buvait que de la prune. “ Soldats, nous racontait-il, tout officier est en lui-même l'être le plus parfait, doué de cent fois plus de raison que vous tous ensemble. Soldats, vous ne pouvez même pas imaginer quelque chose de plus parfait qu'un officier, même si vous y pensiez toute votre vie. L'officier est un être nécessaire alors que vous, soldats, vous n'êtes que des êtres fortuits, vous pouvez exister mais ce n'est pas une nécessité. S'il y avait, soldats, une guerre et si vous tombiez pour Sa Majesté l'Empereur, bon, alors ça ne changerait pas grand-chose mais si votre officier tombait d'abord, alors là vous verriez combien vous dépendez de lui et vous sentiriez l'étendue de votre perte. L'officier lui, doit exister et vous, en réalité, vous ne tenez votre existence que de messieurs les officiers : vous procédez d'eux et vous ne pouvez vous en passer. Vous ne pourriez pas même lâcher un pet sans vos supérieurs militaires. Pour vous, soldats, l'officier représente la loi morale, que vous le compreniez ou non, et puisque toute loi doit avoir un législateur, soldats, ce législateur c'est l'officier auquel vous vous sentez et devez vous sentir redevables de tout et dont vous devez exécuter tous les ordres sans exception, que cela vous plaise ou non. "

« Et puis un jour, quand il eut terminé son discours, il fit le tour du carré en questionnant les hommes les uns après les autres : " Qu'est-ce que tu ressens quand tu rentres en retard de permission ? " Les réponses furent très embrouillées : comme quoi ils n'étaient jamais arrivés en retard ou bien que chaque fois qu'ils étaient en retard ils en avaient mal au ventre, qu'ils se croyaient déjà aux arrêts, etc. Tous ceux-là, le major Blüher a donné l'ordre de les rassembler d'un côté et de leur faire faire des pompes tout l'après-midi pour les punir de ne pas savoir s'exprimer. Avant qu'arrive mon tour, je me suis souvenu de la dernière méditation qu'il nous avait fait entendre et quand il m'a interrogé, je lui ai dit tout tranquillement : " A vos ordres, monsieur le major, quand je suis en retard, je ressens toujours en moi-même une sorte d'inquiétude, d'angoisse et de remords. Cependant, si ma permission est en règle et que je reviens à la caserne à l'heure, sain et sauf, alors une sorte de calme bienheureux s'empare de moi, une joie intérieure m'envahit. "

« Autour de moi, tout le monde se marre et le major Blüher se met à crier : " Toi, espèce de galopin, il n'y a que les punaises pour s'emparer de toi quand tu pionces ! Ah, la crapule, il trouve encore moyen de rigoler ! " Et ça m'a valu une baffe de toute beauté.

— Dans l'armée, c'est comme ça, dit le sergent-major en s'étirant paresseusement sur son lit, c'est dans les mœurs, tu peux répondre ce que tu veux, faire ce que tu veux, faut toujours qu'il y ait de l'orage dans l'air, des coups de tonnerre qui grondent. Autrement, pas moyen d'avoir de la discipline.

— C'est bien dit, déclara Chvéïk. Je n'oublierai jamais comment ils ont enfermé une recrue du nom de Pech. Le lieutenant de la compagnie était un certain Moc et il a rassemblé les recrues et a demandé à chacun d'où il venait. « Vous, les foutues recrues, les bleus, leur a-t-il dit, il faut que vous appreniez à répondre clairement, exactement, comme un fouet qui claque. Alors, on commence. Pech, d'où êtes-vous ? » Pech était un homme intelligent et il a répondu : « Dolni Bouzov, Unter Bautzen, 267 maisons, 1 936 habitants tchèques, circonscription de Jicin, district Sobotka, ancien domaine de la famille Kost, église paroissiale de Sainte-Catherine du XVIe siècle, restaurée par les soins du comte Vaclav Vratislav Netolicky, école, bureau de poste, télégraphe, sucrerie, moulin et scie, gare des transports de marchandises tchèques, hameau de Valcha, six foires par an. » Et alors le lieutenant Moc a sauté sur lui et a commencé à lui coller un coup après l'autre sur la gueule en criant : « Voilà une foire, voilà la deuxième, la troisième, la quatrième, la cinquième, la sixième ! » Et Pech, bien que n'étant qu'une simple recrue, s'est présenté au rapport du bataillon. A l'époque, dans le bureau, il y avait une bande de rigolos qui ont alors écrit que Pech se présentait au rapport à cause de foires de Dolni Bouzov. Le commandant du bataillon était un certain major Rohell. « *Also, was gibts*[1] ? » a-t-il demandé à Pech, et l'autre il s'est lancé : « A vos ordres, monsieur le major, il y a six foires par an à Dolni Bouzov. » Alors, le major Rohell s'est mis à crier, à taper des pieds et il l'a fait tout de suite conduire au cabanon, à l'hôpital militaire. Sorti de là, Pech a été le plus mauvais soldat de l'unité et il était tout le temps puni.

— C'est dur de former des soldats, dit le sergent-major Vanek en bâillant. Le soldat qui n'a pas été puni dans l'armée, c'est pas un soldat. Peut-être bien qu'en temps de paix le soldat qui avait fait son service sans être puni, on lui donnait ensuite de l'avantage pour entrer dans l'administration. Mais aujourd'hui c'est justement les pires soldats et ceux qui en temps de paix passaient leur temps au trou font les meilleurs pour la guerre. Je me souviens du fantassin Sylvannus, du 8e bataillon de marche. Lui, avant, c'était punition sur punition et pas piquées des vers. Il n'avait pas honte de voler ses derniers ronds à un camarade, mais, une fois au front, il a été le premier à couper les barbelés, il a fait trois prisonniers et en a fusillé un sur-

1. Alors, qu'y a-t-il ?

le-champ, chemin faisant il disait qu'il ne lui faisait pas confiance. Il a reçu la grande médaille d'argent, on lui a cousu deux étoiles sur son uniforme et si par la suite on ne l'avait pas pendu du côté de Dukla, il serait depuis longtemps passé sergent. Mais il a bien fallu le pendre parce que, après un engagement, il s'est porté volontaire pour partir en reconnaissance et une patrouille d'un autre régiment l'a trouvé en train de dévaliser les cadavres. Il avait à peu près huit montres sur lui et plein de bagues. Alors, on l'a pendu près de l'état-major de la brigade.

— Ce qui prouve, dit sentencieusement Chvéïk, que chaque soldat doit lui-même conquérir sa position.

Le téléphone sonna. Le sergent-major alla le décrocher et on entendit la voix du lieutenant Lucas qui demandait ce qui se passait pour les conserves. Puis, ce furent des reproches.

— C'est vrai qu'y en a pas, mon lieutenant, criait Vanek dans le téléphone, comment voulez-vous qu'y en ait, c'est une invention de ceux de là-haut, de l'intendance. C'était tout à fait superflu d'envoyer des hommes là-bas. Je voulais vous téléphoner. — Moi, que j'étais à la cantine ? Qui a pu dire ça ? Ce cuisinier occultiste du mess des officiers ? Oui, je me suis permis de faire un tour là-bas. Savez-vous, mon lieutenant, comment cet occultiste a appelé la panique autour des conserves ? « Les terreurs du non-né. » Pas du tout, mon lieutenant, je suis tout à fait sobre. Que fait Chvéïk ? Il est ici. Vous voulez lui parler ?

— Chvéïk, le téléphone, dit le sergent-major et il ajouta à mi-voix : Et s'il vous demandait dans quel état je suis rentré, vous direz que j'étais tout à fait normal.

Chvéïk prit le téléphone :

— Ici, Chvéïk, à vos ordres, mon lieutenant.

— Ecoutez-moi, Chvéïk, qu'est-ce qui se passe pour ces conserves ? C'est réglé ?

— Y en a pas, mon lieutenant, pas même un soupçon de conserves.

— J'aimerais, Chvéïk, que vous vous présentiez chez moi tous les matins, tant que nous serons au camp. Après, quand nous serons partis, vous serez toujours avec moi. Qu'avez-vous fait pendant la nuit ?

— J'ai passé toute la nuit au téléphone.

— Y a-t-il eu du nouveau ?

— Oui, mon lieutenant.

— Chvéïk, ne recommencez pas à faire l'imbécile. Vous a-t-on annoncé quelque chose d'important ?

— Oui, mon lieutenant, mais c'est seulement pour neuf heures. Je ne voulais pas vous déranger, mon lieutenant, loin de moi cette idée.

— Alors, bon sang, vous allez me dire ce qu'il y a d'important pour neuf heures ?

— Un téléphonogramme, mon lieutenant.

— Je ne vous comprends pas, Chvéïk.

— C'est marqué ici, mon lieutenant. « Prenez réception d'un téléphonogramme. Qui est au téléphone ? Tu y es ? Lis » ou quelque chose dans ce genre.

— Bonté divine, Chvéïk, vous me ferez mourir. Dites-moi le contenu, ou bien j'arrive et je vous flanque une bonne raclée.

— Encore une espèce de réunion, mon lieutenant, ce matin, à neuf heures, chez M. le colonel. J'ai failli vous réveiller cette nuit, mais après, j'ai changé d'idée.

— Il ferait beau voir que vous ayez l'audace de me déranger pour n'importe quelle bêtise, quand il y a tout le temps le matin. *Wieder eine Besprechnung, der Teufel soll das alles buserieren*[1]. Raccrochez, appelez-moi Vanek, je veux lui parler.

Le sergent-major reprit le téléphone :

— *Rechnungsfeldwebel Vanek, Herr Oberleutnant.*

— Vanek, trouvez-moi tout de suite un autre tampon. Cette crapule de Baloun a bouffé tout mon chocolat pendant la nuit. L'attacher au poteau ? Non, on va le mettre chez les infirmiers. C'est une vraie armoire à glace, il pourra ramener les blessés du champ de bataille. Réglez-moi tout ça au bureau du régiment et revenez tout de suite à la compagnie. Vous pensez que nous allons bientôt partir ?

— Y a pas le feu à la maison, mon lieutenant. Quand on devait partir avec la 9ᵉ compagnie de marche, alors on nous a fait poireauter pendant quatre jours. Avec la 8ᵉ, *idem*. C'est avec la 10ᵉ que ça a le mieux marché. Là, on était *felddienstfleck*[2], à midi on a reçu les ordres et le soir on est parti, mais par contre, après, on nous a fait cavaler dans toute la Hongrie, ils ne savaient pas quel trou sur quel front on devait boucher.

Depuis que le lieutenant Lucas était devenu commandant de la 11ᵉ compagnie, il était tombé dans l'état nommé syncrétisme, c'est-à-dire qu'il pratiquait la philosophie qui s'efforce de surmonter les contradictions conceptuelles grâce à des concessions qui aboutissent à un mélange des points de vue.

C'est ainsi qu'il répondit :

— Oui, c'est possible, que voulez-vous, c'est ainsi.

1. Encore une réunion, que le diable encule tout ça !
2. Prêt à partir en campagne.

Alors, vous ne croyez pas que nous partons aujourd'hui ? A neuf heures, nous avons une réunion avec M. le colonel. — A propos, savez-vous que vous êtes de service aujourd'hui ? Oui, je vous le dis seulement... Voulez-vous me faire savoir... Attendez, qu'est-ce que vous devez me faire savoir... Oui, vous établirez la liste des gradés en indiquant la date d'entrée en service... Ensuite, les réserves de la compagnie... La nationalité ? Oui, ça aussi... Mais surtout, envoyez-moi un nouveau tampon... Qu'est-ce que l'aspirant Plechner doit faire faire aux hommes aujourd'hui ? *Vorbereitung zum Abmarsch*[1]. Les comptes ? Je viendrai les signer après le repas. Que personne n'aille en ville. A la cantine du camp ? Oui, pour une heure, après la popote. Appelez-moi Chvéïk !

— Chvéïk pour le moment, vous allez rester au téléphone.

— A vos ordres, mon lieutenant, j'ai pas encore bu mon café.

— Alors, apportez votre café et restez dans le bureau au téléphone, tant que je vous aurai pas appelé. Vous savez ce que c'est qu'une ordonnance ?

— Quelqu'un qui court, mon lieutenant.

— Bon, alors tâchez d'être sur place quand je vous appellerai. Dites encore une fois à Vanek de me trouver un nouveau tampon. Chvéïk, allô, vous êtes là ?

— Ici, mon lieutenant. On vient d'apporter le café.

— Allô, Chvéïk !

— Je vous entends, mon lieutenant, le café, il est tout à fait froid.

1. Préparation au départ.

— Vous savez bien ce que c'est un tampon, Chvéïk. Vous allez bien le regarder et ensuite vous me direz comment il est. Raccrochez !

Vanek, qui sirotait son café arrosé de rhum provenant d'une bouteille qui portait l'étiquette « *Tinte*[1] » (mesure de prudence), regarda Chvéïk et dit :

— Il crie drôlement dans le téléphone, notre lieutenant, j'ai compris chaque mot. Vous, Chvéïk, on dirait que vous vous connaissez bien avec le lieutenant.

— Nous, on est comme les doigts d'une main, répondit Chvéïk. Une main lave l'autre. Nous, on a beaucoup souffert ensemble. Tant de fois, ils ont cherché à nous arracher l'un à l'autre, mais on s'est toujours retrouvé. Il a toujours compté sur moi, pour tout, bien des fois je m'en suis moi-même étonné. Bon, alors vous avez sûrement entendu que je dois vous rappeler encore une fois qu'il faut lui trouver un nouveau tampon et que moi, je dois l'examiner et donner un avis à son sujet. C'est pas n'importe quel tampon qu'il lui faut à M. le lieutenant, pour qu'il soit content.

Une fois de plus, avec une grande joie, le colonel Schröder avait fait convoquer tous les officiers du bataillon de marche pour une conférence : il allait pouvoir parler tout son saoul. De plus, il fallait prendre une décision pour l'affaire du volontaire Marek qui avait refusé de nettoyer les latrines et que le colonel Schröder avait envoyé au tribunal de la division pour rébellion.

La veille au soir, justement, le tribunal de la division l'avait renvoyé au poste de garde principal où il se

1. Encre.

trouvait sous clé. Avec sa personne, on avait transmis au bureau du régiment une note du tribunal de la division, incroyablement confuse, qui soulignait que dans le cas présent il ne s'agissait pas de rébellion car les volontaires d'un an n'ont pas à nettoyer les latrines, mais qu'il y eut tout de même un cas de *Subordinationsverletzung*[1], délit qui pouvait être effacé par une conduite exemplaire sur le champ de bataille. Pour ces raisons, disait la note, le volontaire Marek était renvoyé à son régiment et l'enquête pour refus d'obéissance était arrêtée jusqu'à la fin des hostilités. Elle serait reprise lors du premier délit dont le volontaire Marek se rendrait coupable.

Puis, il y avait encore une autre affaire. En même temps que le volontaire Marek, le tribunal de la division avait envoyé au poste de garde le faux sergent Teveles qui s'était récemment présenté au régiment où on l'avait envoyé de l'hôpital de Zagreb. Il avait la grande médaille d'argent, les galons de volontaire et trois étoiles. Il racontait les faits d'armes héroïques du 6e bataillon de marche en Serbie dont, disait-il, il était le seul survivant. L'enquête avait démontré qu'effectivement, au début de la guerre, un certain Teveles était parti avec le 6e bataillon de marche, mais pas comme volontaire. On avait demandé des renseignements à la brigade à laquelle le 6e bataillon de marche avait été affecté le 2 décembre 1914, lors de la retraite précipitée de Belgrade et appris qu'aucun Teveles ne figurait sur la liste des décorés ou des hommes proposés pour la grande médaille d'argent. Mais quant à savoir si le fantassin Teveles avait été promu sergent lors de la

1. Violation du règlement hiérarchique.

campagne de Belgrade, impossible d'avoir des renseignements car tout le 6e bataillon de marche s'était perdu près de l'église de Saint-Sava à Belgrade, y compris les officiers. Les galons de volontaire, il les avait cousus sur son uniforme un jour qu'il était saoul et il continuait à les porter parce qu'il était toujours saoul, ses organes étant affaiblis par la dysenterie.

Au début de la réunion, avant d'aborder ces deux affaires, le colonel Schröder annonça qu'il était nécessaire de se réunir plus fréquemment avant le départ qui, d'ailleurs, n'allait pas tarder. La brigade lui avait fait savoir qu'on attendait les ordres de la division. Les hommes devaient se tenir prêts et les commandants de compagnie veiller soigneusement à ce que personne ne manque. Puis il répéta une fois encore ce qu'il avait raconté la veille. Il passa à nouveau en revue les nouvelles de la guerre et déclara qu'il ne fallait pas étouffer l'esprit de combat et d'entreprise guerrière des troupes.

Sur la table, devant lui, on avait préparé une carte du front avec des petits drapeaux sur des épingles, mais les drapeaux étaient en désordre et les fronts avaient bougé. Sous la table, traînaient d'autres épingles avec d'autres drapeaux.

Pendant la nuit, tout le théâtre des opérations avait été terriblement bouleversé par le matou des gratte-papier du bureau. Ayant chié sur le théâtre des opérations austro-hongrois, il avait voulu enterrer sa crotte, bousculant les drapeaux et étalant la crotte sur toutes les positions, souillant ainsi les fronts et les têtes de pont, salissant tous les corps d'armée.

Le colonel Schröder était fort myope.

Les officiers du bataillon de marche suivaient avec

intérêt le doigt du colonel Schröder qui s'approchait des petits tas de crotte.

— D'ici, messieurs, de Sokal jusqu'à Bug, dit le colonel Schröder d'un ton prophétique et, connaissant la carte par cœur, il fit glisser son index le long des Carpates jusqu'à l'enfoncer dans un des petits tas grâce auxquels le matou avait donné du relief à la carte.

— *Was ist das, meine Herren*[1] ? demanda-t-il avec étonnement, sentant que quelque chose collait à son doigt.

— *Wahrscheinlich Katzendreck, Herr Oberst*[2], répondit poliment au nom de toute l'assistance le commandant Sagner.

Le colonel Schröder se précipita dans le bureau voisin où on l'entendit hurler et tonner, menacer rageusement les hommes de leur faire lécher toutes les saletés du chat.

L'interrogatoire fut bref. On apprit que c'était le plus jeune des scribes, Zwiebelfisch, qui avait amené le matou au bureau il y avait quinze jours. Après cette découverte, Zwiebelfisch ramassa ses cliques et ses claques et un scribe de ses supérieurs le conduisit au poste de garde principal où il devait rester enfermé tant que le colonel n'aurait pas donné d'autre ordre.

Cet incident mit fin à toute la réunion. Quand le colonel Schröder, le visage cramoisi, rejoignit les officiers il avait oublié qu'il devait régler le sort du volontaire Marek et du sergent Teveles.

Il dit fort brièvement :

1. Qu'est-ce que c'est, Messieurs ?
2. Sans doute de la crotte de chat, mon colonel.

— MM. les officiers sont priés de se tenir prêts et d'attendre mes ordres et instructions.

C'est ainsi que le volontaire et Teveles restèrent au poste de garde principal : quand Zwiebelfisch les eut rejoints, ils purent jouer au mariage et, après leur partie de cartes, embêter leurs gardiens en leur demandant d'attraper les puces dans leurs paillasses.

Puis on fourra au trou le première classe Peroutka de la 13e compagnie de marche qui s'était tiré la veille lorsque la nouvelle du départ au front avait couru dans le camp. Le matin, une patrouille l'avait trouvé à *La Rose Blanche* à Brück. Il prétendait avoir voulu visiter avant le départ les célèbres serres du comte Harrach près de Brück et s'être perdu sur le chemin du retour. Il ajoutait que le matin, tout fourbu, il s'était retrouvé à *La Rose Blanche* (en réalité il avait dormi avec Ruzenka, la serveuse de *La Rose Blanche*).

La situation demeurait incertaine. Partait-on, ne partait-on pas ? Chvéïk, assis au téléphone dans le bureau de la 11e compagnie de marche, entendait les avis les plus divers, pessimistes et optimistes. La 12e compagnie de marche appelait pour dire que quelqu'un du bureau avait appris qu'on allait attendre l'exercice de tir aux figures mobiles et qu'on ne partirait qu'après la « *Feldmässigschiessübung* [1] ». Cet avis optimiste n'était pas partagé par la 13e qui annonçait que le caporal Havlik venait de rentrer de la ville et qu'un employé des chemins de fer lui avait dit que les wagons étaient déjà en gare.

Vanek arracha l'écouteur à Chvéïk et cria, très

1. Exercice de tir dans les conditions de campagne.

excité, que les cheminots en savaient foutre rien et que lui, il revenait du bureau du régiment.

Chvéïk gardait le téléphone avec une véritable passion, répondant à tous ceux qui lui demandaient s'il y avait du nouveau qu'on ne savait encore rien de précis.

C'est ainsi qu'il répondit aussi à la question du lieutenant Lucas :

— Quoi de neuf chez vous ?

— On ne sait encore rien de précis, mon lieutenant, répondit mécaniquement Chvéïk.

— Espèce de couillon, raccroche.

Puis, arriva une série de téléphonogrammes que Chvéïk prit avec force malentendus. D'abord celui qui n'avait pas pu lui être dicté pendant la nuit puisqu'il n'avait pas raccroché et s'étant endormi et qui réclamait la liste des hommes vaccinés et non vaccinés.

Puis un autre télégramme en retard à propos des conserves, affaire qui avait déjà été tirée au clair la veille.

Ensuite, un téléphonogramme adressé à tous les bataillons, compagnies et unités du régiment.

« Copie du téléphonogramme de la brigade, n° 75 692. Ordre de la brigade n° 172. — Dans la tenue des registres des cantines, observer l'ordre suivant dans la liste des produits consommés : 1. viande ; 2. conserves ; 3. légumes frais ; 4. légumes secs ; 5. riz ; 6. macaroni ; 7. orge et semoule ; 8. pommes de terre en remplacement de l'ancien ordre : 4. légumes secs ; 5. légumes frais. »

Lorsque Chvéïk lut ce texte au sergent-major, Vanek déclara solennellement qu'on jetait de tels téléphonogrammes dans les latrines.

— C'est un con de l'état-major qui a inventé ça et puis voilà, on l'envoie à toutes les divisions, brigades et régiments.

Ensuite, Chvéïk prit un nouveau téléphonogramme qui lui fut dicté si vite que Chvéïk ne réussit à noter sur son bloc que les mots suivants qui ressemblaient à un code :

« *In der Folge genauer erlaubt gewesen, oder das selbst einem hingegen immerhin eingeholt werden*[1]. »

— Tout ça, c'est inutile, dit Vanek à Chvéïk qui s'étonnait vivement de ce qu'il avait écrit et qui avait relu son texte trois fois de suite à haute voix, des bêtises tout ça, bien que Dieu sait c'est peut-être un code, mais c'est pas prévu à la compagnie. Ça aussi, vous n'avez qu'à le jeter.

— Moi aussi, dit Chvéïk, je crois que si j'annonçais à M. le lieutenant que « *In der Folge genauer erlaubt gewesen, oder das selbst einem hingegen immerhin eingeholt werden* », il trouverait encore moyen de se fâcher.

— Y en a qui sont drôlement susceptibles, poursuivit Chvéïk, plongeant une fois de plus dans ses souvenirs. Un jour, je suis allé en tramway de Vysocany à Prague, et à Liben un certain M. Novotny est monté dans le wagon. Dès que je l'ai reconnu, je suis allé vers lui, sur le perron, et j'ai entamé la conversation parce qu'on est tous les deux de Drazov. Mais lui, il s'est mis à crier, il ne voulait pas qu'on le dérange, qu'il ne me connaissait pas. Moi, je me suis mis à lui expliquer, je lui ai dit de se souvenir que quand j'étais petit j'allais chez lui avec ma mère qui s'appelait Antoinette, mon père qu'il s'appelait Prokop et qu'il

1. Série de mots allemands dénuée de tout sens.

était régisseur. Même là, il voulait toujours rien savoir, il voulait pas admettre qu'on se connaissait. Alors, je lui ai encore donné d'autres détails, comme quoi à Drazov, il y avait deux Novotny, Toni et Josef. Lui, que c'était Josef et qu'on m'avait écrit de Drazov qu'il avait tiré sur sa femme quand elle lui reprochait de trop boire. Et alors là, il a levé la main, moi je me suis écarté et il a cassé la vitre du perron avant, la grande, celle qui est devant le conducteur. Alors, on nous a fait descendre, on nous a conduit au commissariat et on apprit qu'il était si susceptible parce qu'il ne s'appelait pas du tout Josef Novotny mais Edouard Doubrava et qu'il était de Montgomery en Amérique, qu'il était venu pour visiter des parents dont descendait sa famille.

Le téléphone interrompit ce récit et une voix enrouée de la section des mitrailleuses demanda, une fois de plus, si on partait ou non. Qu'on avait dit que le matin il y aurait une réunion chez le colonel.

Le cadet Biegler apparut tout blême dans la porte. C'était le plus grand imbécile de la compagnie : à l'Ecole des volontaires, il essayait de briller par ses connaissances. Il fit signe à Vanek de le suivre dans le couloir où ils eurent un long conciliabule.

Lorsque Vanek revint, il arborait un sourire méprisant.

— Quel crétin, celui-là, dit-il à Chvéïk, on en a des numéros ici à la compagnie. Il a aussi été à la réunion et quand ils se sont séparés le lieutenant a donné ordre à tous les chefs d'escouade d'inspecter les fusils et d'être sévères. Et maintenant, il vient me demander s'il doit faire attacher Zlabek au poteau parce qu'il a nettoyé son fusil avec du pétrole.

Vanek se fâcha :

— Il vient me demander une sottise pareille alors qu'il sait qu'on part au front. Puisque hier M. le lieutenant a changé d'avis pour son tampon qu'il avait fait attacher. Alors, moi j'ai dit à ce blanc-bec d'y penser à deux fois avant de traiter les hommes comme des bêtes.

— Puisqu'il est question de tampons, dit Chvéïk, est-ce que vous sauriez si vous en avez déjà trouvé un pour M. le lieutenant ?

— Faites pas le con, répondit Vanek, y a le temps, de toute façon je pense que M. le lieutenant finira par s'habituer à Baloun, il lui bouffera encore quelque chose de-ci de-là, mais ça lui passera dès qu'on sera au front. Là-bas, ils n'auront souvent rien à bouffer ni l'un ni l'autre. Si je dis à Baloun de rester, alors y aura rien à faire. C'est mon rayon et M. le lieutenant n'a pas à s'en mêler. Faut surtout pas se presser.

Vanek s'étendit de nouveau sur son lit et dit :

— Chvéïk, racontez-moi une anecdote de la vie militaire.

— Je demande pas mieux, dit Chvéïk, mais j'ai peur qu'on me téléphone encore.

— Alors, débranchez ça, Chvéïk, dévissez le contact ou bien décrochez l'écouteur.

— Bon, dit Chvéïk en décrochant l'écouteur, je vais vous raconter quelque chose qui convient à notre situation, sauf qu'alors c'était pas la vraie guerre, tout juste des manœuvres et il y avait la panique comme aujourd'hui parce qu'on ne savait pas à quelle heure on partait des casernes. Il y avait un gars de Porici, un certain Sic qui servait avec moi, un brave homme mais pieux et froussard. Lui, il s'imaginait que les manœuvres c'était quelque chose de terrible, que les gens s'y évanouissaient de soif, qu'ils tombaient comme des mouches et que les infirmiers avaient à peine le temps de les ramasser. C'est pourquoi il s'est mis à boire pour faire des réserves et quand nous sommes partis des casernes pour les manoeuvres et qu'on est arrivé à Mnisek, il a dit : « Moi, les gars, je ne tiens pas le coup, y a que le bon Dieu en personne qui puisse me sauver. » Après, on arrive à Horovice et là on a deux jours de repos parce qu'il y avait eu une erreur : nous, on avait avancé si vite qu'avec les aut' régiments qu'étaient sur nos flancs, on aurait pu faire prisonnier tout l'état-major ennemi et ça, ç'aurait fait un scandale, parce que notre corps d'armée devait se faire battre à plates coutures car du côté de l'ennemi y avait un petit crevard d'archiduc. Alors, voilà ce que Sic a fait : pendant qu'on campait, il est allé faire des achats dans un village derrière Horovice et il est revenu au camp vers midi. Il faisait chaud, il était rond comme il se doit et chemin faisant il voit une colonne et sur la colonne une niche vitrée avec dedans une toute petite statue de saint Jean Népomucène. Il fait une prière à saint Jean et il lui dit : « Tu dois avoir chaud, toi, tu devrais boire un petit coup. T'es au soleil ici, ce que tu dois suer ! » Alors il secoue sa gourde, il boit et il dit : « Je t'ai laissé une gorgée, saint Jean Népomucène. » Mais dans son affolement, il avait tout avalé et il ne restait plus rien pour saint Jean. « Jésus-Christ, qu'il dit, saint Jean Népomucène, faut que tu me pardonnes, je te revaudrai ça, je t'emmène au camp et là je te ferai si bien boire que tu ne tiendras pas debout. » Et mon brave Sic casse la vitre tant il a pitié de saint Jean Népomucène, il sort la statue de sa niche, la met dans son blouson et rentre au camp. Après ça, saint Jean Népomucène dormait avec lui sur la paille, il le portait avec lui dans son sac à dos pendant les marches et il avait beaucoup de veine aux cartes. Partout où on campait, il gagnait. Jusqu'à ce qu'on soit arrivé dans le district de Prachen, on campait à Drahenice où il a tout perdu, jusqu'au dernier sou. Le matin, quand on est parti, alors saint Jean Népomucène était pendu à un poirier le long de la route... Voilà l'anecdote et moi, je vais raccrocher l'écouteur.

Et le téléphone se mit à nouveau à vibrer de cette vie nouvelle et intense qui avait brisé l'ancien calme harmonieux du camp.

Pendant ce temps-là, le lieutenant Lucas examinait le code qu'on venait de lui apporter de l'état-major avec les instructions pour le décryptage ainsi qu'un ordre secret indiquant la direction que le bataillon de marche allait emprunter pour se rendre à la frontière de Galicie (première étape).

7077 - 1238 - 475 - 2121 - 35 = Moson.
89 - 375 - 7282 = Rab.
4432 - 1238 - 7217 - 35 - 8922 - 35 = Komarn.
7282 - 9299 - 310 - 375 - 7881 - 298 - 475 - 7979 = Budapest.

Déchiffrant le message, le lieutenant Lucas soupira et dit :

— *Der Teufel soll das buserieren*[1].

1. Que le diable les encule.

I. *Les mésaventures de Chvéïk dans le train.* 7
II. *Direction Budejovice : l'anabase de Chvéïk.* 35
III. *Les aventures de Chvéïk à Kiralyhyda.* 131
IV. *Nouvelles souffrances.* 215
V. *De Brück-sur-Leitha à Sokal.* 251

DU MÊME AUTEUR

Aux Éditions Gallimard :

LE BRAVE SOLDAT CHVÉÏK (Folio n° 676)

Impression Maury-Imprimeur
45330 Malesherbes
le 20 octobre 2012.
Dépôt légal : octobre 2012.
1er dépôt légal dans la collection : août 1985.
Numéro d'imprimeur : 177025.

ISBN 978-2-07-037663-6. / Imprimé en France.

247469